Die Sterblichkeit der Seele

Michaela Kastel

Die Sterblichkeit der Seele

Pro-Talk
Heart

Mai – vier Monate bis zur Premiere

1.

Ich verstand Musik schon immer besser als Worte. Melodien sind wie das Meer, zart und flüsternd oder rau und tobend, in allen Farben, unendlich weit. In ihren Tiefen verbergen sich Schätze, aber auch dunkle Geheimnisse, sie befinden sich in ständiger Bewegung, sind federleicht und dabei so schwer festzuhalten. Dagegen haben Worte einfach nur viel Gewicht. Sie drücken uns nieder und manchmal geben sie uns nie wieder frei.

Die Aufnahmeprüfung für den Musical-Studiengang am Konservatorium Wien besteht aus drei Kategorien: Gesang, Schauspiel und Tanz. Als ich mit achtzehn meinen Abschluss an einem Musikgymnasium machte und mich für den Prüfungstermin anmeldete, war ich mir sicher, von der Spitze des Ruhms nur eine Armlänge entfernt zu sein. Mit dem Solo der Eponine aus „Les Misérables" wollte ich viel Stimme zeigen und den ersten Durchgang mit Bravour bestehen. Für die zweite Hürde hatte ich einen Monolog aus Nestroys „Talisman" vorbereitet. In akribischer Schwerstarbeit hatte ich am Abend zuvor die benötigten Noten auf einzelnen Blättern kopiert und diese dann zu einem Akkordeon zusammengeheftet, damit der Pianist nicht umblättern musste. Strahlend trat ich vor die Jury, und als ich zu singen begann, füllte sich der schwach erleuchtete Raum mit Farbe, und so wie meine Liebe zur Musik mein Herz aufgehen ließ, so sollte sie mir ab jetzt auch alle Türen öffnen.

Bis die Worte kamen. Hart und schwer wie Steine, die man auf mich warf: „Danke. Die Nächste bitte."

Ist es herzlos, ein junges Talent so einfach abzuweisen, oder bloß dumm?

Jetzt, acht Jahre und unzählige Castings später, kenne ich die Antwort auf diese Frage immer noch nicht. Ich weiß nur, dass Worte Träume zerstören. Damals wie heute.

„Okay, Leute, alle mir nach! Auch die Understudys, Tempo! Anna, nicht trödeln."

Ich reiße meinen Blick von der Anschlagtafel los, auf der dicht gedrängt und pyramidenförmig die Fotos des Casts angebracht sind, und folge den anderen durch eine geöffnete Doppeltür in die Halle, die das mit Abstand Größte ist, das ich je gesehen habe. Die Decke gleicht einem Gestirn, wirkt endlos und kilometerweit entfernt, das Ende der Sitzreihen ist nicht zu erkennen. Worte sind hier nutzlos, denn sie können nicht beschreiben, welche Gefühle dieser Anblick in mir auslöst, die Ehrfurcht, die Freude und die Spannung, niemals könnten sie all dem gerecht werden. Doch vielleicht könnte es ein Ton, der mit voller Lautstärke in die Leere hinausgeschickt wird – wie ein Licht, das die Dunkelheit vertreibt. Dieser eine Ton würde in der Luft tanzen, sich ausdehnen und immer weiter wachsen, bis irgendwann nichts anderes mehr existieren kann, nichts als purer, unbändiger Klang. Ein Schrei müsste es wohl sein. Ein Schrei, der so tief aus dem Herzen kommt, dass sein Echo die Kulisse jeglicher Fantasien formt.

„Schön, dann will ich euch mal bekannt machen. Darf ich vorstellen: die nagelneue Halle D des *Pyre*! Sie wird für die nächste Zeit euer Zuhause sein, also verscherzt es euch nicht mit ihr. Aber gewöhnt euch auch nicht zu sehr an die Ausmaße – ihr steht auf der größten Theaterbühne Europas. So etwas wie hier findet ihr so schnell nirgendwo anders."

In einer weiten Geste deutet Viktor Sedlacek über die Bühne, die am Kopf der Halle im grellen Licht der Scheinwerfer erstrahlt, und es sieht aus, als wolle er die ganze Welt umarmen. Mit seinem rotblonden Ziegenbärtchen und der schwarzen Hornbrille wirkt er harmlos, wie ein Maler, der bei einer gemütlichen Tasse Kaffee auf eine Prise Inspiration wartet. Doch schon bei unserer ersten Begegnung bei den Castings wusste ich, dass hinter seinem freundlichen Äußeren ein kleiner Teufel steckt. Er verschwendet keine Zeit, weder mit Nettigkeiten, noch mit unnötiger Rücksichtnahme. Während wir Übrigen noch dabei sind, die berauschende Weite einzuatmen, dem Hall unserer erstaunten Stimmen zu lauschen, teilt er uns in Gruppen auf – Hauptdarsteller, wichtigste Nebendarsteller und restliches Ensemble – und beginnt schonungslos mit der Arbeit.

„Man war so freundlich, uns jetzt schon die neue Bühne zur Verfügung zu stellen, damit ihr ein Gespür dafür bekommt. Lasst euch von den Technikern und Bühnenbauarbeitern nicht ablenken. Die Arbeiten finden ohnehin größtenteils backstage statt. Dann legen wir mal los. Madeleine, dein Solo bitte. Am Hof von Gretchens Eltern."

„Okay."

„Stell dich hierher. Genau da. Anna?" Er wirft einen Blick in meine Richtung, jedoch ohne mich direkt anzusehen, mehr wie ein Peitschenhieb, der meine Aufmerksamkeit erwecken soll. Er sieht furchteinflößend aus mit dem schweren Klavierauszug in der Hand; als wolle er ausholen und ihn jeden Moment nach mir werfen. „Schön, dass du endlich aufpasst. Bleib dort drüben und schau aufmerksam zu."

Anwesend sein, zuschauen, nicht einmischen – dass

nichts anderes meine Aufgabe sein wird, solange Madeleine einsatzfähig ist, hat Viktor mir bereits sehr früh begreiflich gemacht. Man denke nur an die Fotos an der Anschlagtafel neben dem Halleneingang. Madeleines Gesicht bildet zusammen mit Dominiks die Spitze der Pyramide – ich wurde bloß in Klammer gesetzt, ein kleines „Ach ja, richtig“ irgendwo zwischen den Nebendarstellern und dem Ensemble.

Nach einem kurzen Wortwechsel mit dem Pianisten macht Viktor Platz und überlässt Madeleine die Bühne. „Bitte, Maddie. Du kannst anfangen.“

Das Licht dimmt sich. Alle werden still, warten voller Spannung. Nur ich warte nicht, ich träume lieber, so wie immer, während Madeleine singt, und in meiner Vorstellung stehe ich auf einer noch viel größeren Bühne, in einem noch viel größeren Saal, der den Klang meiner Stimme in sich aufsaugt und mit der Intensität von hundert Glockenschlägen zurückwirft. In der magischen Stille, kurz bevor es losgeht, sind der Beifall und der Ruhm so zum Greifen nahe, dass ich spüre, wie es sich anfühlen wird: Die Wucht des Jubels wirbelt mich hoch in andere Sphären, dort ist die Bühne nicht bloß ein Ort, sondern ein Werkzeug, mit dem sich Wunder vollbringen lassen und das Wege in fremde Welten freisprengt. Scheinwerferlicht – das mit Abstand gefährlichste Licht, in das ein Mensch gezogen werden kann. Man kann darin tanzen, man kann Geschichten damit erzählen, Schönheit erzeugen, wo gar keine ist, und vor allem kann man sich an die Hitze und den grellen Schein so sehr gewöhnen, dass einem die wirkliche Welt dunkel und kalt vorkommt.

„Ausgezeichnet!“ Viktor klatscht am Ende von Madeleines Solo in die Hände. „Exakt wie beim letzten Mal. So stelle ich mir das vor. Probieren wir gleich mal Szene sieben und acht! Dominik, kommst du bitte – he, wo ist Dominik? Irgendjemand soll ihn herholen, ich brauche ihn später noch. Anna, sieh mal nach, wo er ist." Mich trifft ein warnender Blick. Sehr lange und sehr direkt diesmal. „Anna, hörst du mir überhaupt zu?"

Unser stummer Blickaustausch ist leer. All meine Träume verschwinden in dieser Leere, als wären sie es nicht wert, geträumt zu werden. „Entschuldige ... Was hast du gesagt?"

„Geh Dominik holen!"

Anstatt dieser Worte könnte er mir gleich seine Hand ins Gesicht knallen. Als ich den Vertrag unterzeichnete, wusste ich, worauf ich mich einlasse, worauf ich verzichten muss – doch dass man unter „Zweitbesetzung" neuerdings „Mädchen für alles" versteht, ist mir neu.

Viktor winkt mit dem Klavierauszug in meine Richtung. „Oder halt, warte! Wir proben einfach noch ein paar Solo-Szenen. Maddie, noch fit genug? Dann geh dort rüber, ich brauch dich mehr im Licht."

Mit seiner Leidenschaft, uns mit fahrigen Bewegungen von einer Seite auf die andere zu schicken, würde er sich gut als Verkehrspolizist eignen. Als Regisseur und somit Hauptverantwortlicher für unsere Darbietungen lastet natürlich enormer Druck auf ihm; schließlich sind Lobeshymnen wie „So etwas haben Sie noch nie gesehen", „Goethe trifft auf Gothic" und „Die außergewöhnlichste Bühnenshow in der Geschichte des Musicals" (und was sonst noch in den unendlichen Weiten der Medienlandschaft flaniert) belastendes Material, und die Kosten von schlappen 20 Millionen Euro, die das Projekt allein in der Produktionsphase verschlingen wird, möchten ebenfalls eingespielt werden. Ja, als Verantwortlicher für medial präsente

Megaproduktionen hat man es gewiss nicht leicht, und es gibt Momente, da glaube ich in Viktors grauen, immerzu kritisch zusammengekniffenen Augen bereits die Panik zu sehen, wenn die Choreografien nicht fertig ausgearbeitet sind, die Schneidereien mit dem Anfertigen der über zweihundert Kostüme dem Zeitplan hinterherhinken, bereits lange im Voraus verpflichtete Darsteller aus Gesundheitsgründen ausfallen oder die Privatsekretärin mit Schwarztee anstatt Kaffee daherkommt. Aber sobald Madeleine die Bühne betritt, scheint das alles vergessen zu sein. Die Falten auf seiner Stirn glätten sich wie von Zauberhand. Er wird ruhig, seine Stimme leiser, die geröteten Flecken auf seinem Hals verschwinden und er beginnt wieder damit, sich mit der Hand über den Bart zu streichen, so wie er es immer tut, wenn er zufrieden mit sich ist.

„Stopp", sagt er, als Madeleine genau dort steht, wo er sie haben will. Er starrt sie an, verinnerlicht ihren Anblick, dann flüstert er, als würde er das Licht und die Atmosphäre sonst verscheuchen: „Los."

Ich singe den Text in Gedanken mit, folge den Worten, die ich wie Madeleine auswendig kenne, die in mir die gleiche unerschöpfliche Leidenschaft erwecken. Für die ich, wie sie, das Beste aus mir heraushole. Madeleine steht mit T-Shirt und Brille auf der fünfundzwanzig Meter breiten Bühne, ungeschminkt und mit den Händen in den Hosentaschen. Sie ist bei Gott nichts Besonderes, eine farblose Brünette mit dünnen Lippen und unreiner Haut, aber da draußen, im Licht, da ist sie plötzlich eine andere. In der pudrigen Helligkeit der Scheinwerfer wirkt sie wie eine Unsterbliche, die aus einem tiefen, unheimlichen See emporsteigt, düster und dabei so machtvoll und atemberaubend wie die Musik, die in geschmeidigen Schüben unter meine Haut kriecht und Madeleines hoher Stimme Schwere verleiht.

Nach einem leisen Adagio folgt die Steigerung zu einer eingängigen Ballade, die von Hoffnung und jugendlicher Freiheit erzählt: Eine Wende steht bevor, als Gretchen mit ihren Eltern und ihrem Bruder Valentin von einem dubiosen französischen Gönner nach Paris geholt wird, um dort in dessen Villa als Hausmädchen zu dienen. Eine neue Stadt und die Aussicht, ihrer verarmten Familie durch die Anstellung das Überleben zu sichern, machen ihr Mut, doch gleichzeitig fürchtet sie sich vor diesem neuen Leben und vor der dunklen Gestalt, die ihr nachts in ihren Träumen begegnet.

Gretchen wird im Laufe der Geschichte eine Wandlung durchleben, deren Darstellung ein großes Repertoire an Emotionen erfordert. Die Schwierigkeit besteht in der seelischen Schattenwelt der Figur, in der Ambivalenz von Gut und Böse, denn das Böse wird sie zerstören, aber noch verkörpert sie die Unschuld, das Licht, das ausgehen wird, wenn das Dunkle zu mächtig wird. Madeleine wird die Show zum Erfolg führen, denn sie hat keine Angst davor, das zu geben, was nötig ist: ein Opfer - ein Stückchen von sich selbst. Denn nur wer bereit ist, in sein eigenes Herz zu blicken, wird es schaffen, die Herzen der Zuschauer zu gewinnen.

„He, Anna." Heinz, einer der Tontechniker. Er deutet mit dem Daumen den breiten Gang entlang, der in den Backstage-Bereich führt. „Luca will dich sehen."

„Geht es um die Kostüme?" Luca Rodari ist Chefdesigner von Lavay Entertainment und verspricht mir bereits seit Tagen, endlich mit dem Maskenballkleid fertig zu werden, auf das ich seit sechs Wochen warte. Madeleine ist um zehn

Zentimeter größer als ich und ungefähr doppelt so breit, dementsprechend dämlich sehe ich in ihren Kostümen aus.

„Keine Ahnung. Frag ihn selbst."

„Okay, danke. Sagst du Viktor, wo ich bin, falls er mich sucht?"

„Ja, ja."

Er hat nur Augen für Madeleine. Sie ist von der Bühne gestiegen und unterhält sich mit Viktor über die nächste Szene. Beide lachen über irgendetwas. „Mann, bin ich gespannt, wie sie und der neue Mephisto zusammen klingen werden. Der Typ muss verdammt gut sein, wenn er mit ihr mithalten will."

Halt die Klappe.

Ich stehle mich an Madeleine und Viktor vorbei auf die andere Seite der Bühne, von dort nehme ich den Korridor in den Backstage-Bereich, wo verschiedene Hydraulik-Spielereien, Wagen und Seilzüge dafür sorgen, dass sich die größte Musical-Bühne Europas in ein Bauernhaus, eine dreistöckige Pariser Villa, die Gärten von Versailles, das Himmelsreich, die Hölle und den wohl prunkvollsten barocken Ballsaal, den die Musical-Welt je gesehen hat, verwandelt. Was Bühnenbildner, Lichttechniker und Choreografen im Begriff sind, für diese Show auf die Beine zu stellen, ist schier atemberaubend. Allein die pompöse Festtreppe, die die Bühne im dritten Akt dominieren wird, wiegt über fünf Tonnen! Wenn ich überlege, wie viel Stahl für die aufwendigen Konstruktionen verarbeitet wurde, wird mir schwindlig. Vierhundert Meter Stoff wurden bisher für die Kostüme vernäht und an einem Vorstellungsabend wird so viel Strom in einer Stunde verbraucht, wie ein Einfamilienhaus durchschnittlich pro Jahr benötigt. Die Dimensionen, in denen sich die Show bewegt, sind gewaltig, und allein

ein Teil davon zu sein sollte mir genügen, aber das tut es nicht, verdammt, das tut es einfach nicht.

Während ich durch das graue Betonlabyrinth schlendere, das sich unter dem Gebäude ausbreitet wie eine unterirdische, fremde Welt, muss ich unweigerlich daran denken, wie fahl meine Haut in den letzten Wochen geworden ist, wie spröde mein Haar und wie leer meine Augen. Der Neid trocknet mich aus und ich bin völlig machtlos dagegen.

Ehe ich Lucas Atelier im Westflügel des Gebäudes erreiche, gehen noch unzählige Wege zu weiteren Bereichen ab: Maske, Garderoben, Kantine, Tanzsäle, Orchesterräume und Büros. Der neue Aufführungssaal war bis heute für Unbefugte gesperrt, doch den Rest des Theaters konnte ich während der vielen Briefings und Vorbesprechungen, die hier stattfanden, ausreichend erkunden. Von der romantischen Vorstellung eines kleinen Varieteetheaters an der Straßenecke, dessen Fenster mit Brettern vernagelt sind und in dessen Auslagen Bilder längst vergangener Stars auf uraltem Samt würdevoll Staub ansetzen, ist man hier weit entfernt. In den vernetzten Gängen unter dem mächtigen Neubau gehen keine Geister um und der prachtvolle Kronleuchter in der Eingangshalle wird so schnell von keiner Erschütterung zum Zittern gebracht werden. Hier unten zählen vor allem Technik, Professionalität und Pragmatismus. Es ist auch immer etwas los; aus jeder Richtung kommen mir Leute entgegen, andere Darsteller und Tänzer, Mitarbeiter der Technik und des Marketings. Viele wirken gehetzt, müssen Nachrichten überbringen oder entgegennehmen, vielleicht machen die Sponsoren wieder Druck, vielleicht wurden die neuen Lichtsensoren für das automatische Hochfahren des Poolbeckens noch nicht geliefert, vielleicht gibt es Budgetkürzungen. Das hektische Treiben bietet einen harten Kontrast zum Zauber auf der Bühne und wer zum ersten Mal damit konfrontiert wird, dürfte ein wenig enttäuscht sein, es hier weniger mit Vollblutkünstlern als mit knallharten Geschäftsleuten zu tun zu haben. Doch so läuft es nun einmal.

Eine Gruppe Nachwuchs-Ballerinen drängt sich eilig an mir vorbei, um es noch rechtzeitig zur Probe zu schaffen. Egal, wem ich begegne, immer streifen mich besorgte Blicke. Sieht man es mir tatsächlich so stark an? Der Alltag eines Darstellers ist hart, Texte müssen gelernt und verinnerlicht werden und das alles ohne Privatleben, ohne Sonnenlicht. Mehrmals pro Woche kommst du hierher, gibst dein Bestes und bist trotzdem nicht gut genug, lieferst dich unaufhörlich fremder Kritik aus, die so vernichtend sein kann, dass du glaubst, die Worte reißen dir die Haut vom Körper, die Seele aus deiner Brust. Ist es da nicht verständlich, ausgelaugt zu wirken?

Mark Traumer fällt mir ein, der ursprünglich die Rolle des Mephisto übernehmen sollte. Supernetter Typ und erfahrener Sänger, doch Viktor und er lagen ständig miteinander im Streit. Offiziell hieß es, Viktor hätte sich dafür entschieden, jemand Jüngeren zu casten, doch ich glaube, in Wahrheit ging es um die Streichung sämtlicher alternierender Besetzungen, die Viktor kurz nach den ersten Casting-Durchläufen bekannt gegeben hatte. Mark konnte sich nicht vorstellen, ohne Unterbrechung achtmal pro Woche auf der Bühne zu stehen und dabei eine astreine Performance abzuliefern, also trat er freiwillig von seinem Vertrag zurück. Nicht unbedingt zu Viktors Bedauern, denn man munkelt, er habe von Anfang an jemand anderen als Mephisto im Sinn gehabt. Er möchte der Show seinen Stempel aufdrücken, ihr ein unverwechselbares

Gesicht verleihen, mit einem fixen, leicht wiederzuerkennenden Cast als Aushängeschild. Dass man in diesem Fall die Anzahl der Shows pro Woche reduzieren muss, versteht sich von selbst, doch das waren die Produzenten bereit in Kauf zu nehmen, um Viktors Vision von der „Einzigartigkeit des Spektakels“ gerecht zu werden. Ungewöhnlich für Inszenierungen dieser Größe. Riskant für jene Darsteller, auf denen nun all der Druck lastet. Und ein Todesstoß für mich. Denn ich bin es, die für die alternierende Besetzung des Gretchens und der Helena vorgesehen war. Ich war so knapp dran. Einen Tag lang dachte ich, ich hätte es geschafft.

In Lucas Atelier herrscht totales Durcheinander. Der Raum erinnert an eine Lagerhalle, ist vollgestopft mit Puppen, Kleiderständern, Regalen, in denen meterlange Stoffrollen in allen Farben des Regenbogens lagern, Kisten mit Schneider-Utensilien. Der Geruch von Klebstoff, Weichspüler und Staub bildet in Verbindung mit Lucas Schweißausdünstungen ein aufdringliches, würziges Aroma. Luca entwirft zwar die Kostüme, hergestellt werden sie jedoch von seinen Mitarbeitern, die ihm jedes fertige Stück zur Überprüfung auf den Tisch legen müssen, und wenn er nicht zufrieden ist, was häufiger der Fall ist, schmeißt er das Kostüm einfach durch die Gegend und wirft mit ulkigen italienischen Flüchen um sich. Er ist eine fleischgewordene Comicfigur, klein und untersetzt, pechschwarzes, lockiges Haar und Dreitagebart, sonnengebräunte Haut und dunkle, immer ein bisschen verschmitzt funkelnde Augen, die jeden noch so winzigen Fehler sofort erkennen. Als ich mich an den dicht stehenden, vollbehängten Kleiderständern, die in vier Reihen den Raum füllen, vorbeidränge, höre ich bereits seine Stimme von irgendwo vor sich hinmurmeln; er pflegt während der Arbeit gerne mit seinen Meisterstücken zu plaudern – beziehungsweise mit ihnen zu schimpfen, wenn sie nicht so wollen, wie es ihm gefällt. Ich höre auch das Geräusch fleißig arbeitender Nähmaschinen, das aus der angrenzenden hauseigenen Schneiderei dringt. Am anderen Ende des Raumes, umringt von einer Armee aus Schaufensterpuppen, kniet Luca auf dem mit Stoffresten bedeckten Boden und hat den Kopf unter den voluminösen Reifenrock eines Kleides gesteckt. Wie so oft, wenn ich ihn besuche, streckt er mir ungeniert seinen Hintern entgegen.

„Heinz hat gesagt, du wolltest mich sprechen?"

„Wer ist da?"

„Ich bin's. Anna."

„Warte kurz."

Während er werkelt, inspiziere ich die zerkratzte Arbeitsfläche des kleinen Tisches auf der linken Seite. Nadeln in verschiedenen Größen liegen überall verteilt, Scheren, Textilklebstoff und ein silberner Handspiegel, der sich wohl aus der Requisitentruhe hierher verirrt hat. Ich nehme den Spiegel in die Hand und schaue mich an. Ich bin in der Tat etwas dünn geworden. Ich esse zu wenig. Meine blauen Augen wirken kühl, selbst wenn ich lächle, und mein schulterlanges hellblondes Haar springt in alle Richtungen, obwohl ich es für die Probe hochgesteckt habe.

Ich lege den Spiegel zurück und denke an die vielen Nähmaschinen, die nebenan in unaufhörlichem Stakkato vor sich hinhämmern. So wie der Stoff unter blitzschnellen Nadelstichen zu etwas Neuem verarbeitet wird, wird auch meine Zukunft so lange von einer fremden Macht festgenagelt, bis von meinen Zielen und Hoffnungen bloß noch ein winziges Stück übrig sein wird – die Zukunft eines vergeudeten Talents, das im Schatten anderer verblasst.

„So, das hätten wir." Mit zerzausten Haaren und einem Maßband um den Hals kommt Luca unter dem Kleid hervor und zeigt mir sein typisches Ich-bin-der-Maestro-Grinsen. „Es ist fertig."

Gebannt berühre ich den dunkelroten Stoff, in den kunstvoll goldene und schwarze Bänder eingearbeitet wurden. Er fühlt sich so kostbar an, dass ich Angst habe, ihm zu nahe zu kommen. Der Rock ist dreifach gerafft und mit dunkler Spitze verziert. Und erst die Korsage! „Wunderschön", hauche ich.

„Ich habe es noch ein bisschen verändert, um es deinem Typ anzupassen. Madeleine ist ja brünett, deswegen ist ihr Kleid heller. Aber bei deinem blonden Haar wäre zu viel Gold nicht gut."

„Toll. Wirklich großartig." Ich kann nicht aufhören, über den Stoff zu streichen. Das dunkle Rot scheint bei der Berührung auf mich zu reagieren, lebendig zu werden. Die Farbe erinnert mich an Blut, und als ich meine Fingerspitzen betrachte, bin ich kurz überrascht, nicht mit kleinen Tropfen benetzt zu sein. „Darf ich es mal anziehen?"

„Deswegen bist du hier. Komm, stell dich da rauf."

Ich steige auf den Sockel, der links in der Ecke vor einer Reihe aus Spiegeln steht, schlüpfe schnell aus Jeans und Bluse und lasse mir von Luca in das Kleid helfen. Zuerst der Unterrock und die Brustschnürung. Dann Rock und Korsage. Dann die Handschuhe. Dann die Maske. Alles authentisch.

„Jetzt stell dir noch das Make-up und die Haare vor", meint er, während er die Schnüre ein letztes Mal straff zieht. „Wie fühlt sich das an? Spürst du schon die Blicke auf dir, die Bewunderung und das Staunen?"

Ich ziehe den Bauch ein, um das Druckgefühl der Korsage etwas abzuschwächen. Jeder Millimeter dieses Traums ist handgearbeitet, und vielleicht wirkt das Rot des Stoffes deshalb so hypnotisch, weil Luca nicht nur Zeit und Geld, sondern auch sein Herzblut in dieses Kleid gesteckt hat. Es zu tragen gibt mir ein Gefühl von Erhabenheit. Ich kann es kaum erwarten, auch noch das Zweite von der Sorte zu sehen.

„Und Helena?", frage ich aufgeregt. „Ist ihr Kostüm auch schon fertig?"

Luca, der schon wieder damit begonnen hat, winzig kleine Fehlerchen, die nur er sieht, mit Nadelstichen auszubügeln, kommt hinter mir hervor und macht ein nachdenkliches Gesicht. „Damit hab ich noch nicht begonnen."

„Was? Aber ich brauche doch beides."

„Die Sache ist die: Viktor findet, du brauchst kein eigenes Kostüm-Set. Es ist eine reine Kosten-Nutzen-Frage", fügt er hinzu, als ich empört vom Sockel steige. „Es kostet sehr viel Zeit und Geld, so ein Kleid anzufertigen, und Viktor ist der Meinung, dass ich diese Zeit lieber für Kostüme nutzen sollte, die wirklich gebraucht werden. Zitat Ende. War nicht meine Entscheidung."

„Jetzt hast du doch schon das eine Kleid fertig", raune ich, während ich an den Stäben der Korsage zupfe. „Wen juckt es, was Viktor sagt?"

„Er ist der Boss."

„Und wenn schon. Viele seiner Entscheidungen sind fragwürdig. Oder findest du es etwa nicht merkwürdig, dass sämtliche alternierende Besetzungen für die Hauptrollen gestrichen wurden?"

„Er ist eben der Meinung, die Show brauche Kontinuität. Die Leute wollen Stars und die werden nicht in der Masse geboren. Lavay Entertainment findet die Idee gut, mehr ist dazu nicht zu sagen."

„Und wenn jemand ausfällt? Oder einfach nicht mehr kann? Acht Vorstellungen pro Woche, monatelang, das ist verdammt viel verlangt."

„Deswegen gibt es ja dich."

„Genau", lache ich verbittert. „Ich bin die Notlösung. Wie schmeichelhaft."

„Jetzt werde nicht kindisch."

„Ist doch wahr. Mark fand die Entscheidung doch genauso verrückt, deswegen haben er und Viktor sich überhaupt erst gestritten. Alles auf Madeleine und Dominik zu setzen ... das ist doch schwachsinnig."

Luca beginnt die Schnüre der Korsage wieder zu lockern. „Irgendetwas muss er in dir sehen, sonst hätte er dich nicht zur Zweitbesetzung gemacht. Sei nicht immer so pessimistisch. Ich bin mir sicher, dass er dich ab und zu die Rolle spielen lassen wird."

Nachdem ich Kleid und Accessoires wieder abgelegt habe, trägt er alles aus dem Raum, versteckt es vielleicht sogar, damit Viktor es nicht zufällig sieht und zusammen mit meinem Vertrag in die Plan-B-Kiste verschwinden lassen kann. Es ist nicht fair, meinen Frust an Luca auszulassen. Er ist einer von den Guten. Ich muss wohl akzeptieren, dass mit Madeleine eine Konkurrenz auf der Bildfläche erschienen ist, gegen die ich schlicht und ergreifend chancenlos bin. Vielleicht kommt dann mein Appetit zurück.

„Übrigens, wann kommt denn eigentlich unser neuer Mephisto?" Luca taucht zwischen zwei männlichen Puppen auf, bei denen er kritisch den Saum des Gehrockes beäugt. Er ist so winzig. Neben den Puppen wirkt er wie ein Zwerg.

„Angeblich nächsten Montag."

„Also ich weiß nicht, in welcher Ecke der Welt sie den Kerl gefunden haben, aber wenn er nicht bald auftaucht, brauche ich mit seinen Kostümen gar nicht mehr weiterzumachen." Im nächsten Moment ist er in einem anderen Teil des Ateliers, umgeben von Puppen, die unfertige schwarze Kostüme tragen. Er ist wie ein Erdmännchen, das aus seinem Loch auftaucht – mal hier, mal da ... „Da, sieh dir das an. Er regt sich auf, dass ich für dein Ersatzkostüm zu viel Zeit aufwende, aber an Klamotten herumzuschnipseln, für die es keinen Darsteller gibt, findet er okay. *Stupido*."

Die Mephisto-Kostüme habe ich noch gar nicht gesehen. Ohne Darsteller, der sie trägt, sind sie bloß traurige Hinterlassenschaften, Geister. Ein greifbares Gegenstück zu dem leeren Platz auf der heiligen Fotopyramide. Ich lasse meine Finger über den schwarzen Stoff gleiten und verspüre die gleiche seltsame Magie wie bei der Berührung meines Kleides. Dieses Schwarz ... so satt. Wer es trägt, wird betörend schön und angsteinflößend zugleich darin aussehen. „Denkst du, Viktor lässt mich mit dem neuen Mephisto das Duett proben?", murmle ich meine Gedanken vor mich hin.

„Keine Ahnung. Kann sein."

„Vielleicht bin ich ja dann besser als sie. Mit ihm zusammen, meine ich."

Luca schweigt, und als ich meinen Blick von der schwarzen Robe losreiße, hat sich sein sonniges Grinsen in eine verkniffene, harte Linie verwandelt. „Ich würde es dir wirklich wünschen, dass du die Hauptrolle spielen darfst, Anna. Das weißt du doch, oder?"

Er berührt mich an der Schulter.

„Gib Bescheid, wenn du vielleicht doch noch dazu

kommst, das Helena-Kostüm zu machen", sage ich beim Gehen. „Ich komm dann und probiere es an."

Als ich zurück nach oben komme, begegnet mir Viktor. Im Vorbeigehen macht er diese dürftige Handbewegung in meine Richtung, die mehr von Gleichgültigkeit als von einer wirklichen Begrüßung geprägt ist. „Ich brauche dich heute nicht mehr", lässt er sich herab, mir mitzuteilen.

Ich bleibe stehen. „Aber du hast gesagt, ich dürfte heute ebenfalls ein paar Songs ausprobieren."

„Das verschieben wir. Ich möchte erst mal mit Madeleine alleine arbeiten. Geh nach Hause und entspann dich." Er biegt um die Ecke und verschwindet in einem der Gänge.

„Hey, Anna!"

Nicht sie. Bitte nicht sie.

„Hi, Maddie."

Madeleine hat eine Tasse Kaffee in der Hand und ist nach Viktors Streicheleinheiten wohl in Plauderlaune. „Willst du zu Viktor?", erkundigt sie sich, nachdem sie einen Schluck aus ihrem Becher genommen hat. „Der wollte etwas essen gehen."

„Nein, ist schon gut. Übrigens, echt tolles Solo heute. Ich hatte Gänsehaut."

„Ach Anna, vielen Dank! Es bedeutet mir so viel, dass du das sagst. Aber die Helena-Partien machen mir noch Sorgen. Die sind ja doch eine andere Kategorie. Wollen wir die mal gemeinsam üben? Ich hätte jetzt Pause, also wenn du Lust hast?"

Sie strahlt mich an. Bestimmt hat sie gehört, dass Viktor mich nach Hause geschickt hat. Auch sie hat Mitleid mit mir, denn natürlich hält sie mich für talentiert, sie alle tun das, bloß nicht für talentiert genug.

„Nein, lass nur. Viktor hat mir den restlichen Tag frei

gegeben und ich muss ohnehin noch ein paar Dinge erledigen."

„Oh, okay. Dann ein andermal vielleicht." Als ich schon an ihr vorbei bin, hält sie mich noch mal auf. „Bist du auch schon so gespannt auf den neuen Mephisto?"

„Und wie." Ich kann dieses Thema nicht mehr hören.

„Ich hab gehört, er soll relativ jung sein. Noch jünger als wir. Ich weiß nicht. Mark war doch perfekt! Gut, er war schon Ende dreißig, aber soll Mephisto nicht ein Verführer sein? Jungspunde können so etwas nicht. Also bei mir wird sich unser Neuzugang ordentlich anstrengen müssen, damit ich ihm den Mephisto abkaufe."

„Mephisto?" Die tiefe, sonore Stimme, in der fast immer ein Hauch von Humor mitschwingt, gehört unserem Star-Bariton und Faust-Darsteller Dominik Schiller, der soeben die Treppe hinab stolziert kommt und sich mit breiten Schultern und einem noch breiteren Grinsen zu uns gesellt. „Wir werden, hoff ich, uns vertragen, denn dir die Grillen zu verjagen bin ich, als edler Junker, hier, in rotem goldverbrämten Kleide, das Mäntelchen von starrer Seide –"

„Ich verbeuge mich, Maestro, ich verbeuge mich", unterbricht Madeleine seinen Monolog lachend. „Oh bitte blamieren Sie uns nicht fortlaufend mit Ihrem weltgewandten Können, sonst stürze ich mich noch von einer Brücke."

„Gott behüte! Und die Damen, darf man heute noch auf ein Duett mit einer von Ihnen hoffen?" Er stellt sich zwischen uns und blickt von seinen stolzen ein Meter neunzig auf uns herab wie ein Vater auf seine Töchter. „Ein bisschen anständige Konkurrenz ist genau das, was ich jetzt nötig habe. Wisst ihr, was der Italiener zu mir gesagt hat? Ich war heute bei ihm wegen meiner zu klein geratenen Weste. Und er meinte, es gebe keine zu enge Kleidung, nur übergewichtige Darsteller! Was soll denn das bitteschön heißen?"

Madeleine bricht in herzhaftes Gelächter aus, und auch ich kann mir ein Schmunzeln nicht verkneifen. „Das heißt, dass du bis zur Uraufführung keine Nachspeise mehr bekommst", gibt Madeleine zur Antwort.

„Ach was." Er sieht an sich herunter und schaut mich dann an, als verstehe er die Welt nicht mehr. „Keine Übergrößen im teuersten Musical der Welt? Ich muss mit meinem Agenten telefonieren."

Ich mag Dominik, denn er verbreitet immer gute Laune und ist mit seiner charmanten Art auch stets bemüht, uns beide als gleichwertige Partnerinnen zu sehen, obwohl Madeleine bei ihm die erste Geige spielen sollte. Für seine zweiundfünfzig Lenze hat er sich sehr gut gehalten: Graumeliertes, volles Haar, attraktives Gesicht und mit seiner Stimme ließen sich Kontinente spalten, so voller Kraft und Timbre ist sie. Den verklemmten, sich nach Jugend und Sex sehnenden Wissenschaftler verkörpert er mit seiner leichtfertigen Arroganz, der hohen Denkerstirn und den sowohl suchenden als auch lachenden Augen grandios. Ich würde heute sehr gerne ein Duett mit ihm proben – doch Madeleine hat Vorrang.

„Okay, probt ihr beide nur. Ich fahre heim."

„Aber süß Liebchen!" Er fasst sich ans Herz und fährt dann fort: „Lass dieses Blumenwort dir Götter-Anspruch sein. Er liebt dich! Verstehst du, was das heißt? Er liebt dich!"

Ich lasse die beiden allein, ohne auf Dominiks weitere Zitate, die er mir lachend und voller Inbrunst hinterherruft, zu reagieren.

Ehe ich schließlich zu Hause bin, ist aus dem sonnigen Frühlingstag ein bewölkter, kühler Abend geworden. Erste Regentropfen beginnen den Asphalt der Straßen und Gehsteige dunkel zu färben und der elektrisierende Hauch eines Gewitters, das sich über dem Wienerwald zusammengebraut hat, durchzieht die Luft. Bald schon wird die graue, träge Walze, die allmählich den Horizont verschluckt, über die Stadt hereingebrochen sein.

Das fünfstöckige Eckzinshaus, in dem unsere Wohnung liegt, wurde erst frisch renoviert und erstrahlt an der Straßenecke in jungfräulichem Weiß mit schwarz gestrichenen Fenstern. Die hohen Wände des Treppenhauses ermöglichen einen atemberaubenden Klang, jeder Schritt hallt an den Wänden wider und am Treppenaufgang brechen sich Lichtstrahlen wie kurze, sanfte Töne, die in einen leeren Raum geflüstert werden. Ich mag die Geräuschkulisse dieses Gebäudes, deshalb nehme ich lieber die Treppe als den Aufzug. Vom letzten Stock aus hat man einen weiten Blick über die umliegenden Dächer, und manchmal bleibe ich noch ein bisschen am Gangfenster stehen und schaue nach draußen.

Wien ist eine schöne Stadt, doch ich hätte viel lieber ein Haus am Waldrand, irgendwo auf dem Land, wo sich das Blau des Himmels nicht vom Blau eines darunterliegenden Sees unterscheiden lässt; wo abends Grillen unter dem Fenster zirpen, wo man Stunden braucht, um im Winter die Einfahrt freizuschaufeln, und wo man vielleicht auch ab und zu eine Spinne im Badezimmer findet. In der friedvollen Abgeschiedenheit der Natur kann man am besten von Sehnsüchten träumen, und ich könnte mir dort ein größeres Musikzimmer einrichten, eine Bibliothek – einfach alles. Doch natürlich wäre es verrückt, in eine andere

Gegend zu ziehen, wo *Epica* ausgerechnet in Wien Premiere feiern wird, und außerdem lebt Christophers Familie hier. Immer wieder schwärmt er davon, unsere kleine Dachgeschosswohnung in der Kirchbaumgasse im zwölften Bezirk aufzugeben und das große Apartment seiner Eltern in Döbling zu übernehmen, um dort langsam, aber sicher die Familie zu gründen, von der er träumt, seit wir ein Paar geworden sind. Auf seiner To-do-Liste steht kein idyllisches Häuschen am Waldrand, in das ich mich zurückziehen kann, wenn mir der Stress meines Jobs zu viel wird.

Vor zwei Tagen hatten wir wegen seiner Zukunftsplanung einen mächtigen Streit. Seitdem haben wir uns nicht lange genug gesehen, um darüber zu reden, und ich fürchte mich vor der dicken Luft, die mir entgegenwehen könnte, sobald wir für längere Zeit in einem Raum sind.

Als ich zur Tür hereinkomme, steht er gerade in der Küche und sieht ungeduldig dem Stück Pizza zu, das sich in der Mikrowelle dreht. Er hat eine graue Jogginghose an, trägt aber immer noch das blaue Hemd von der Arbeit, was eine gewöhnungsbedürftige Kombination ergibt. Sein dunkelblondes Haar ist um die Ohren schon viel zu lang, kringelt sich leicht und fällt ihm bei jeder zweiten Bewegung ins Gesicht. Aber er weigert sich, zum Friseur zu gehen. Er wolle „*mal ausprobieren, wie es aussieht*" ...

„Hey", sage ich und ziehe mir Jacke und Schuhe aus.

Sein verkrampftes Lächeln verrät, dass auch er den Streit noch lange nicht vergessen hat. Die Anspannung in seinen grauen Augen ist wie eine Barriere zwischen uns und ich traue mich nicht, ihm wie sonst zur Begrüßung einen Kuss zu geben. Mit einem Nicken deute ich auf die Pizza in der Mikrowelle. „Du hättest warten können, ich hätte uns etwas gekocht."

„Schon in Ordnung. Pizza reicht."

Ich gehe zur Küchenspüle und wasche mir die Hände. Ich lasse mir Zeit. Beunruhigend, diese Stille.

„Wie war die erste Probe?", möchte er wissen.

„Gut."

Er sieht mich ungläubig an.

„Es war wie erwartet", ändere ich meine Aussage.

„Lass mich raten." Er holt seine Pizza heraus, beißt ein großes Stück davon ab und begibt sich mit seinem Festmahl ins Wohnzimmer auf die Couch, wo er die Füße auf dem Tisch ablegt und mampfend fortfährt. „Dir wurde mitgeteilt, dass du nicht mehr länger die Zweitbesetzung bist, sondern nur noch Statist während des Prologes. Warte, ich weiß was Besseres. Du wurdest gefeuert, weil Madeleine doppelte Gage verlangt und du im Budget keinen Platz mehr hast. Überhaupt wurden alle gefeuert, weil Madeleine sich klonen kann und jede Rolle selbst übernehmen wird. Bin ich nahe dran?"

„Hör auf", sage ich. „Mach dich nicht über mich lustig."

Der verkrampfte Ausdruck auf seinem Gesicht verschwindet und in seine Augen tritt wieder Zärtlichkeit. „Tut mir leid", sagt er ehrlich. Dann klopft er neben sich auf die Couch und lächelt so hinreißend, dass die Mauer zwischen uns keine Chance mehr hat. „Jetzt sag schon, was ist los?"

Ich schaffe es, seinen liebevollen Blick zu erwidern, aber bis ich bei ihm auf der Couch bin, hat sich das Gefühl der Geborgenheit in die alte Frustration zurückverwandelt. Seufzend sinke ich in die Rückenlehne. „Mein Kostüm ist fertig. Und es sieht unglaublich gut aus."

„Wieso dann diese Trauermiene?"

„Weil ich es niemals tragen werde!", rufe ich theatralisch und werfe eines der Zierkissen gegen den Fernseher. „Du hättest mich sehen sollen. Es saß perfekt! Und trotzdem wird sie auf der Bühne stehen und nicht ich."

„Geht das wieder los."

„Hast du Madeleine schon einmal gesehen? Diese langweilige, brünette Landpomeranze hat mit Gretchen oder Helena etwa so viel gemeinsam wie ... wie ... keine Ahnung, mir fällt nichts ein! Oh Gott, ich verliere meinen Verstand."

„Wieso kommen die überhaupt damit durch? Sollte dir nicht vertraglich zugesichert sein, ein gewisses Pensum an Aufführungen zu spielen?"

„Das gilt nur für alternierende Besetzungen", erkläre ich griesgrämig. „Und die hat Viktor für alle Hauptrollen gestrichen, weil er mit der Show auch die Namen groß machen will. Also werden die wichtigen Rollen immer von denselben Darstellern gespielt. Die Zweitbesetzung ist nur Ersatz. Mehr bin ich nicht, verstehst du? Ein billiger Notfallplan."

Er legt den Arm um mich und bietet mir an, von seiner Pizza abzubeißen. Als ich schmollend den Kopf schüttle, nimmt er selbst einen Bissen und meint nach einem kurzen Moment: „Weißt du, was der größte Unterschied zwischen uns beiden ist? Dein Ehrgeiz. Du weißt ganz genau, was du willst, und würdest alles dafür tun. Das ist wirklich beneidenswert." Er macht eine Pause. „Aber du übertreibst langsam. Echt, Anna, ich liebe dich, aber ich halte das nicht mehr lange aus."

„Ich weiß", murmle ich.

„Du könntest so viel glücklicher sein, wenn ... *wir* könnten so viel glücklicher sein, wenn du die Sache mit Madeleine nicht so verdammt ernst nehmen würdest. Ja, sie hat dir die Hauptrolle vor der Nase weggeschnappt, und ja, sie ist eine langweilige, brünette Landpomeranze, die statt dir im Rampenlicht steht, aber hey, was machst du dir so einen Kopf? Irgendwann gibt es neue Shows und dann bist du vielleicht diejenige, welche. Du stehst doch gerade erst am Anfang. Es werden sich noch so viele Chancen ergeben!"

„Ich weiß", wiederhole ich, jetzt schon etwas genervt. Das hat er mir alles schon so oft gesagt. Und nichts hat sich seitdem verändert.

„Und außerdem ... vielleicht ist es ja gar nicht so schlecht, wie es jetzt ist. Denn so hast du wenigstens Zeit für ..."

Er bricht ab. Als ich ihn fragend anschaue, weicht er meinem Blick aus, doch ich weiß ohnehin, worum seine Gedanken kreisen, worum sie immer kreisen, vierundzwanzig Stunden pro Tag, sieben Tage die Woche.

„Ich will kein Kind, Chris. Noch nicht. Das hatten wir doch neulich schon."

Ich sehe ihm fest in die Augen, damit er endlich begreift, dass mein Entschluss unumstößlich ist. Für ein paar Sekunden schaut er ernst. Aber dann lächelt er wieder und streicht mir sanft durchs Haar. „Ist schon okay. Vielleicht irgendwann mal."

Ich spüre sein Herz, als ich den Kopf an seine Brust lege; wie stark und laut es schlägt, nur für mich. Er hat nie ein Geheimnis aus seinem Kinderwunsch gemacht und jedes Mal, wenn er bei unseren Diskussionen kleinbeigeben muss, scheint sein versöhnliches Lächeln hinterher stets ein bisschen schmaler geworden zu sein. Es ist nicht so, dass ich überhaupt keine Kinder will – es ist einfach noch zu früh und das muss er akzeptieren.

Ich gehe sehr zeitig schlafen, da ich morgen bereits um acht Uhr wieder im *Pyre* sein muss. Als Christopher spätabends zu mir ins Bett kriecht, bin ich jedoch immer noch wach. Er bemüht sich leise zu sein, dann merkt er, dass ich die Augen offen habe. „Hab ich dich aufgeweckt?"

„Nein. Ich kann nicht einschlafen."

„Immer noch wegen dieser Madeleine?"

„Eigentlich wegen Mephisto."

Er scheint sich nicht entscheiden zu können, ob er grinsen oder verwirrt sein soll, und am Ende schüttelt er einfach nur den Kopf. „Diese Musical-Leute haben aber auch komische Namen."

„Mephisto ist der Name einer Rolle, du Kultur-Banause. Jedenfalls", fahre ich fort, nachdem er so gut war aufzuhören, Wörter aufzuzählen, die sich auf „Banause" reimen, „bekommen wir einen neuen Mephisto-Darsteller und keiner hat den bisher gesehen. Ich weiß nicht mal, wie er heißt oder woher er kommt. Was, wenn ich überhaupt nicht mit ihm klarkomme?"

„Ist das nicht Madeleines Problem?"

Er ist so ehrlich, manchmal auch schonungslos, und dafür liebe ich ihn. Denn er hat es auf den Punkt gebracht: Was auch immer es mit dem neuen Mephisto-Darsteller auf sich hat, ob er ein Drogenjunkie ist, ein Chauvinist, ein Bauerntrottel oder aber der genialste Mensch der Welt – Madeleine wird sich damit befassen müssen. Nur Madeleine.

Später, als sich Christopher nackt und schnarchend auf meiner Seite des Bettes ausgebreitet hat, stehe ich auf und schleiche hinüber ins Musikzimmer, in dem, neben meinem Flügel, auch ein Schreibtisch mit PC, ein Schrank mit Büchern und der Wäscheständer untergebracht sind. Dabei ist klar, wofür der Raum eigentlich gedacht ist: Die Wände sollten bunt sein und in der Ecke sollte ein Gitterbett stehen. Das Trampeln von Kinderfüßen, Spielzeug, Gelächter, ich kann es beinahe vor mir sehen und blinde Panik steigt bei der Bildhaftigkeit dieser Vorstellung in mir hoch. Es kann nicht sein, dass Christopher mein Schicksal besiegeln darf, bloß weil ich ihn liebe. So funktioniert Liebe einfach nicht. Auch wenn meine Wünsche nichts mit Kindern zu tun haben, sind sie nicht automatisch weniger wert als seine.

Ich setze mich an den Flügel und lasse meine Finger sanft über die Tasten gleiten; ich schlage sie nicht an, ich spiele die Noten bloß in Gedanken und der stumme Klang hilft mir, das Chaos in meinem Kopf zu ordnen.

Unser wahres Problem ist doch die Tatsache, dass er mich nicht versteht. Er versteht nicht, wie sehr ich darunter leide, er versteht nicht, warum ich nachts wach liege und darüber nachdenke, wieso ich nicht gut genug bin, wieso andere das bekommen, was mir zusteht, wieso ich mich nicht einfach für Madeleine freuen kann und es hinnehme, wie es ist, anstatt mir von der Eifersucht ein Loch ins Herz fressen zu lassen. Manchmal verstehe ich es ja selbst nicht.

Als ich zurück ins Bett komme, liegt Christopher immer noch auf meiner Seite, hat sich dort so breitgemacht wie ein Toter auf einem Schlachtfeld. Mir fällt ein, was er heute Abend zu mir gesagt hat. *Wir könnten viel glücklicher sein.* Ich kuschle mich an ihn und fühle mich dennoch einer langsam wachsenden Leere ausgesetzt, die irgendwann alles in uns beiden verdrängt haben wird, was uns aneinander festhält.

Er spürt es auch. Die Mauer, die sich zwischen uns schiebt und jedes Mal schwieriger zu durchbrechen ist.

Ich frage mich, ob sie irgendwann so fest sein wird, dass wir sie nicht mehr überwinden können.

2.

Das *Pyre* ist von innen bereits eine Wucht, doch wenn man davor steht, bleibt einem regelrecht die Luft weg.

Es ist ein kolossaler Architekturtraum aus Stahl, Glas und Beton, der erst vor wenigen Jahren neben dem Wiener Messezentrum als Teil eines akademischen Neubauviertels aus dem Boden gestampft wurde. Es dominiert die Umgebung aus modernen Wohnkomplexen, Parks und verglasten Bürobauten wie eine Festung das eroberte Land. Meterhohe Fenster mit fein gemeißelten Reliefs an den Seiten erwecken den Eindruck, die Fassade gehöre zu einem imperialen Prachtbau, während der gigantische *Pyre*-Schriftzug, oben auf dem Dach, mehr an ein Stadion erinnert. Bei Nacht erleuchten unzählige Scheinwerfer in allen Farben den Himmel über dem größten Theater Europas. Der neu gebaute, knapp 3500 Quadratmeter messende Aufführungssaal D, der zur Premiere von *Epica* eingeweiht werden wird, soll neben Musical- und Theaterproduktionen zukünftig auch für die Vienna Fashion Week, Fernsehgalas und internationale Preisverleihungen genutzt werden. Manchmal werde ich ehrfürchtig angesichts meines Glücks, wenn ich die Treppe zum riesengroßen Eingang hinaufsteige und sekundenlang auf das überdimensionale Plakat starre, das wie ein Banner die Front des Gebäudes ziert: *Alex Lavays Epica – September 2017.*

Ich bin spät dran heute Morgen, deswegen lasse ich den üblichen Becher Kaffee, den ich mir sonst in der gemütlichen Lounge-Bar im Erdgeschoss gönne, ausfallen und eile direkt in den großen Übungstanzsaal des hauseigenen Balletts, wo die Morgenbesprechung und das Einstudieren der Tanzszenen stattfinden. Gesungen werden soll auch während der Proben hauptsächlich auf der neuen Hauptbühne D, die seit Wochen in einem aufwendigen Kulissenumbau steckt und vor der offiziellen Einweihung ohnehin für keine anderen Shows benutzt werden kann. Das ist zwar ungewöhnlich, da man sonst bis wenige Wochen vor der Premiere auf winzigen Nebenbühnen probt, doch angesichts der Vertrautheit, die wir so zum Hauptaufführungsort aufbauen, habe ich damit absolut kein Problem – auch wenn der ewige Lärm und das Chaos, das die laufenden Umbauarbeiten verursachen, zeitweise irritierend sind.

Ich habe einen Rucksack mit Sportklamotten dabei, da ich hoffe, heute zum ersten Mal ein paar Tanzszenen mit dem Ensemble oder Up-Tempo-Nummern ausprobieren zu können. So vieles befindet sich noch in der Aufwärmphase; die unterschiedlichen Teams aus Tänzern und Darstellern aus Österreich, Deutschland, Tschechien, Holland und Ungarn müssen sich zunächst kennenlernen und aufeinander einstellen, dann erst kann daran gearbeitet werden, eine funktionierende, in sich stimmige Show auf die Beine zu stellen. Der amphitheatrisch angelegte Saal D des *Pyre* wird sechs Monate lang exklusiver Aufführungsort sein, ehe die große Deutschlandtournee beginnt. Doch das alles ist noch Zukunftsmusik. Jetzt geht es vor allem darum, die Songs und Choreos einzustudieren und sich mit der Rolle vertraut zu machen – Musikbegleitung gibt es bis auf Weiteres bloß von unserem Korrepetitor Felix und den anderen Pianisten, oder wir singen mit Playbacks. Während der Sommerpause zwischen Juli und August stehen die Aufnahmen für das Studioalbum in London auf dem Programm. Orchester, Kostüme und Make-up kommen zum Schluss, wenn alle Fehler ausgebügelt sind und jeder seine Rolle perfekt beherrscht.

Unterwegs zum Tanzsaal kommt mir unser Valentin-Darsteller Andrei Venders entgegen. Im Vorbeigehen bekomme ich von ihm ein High Five.

„Er ist da!", verkündet er.

„Wer?"

„Na wer wohl? Er!" Er winkt mich hinter sich her, und als wir gemeinsam in die Garderobe kommen und ich die losgelöste Stimmung bemerke, die unter allen Anwesenden ausgebrochen ist, kann ich mir bereits denken, wer mit „er" gemeint ist.

„Und ich dachte, er kommt erst am Montag! Na umso besser, dann können wir jetzt schon mit den Duetten beginnen. Ich geh mich mal vorstellen." Andrei genehmigt sich ein Stück der Erdbeertorte, die dekorativ auf dem Begrüßungsbuffet thront, und marschiert auf einen jungen Mann zu, der ein paar Schritte weiter vorne bei den Spiegelreihen steht und sich mit den drei Dramaturgen, unseren E-Gitarristen Harald und Mike, zwei Kostümbildnern und einigen Mädels aus dem Ensemble unterhält.

Das ist er also. Auf ihn haben wir so sehnsüchtig gewartet. Er ist maximal Mitte zwanzig und hat längere Haare als ich, schwarz mit dunkelblauen Strähnen, links hat er einen Sidecut. Nase und Ohren sind je einmal gepierct, die Unterlippe sogar zweimal, auf seinem rechten Arm breitet sich eine Tattoocollage aus den verschiedensten Motiven aus, die ich in all ihrer Farbenpracht bewundern kann, da er die Ärmel seines schwarzen T-Shirts abgeschnitten hat. Die Zunge ist ebenfalls gepierct; ich bemerke es, als er wegen irgendetwas herzhaft auflacht, dann erscheinen schon die nächsten neugierigen Kollegen auf der Bildfläche und im Tumult, der urplötzlich ausgebrochen ist, kann ich ihn gar nicht mehr richtig erkennen.

Er passt wohl besser in eine Glam-Rock-Band als hierher – andererseits bildet Goethes „Faust“ lediglich die Vorlage für *Epica*, die Show selbst erzählt eine stark veränderte Geschichte. Angesiedelt im Paris des achtzehnten Jahrhunderts, treffen altbekannte Figuren auf völlig neue, als Mephisto auf die Erde hinabsteigt, um seiner Geliebten das Herz eines Mädchens zu bringen. Liebe ist es auch, die die übrigen Protagonisten leitet, in ihren hellsten wie auch dunkelsten Formen – hoffnungslose Liebe, manische Liebe, die Liebe zu sich selbst und die Liebe, die nicht sein darf. Auch das Publikum soll sich verlieben, in die Geschichte, in uns alle, und so verstehe ich sogar, wieso Viktor diesem Punk einem Mark Traumer den Vorzug gibt. *Epicas* Mephisto ist nicht bloß eine Figur in einer Geschichte, er verkörpert das Reißerische, Böse, das Liebe manchmal mit sich bringt, und je kontroverser dies dargestellt wird, umso tiefer kann die Show sich ins Gedächtnis der Zuschauer brennen. Außerdem ist kontrovers gut, kontrovers bringt Presse. Aber musste es gleich *so* kontrovers sein?

Ich stelle mich etwas zur Seite, um ihn besser sehen zu können. Seine Augen sind unglaublich blau, riesengroß und voller Freude - fast ein wenig unheimlich. Er und Mike reden kurz miteinander, dann merke ich, dass er mich ansieht. Er lächelt zu mir herüber, wie er alle hier anlächelt, und ich verspüre den absurden Drang, mich abzuwenden, bevor er denkt, ich würde ihn anstarren. Doch das ist gar nicht nötig. Eine Traube aus Tänzern kommt an mir vorbei und versperrt mir die Sicht, und hinterher hat er sich längst Andrei zugewandt, der ihn fasziniert auf seine Piercings anspricht.

„So ist das Rätsel also gelüftet. Oder sollte ich sagen, das also ist des Pudels Kern? Haha.“ Luca ist neben mir aufgetaucht. Er hat die Arme vor der Brust verschränkt und kaut gelangweilt einen Kaugummi, aber ich erkenne sofort, dass sein Desinteresse nur gespielt ist. In seinen dunklen Augen funkelt es begeistert und das liegt nicht bloß an dem großen Stück Erdbeertorte, das er sich gerade auf einen Teller gibt. „Und, was sagst du zu ihm?", fragt er und lässt den Kaugummi dezent in einer Serviette verschwinden. „Sieht doch ganz vielversprechend aus, der junge Mann. Wow, die Torte ist lecker! Auch ein Stück?"

„Nein danke. Soll das hier eine Art Begrüßungsbuffet sein?"

„Das will ich doch hoffen!", meint er mit vollem Mund. „Sonst bedeutet das nämlich, dass hier irgendjemand Geburtstag hat. Und ich habe keine Ahnung, wer." Mit nur wenigen Gabelstichen hat er das Tortenstück verputzt. Er stellt den leeren Teller weg und klatscht motiviert die Hände zusammen. „Viktor ist schon ein ausgekochter Hund, was? Da spannt er uns so lange auf die Folter und dann das. Ich meine, sieh dir den Jungen mal an! Traumbesetzung! Jetzt muss er nur noch singen können, dann sind wir alle reich. Ach was rede ich da, der muss gar nicht singen können. Der muss nur dastehen und *so* aussehen und der Laden läuft!"

Ich ringe mir ein schiefes Lächeln ab. „Mit oder ohne Piercings?"

„Natürlich mit. So etwas nennt man progressiv, Anna. Wir machen *progressives* Theater! Mal sehen, ob dem jungen Mann seine Kostüme passen. Verzeihung, lasst ihr mich mal durch? Platz da, hier kommt der Chefdesigner. Hi, Luca Rodari, mit wem habe ich das Vergnügen?"

„Arjen Verbeek. Freut mich."

Seine Stimme klingt unerwartet tief. Bei Tenorpartien könnte das interessant werden.

„Ein Holländer, wow! Die Leute lieben euren Akzent. Lass uns mal auf einen Sprung in die Anprobe gehen, ich hab da ein paar Sachen, die könnten dir ganz gut stehen."

Luca gelingt es, Arjen vom Rest der Meute zu trennen, doch schon ist er von neuen Schaulustigen umgeben, die eben erst in den Raum gekommen sind und genauso großes Interesse an ihm hegen. Sie tänzeln um ihn herum wie Welpen um ihren neuen Besitzer, jeder will ihm die Hand schütteln und ein paar Worte mit ihm wechseln, sich vorstellen und einen guten Eindruck hinterlassen. Als hätten sie noch nie einen Typen mit schwarz-blauen Haaren gesehen. Zugegeben, habe ich auch nicht. Trotzdem. Er schenkt jedem, der ihn begrüßt, ein strahlendes Lächeln, ist freundlich und charmant, und ich wette, alle werden auf ihn fliegen, ihm in den Hintern kriechen, wie sie es bei Madeleine tun. Fast schon bin ich versucht, beim Hinausgehen überaus deutlich die Tür hinter mir zuzuschlagen, damit er sieht, dass wenigstens eine auf seine Anwesenheit pfeift. Aber im Endeffekt ist es egal, was ich mache, denn er ignoriert mich sowieso.

Nachdem ich mich in der Garderobe umgezogen habe, mache ich mich in meinem bequemen Sportoutfit erneut auf den Weg in den großen Tanzsaal, um Viktor ausfindig zu machen und vielleicht unterwegs doch noch irgendwo einen Kaffee aufzutreiben, um den Ärger über den Trubel um Arjen davonzuspülen. Kaffee finde ich keinen, aber Viktor steht zusammen mit Kurt Weinberger, den beiden anderen Dramaturgen und dem gesamten Choreografen-Team vor dem Piano und starrt wütend Löcher in den Boden. Mein Auftauchen lässt ihn hochfahren, als hätte ihn der Blitz getroffen.

„Anna, na endlich! Wenigstens eine, die was von Pünktlichkeit versteht. Komm her, wir brauchen dich. Wo ist Arjen?“

Er geht bereits fest davon aus, dass ich weiß, um wen es geht. Nervend. „Der ist mit Luca in der Anprobe, soweit ich weiß.“

„Was?“

„Wegen der Kostüme. Ich dachte, du weißt das.“

„Wegen der ... wegen der Kostüm – was?“

Ich weiß nicht, was er von mir will. Unsicher zucke ich mit den Schultern.

„Okay, Leute, irgendetwas läuft hier falsch. Wir konnten nicht proben, weil wir keinen Mephisto hatten. Jetzt ist der Mephisto da und wir können immer noch nicht proben – wer erklärt mir das?“

Verunsichertes Schweigen macht sich breit. In solchen Situationen ist es am besten, sich unauffällig zu verhalten und keine schnellen Bewegungen zu machen.

„Na schön. Möglichweise habe ich mich unklar ausgedrückt. Was ich sagen wollte, war: Ich will, dass mir jemand diesen Kerl herholt, und zwar sofort!“

„Während wir warten, könnte ich vielleicht kurz das Helena-Solo proben“, versuche ich mein Glück, doch Viktor hört mir gar nicht zu.

„Also manchmal glaube ich, ich bin in einem Irrenhaus! Ein Budget von 20 Millionen Euro und es ist nicht möglich, pünktlich mit den Proben anzufangen? Wisst ihr, was das ist, das ist scheiße! Das ist einfach nur scheiße!“ Er gestikuliert in sämtliche Richtungen und die Äderchen auf seiner Stirn schwellen wieder zu ihrer besorgniserregenden Größe an. „Bringt mir diesen Kerl jetzt sofort auf meine

Bühne oder ich verfüttere seinen Vertrag an die verfluchten Ratten da unten, noch bevor er ..." Er bricht ab, als hinter mir Schritte zu hören sind. Sein vor Wut rot angelaufenes Gesicht entspannt sich etwas. „Na also, da ist er doch! Komm schon, schnell, schnell, schnell! Na komm schon!"

Er macht einige fahrige Handbewegungen, während die Männer im Hintergrund spürbar von Erleichterung durchströmt werden. Im nächsten Moment steht Arjen neben mir und strahlt selig in die Runde.

„Kann's losgehen?"

„So lobe ich mir das!", ruft Viktor, der bereits munter die richtige Seite im Textbuch aufschlägt und sie an Felix am Klavier weitergibt. „Bloß nicht unnötig Zeit verschwenden. Jetzt brauchen wir nur noch Madeleine. He, hat jemand Madeleine gesehen? Madeleine!"

„Die ist noch beim Frühstück", antwortet jemand aus dem Beleuchtungsteam.

„Okay, dann singst eben du mit ihm, Anna. Dritter Akt, letzte Szene, Heimsuchung, die Tanzszene. Arjen fängt an, Anna setzt in der zweiten Strophe ein. Und los."

Die Tanzszene – jetzt? Ich habe noch nicht einmal begriffen, wie Arjen so plötzlich neben mir stehen konnte, nachdem ich selbst gesehen hatte, wie er mit Luca in Richtung Anprobe verschwunden ist. Abgesehen davon habe ich den Text nicht intus. Die Mephisto-Szenen haben wir bisher kaum geübt. Doch schon huschen Felix' Finger routiniert über die Tasten, Viktor macht erwartungsvoll Platz und auf einmal stehe ich mit Arjen allein vor der raumhohen Spiegelwand und habe kaum Atem geholt, da beginnt er schon zu singen.

Es ist die Szene, in der Mephisto sich in Gretchens Schlafzimmer schleicht, Höhepunkt und große Wende am Ende des zweiten Aktes. Die Luft scheint sich elektrisch aufzuladen und ich kann jedes Staubkorn, jedes Molekül im Saal tanzen spüren, völlig euphorisch beim Klang dieser atemberaubenden Stimme. Im Wirbel der Musik öffnet sich ein Schlund zu meinen Füßen und im Sog des Abgrundes stolpere ich immer weiter auf die stockfinstere Tiefe zu. Die Dunkelheit dort unten zieht mich an, die sanften, unheimlichen und dennoch wild polternden Töne stoßen mich über die Kante und ich lande im Inneren eines unterirdischen Palastes, majestätisch und voller Geheimnisse. Schon die erste Strophe ist wie ein Kuss auf nackter Haut: Es beißt und brennt und reißt einen in den Wahnsinn, und dieser Wahnsinn ist so wundervoll, so blind und lodernd, dass meine Seele in Flammen aufgeht, mein Herz zerspringt, meine Stimme vor Ekstase schreit.

Die Musik und die Emotionen reißen mich fort wie eine brennendheiße Welle, schmettern mich gegen die zerklüftete Felswand meiner Erwartungen, lassen Stein und Knochen brechen, bis nichts von mir übrig bleibt, nur Staub, ich bin Staub ... Die Melodie scheint sich neben mir als schwarzer Schatten manifestiert zu haben, ist urplötzlich lebendig geworden, nachdem sie so lange nicht gespielt worden war. Ich möchte von diesem Schatten ins Dunkle gezogen werden, möchte die Flammen spüren, davon zerrissen werden, mich treiben lassen wie von einem riesigen schwarzen Pferd, das mich dorthin führt, von wo es kein Zurück mehr gibt ...

Dann der Aufprall in der Realität, als die plötzlich einsetzende Stille mich aus meiner Traumwelt reißt. Verwirrt schaue ich mich um. Das Klavier ist verstummt und Arjen steht reglos da und sieht mich an. Das Feuer unter mir ist erloschen, die Luft ist trocken und kalt. Habe ich wirklich nur geträumt? Arjen wartet kurz, ehe er mit den Schultern zuckt und Viktor einen ratlosen Blick zuwirft.

„Also ich versichere dir, dass wir genauso fasziniert sind wie du, Anna“, sagt Viktor mit hochgezogenen Brauen. „Aber das ist die Stelle, an der du eigentlich anfangen solltest zu *singen*!“

Hinterher ziehe ich mich in die Maske zurück. Ich habe genug. Nach meinem verpatzten Einsatz gelang mir zwar noch eine stilistisch einwandfreie Performance, aber nachdem Viktor sich ein paar Notizen dazu gemacht hatte, stand er auf, blätterte in seinem Block auf eine neue Seite und rief: „Jetzt holt mir endlich einer Madeleine her!“

Mein Stichwort zu verschwinden. Es macht mir nicht viel aus. Auf eine weitere Darbietung von Madeleines großem Können kann ich verzichten, nachdem mir erst wieder so glasklar vor Augen geführt wurde, dass ich nicht einmal das Zeug dazu habe, rechtzeitig in einen Song einzusteigen, geschweige denn mit meinem – wirklich verdammt talentierten – Partner mitzuhalten. Ich habe den Fehler gemacht, ihn nach seinem wüsten Äußeren zu beurteilen, und mir keine Hoffnungen auf ein allzu großes Gesangstalent zu machen. Aber zum Teufel, dieser Typ kann vielleicht singen! Er hat keine klassische Ausbildung, das hört man auf Anhieb, aber für diese Show ist das auch überhaupt nicht nötig. Viele Songs, die das sechsköpfige Komponisten-Team für *Epica* geschrieben hat, sind sehr rockig und benötigen dementsprechend rotzige Stimmen, sonst funktioniert es nicht. Ob Viktor sich dasselbe dachte, als er sich seine kurze Notiz machte? *Es funktioniert mit ihr nicht ...* Wieso nicht gleich: *gefeuert.*

Ich bin die Einzige in der Maske, die vielen Plätze an

der endlos langen Spiegelwand sind leer. Ein schwacher Trost hinsichtlich der Tatsache, dass sie vermutlich alle auf den Zuschauerplätzen sitzen und Madeleine und Arjen bei ihrem schier umwerfenden Duett bestaunen. Ich falle in einen der Stühle und beschließe, mich nicht mehr zu bewegen. Der aufdringliche Geruch von Haarspray, Puder, Shampoo und Parfüm kratzt in meiner Nase, und verschiedene Schminkutensilien reihen sich nebeneinander auf der kleinen Ablagefläche unter dem Spiegel, geben mir das Gefühl, zu wenig Platz zu haben. Ich nehme den blutroten Lippenstift und trage ihn gewissenhaft auf, und als ich fertig bin, wirkt mein Gesicht noch blasser und unzufriedener als sonst. Ich hole mein Handy aus dem Rucksack, der neben dem Stuhl am Boden steht. Schon wieder ein versäumter Anruf von meinem Bruder. Er versucht mich bereits seit einigen Tagen zu erreichen. Telefonate mit ihm sind so unglaublich anstrengend, doch ich brauche jetzt eine vertraute Stimme, sonst werde ich verrückt.

Er meldet sich sofort.

„Hey, Nicki“, begrüße ich ihn und versuche fröhlich zu klingen. „Wie geht's dir?“

„Eigentlich ganz gut. Und bei dir ist alles okay? Du klingst komisch.“

„Ach so?“ Ich räuspere mich und drehe mich vom Spiegel weg. „Keine Ahnung, bin wohl nur etwas heiser.“

„Ich hab versucht, dich anzurufen, aber du gehst nie ran.“

„Ja. Viel Stress momentan.“

„Aha.“

Das Misstrauen in seiner Stimme versetzt mir innerlich einen Schlag. Nicki ist nicht einfach, seit er auf Entzug war. Er ist sprunghaft und leicht zu reizen, und wenn er erst einmal angefangen hat zu reden, hört er in der Regel nicht mehr auf. Manchmal ist meine Abneigung, mich mit ihm auseinanderzusetzen, so groß, dass ich Christopher bitte, für mich zu lügen, wenn Nicki mal wieder unangekündigt vor unserer Tür steht und mich sehen will. Christopher behauptet dann, ich sei nicht da oder wäre beschäftigt. Natürlich weiß ich, dass Nicki sich bloß austauschen möchte, die Zeit mit jemandem verbringen will, der ihm vertraut ist und von dem er sich verstanden fühlt – doch wieso muss ausgerechnet ich diejenige sein, die ihm dieses Gefühl vermittelt? Ich schaffe das einfach nicht. Unmöglich kann ich die Kraft aufbringen, um meine stockende Karriere, eine brüchige Beziehung und einen psychisch labilen Bruder zu ertragen.

„Wann hast du denn wieder mal Zeit?", fragt er mich.

„Ich weiß nicht. Wir haben seit heute endlich unseren Mephisto-Darsteller. Jetzt wird's ernst."

„Was ist mit heute Abend? Willst du was essen gehen?"

„Nicki, hör zu ..."

„Ich hab nämlich was für dich. Ich würde es dir gerne geben."

„Oh. Was ist es denn?"

„Wirst du schon sehen." Ich höre das Lächeln in seiner Stimme und fühle mich noch mieser. Ich will nicht mit ihm essen gehen. Mir seine Probleme anzuhören ist fast schlimmer, als selbst Probleme zu haben. „Also heute Abend dann, ja? So um acht?"

Ich beiße mir auf die Lippe. „Aber bleiben wir lieber zu Hause, okay? Chris kocht uns was."

„Ah. Na schön." Er und Chris kommen nicht sonderlich gut miteinander aus, seit er clean ist. Irgendwie scheinen sie sich gegenseitig dafür verantwortlich zu machen, dass ich so wenig Zeit für sie beide habe. Was total lächerlich ist. „Dann bis später. Freu mich schon!"

„Ich mich auch. Bis dann."

Ich lege auf und schaue mich wieder im Spiegel an. Ich habe den Lippenstift während des Gesprächs von meinen Lippen geleckt. Trotzdem nehme ich ein Abschminktuch aus dem Pappspender und wische damit so lange über meinen Mund, bis nichts mehr von der blutroten Farbe übrig ist. Ich bleibe erschöpft vor dem Spiegel sitzen, warte darauf, dass sich an meinem traurigen Gesicht etwas ändert. Dann geht die Tür hinter mir auf und jemand kommt herein. Das Licht springt automatisch an und plötzlich ist es ganz hell in der Maske. Wie lange muss ich regungslos hier gesessen haben, dass das Licht von selbst wieder ausgegangen ist?

„Hallo", begrüßt mich Arjen. Er lächelt mich über den Spiegel hinweg an und ich wische mir schnell übers Gesicht, falls doch die eine oder andere Träne meine Wangen hinunter kullert. Er setzt sich auf den freien Platz neben mir und wippt ein bisschen mit dem Stuhl herum. Ich drehe mich zur Tür, ob noch jemand kommt, aber er ist allein. Was will er hier? Ein nettes Gespräch zum Kennenlernen? Darauf kann ich verzichten.

„Ich wollte gerade wieder gehen", setze ich an, aber er unterbricht mich, indem er sagt: „Du bist besser."

Ich weiß auf Anhieb, was er meint. Natürlich. „Und was sagt Madeleine zu deiner Einschätzung?"

„Ich hatte gerade mit ihr Probe. Sie ist gut, aber du bist besser. Mal abgesehen von deinem verpatzten Einsatz."

Ich könnte jetzt lachen oder weinen. Zum Glück entscheide ich mich dafür, zu lachen. „Also normalerweise passiert mir das auch nicht."

„Habe ich dich hypnotisiert mit meiner Darbietung?“

„Das wird es wohl gewesen sein“, murmle ich und überlege, wie ich dieses Gespräch am besten beenden könnte. Irgendetwas an ihm macht mich nervös. Da ist eine Schwingung in der Luft, die kribbelnd durch meine Glieder fährt. Als wäre eine Gewitterfront aufgezogen, und jeden Moment könnte mich ein Blitz treffen.

„Danach warst du aber wirklich gut“, fährt er fort. „Viktor hat das auch gesagt.“

„Was?“

Mein allzu verblüfftes Gesicht scheint ihn zu amüsieren. Er greift nach einem Puderpinsel und fährt mit dem Daumen über die zarten Borsten. „Kein Fan von ihm?“

„Wohl eher umgekehrt. Von meiner Seite aus passt alles.“

„Ach so.“

„Und, hast du schon alle kennengelernt?“, erkundige ich mich, weil ich nicht weiß, was ich sonst mit ihm reden soll. Er lacht etwas.

„Nein, nicht mal annähernd. Allein auf dem Weg hierher habe ich mindestens zehn neue Gesichter gesehen.“

„Das wird schon. Wir sind hier alle eine große Familie.“

Sein Blick wandert die Wände und den Tisch entlang, ohne weiter auf mich zu achten. Bestimmt langweile ich ihn. Ich habe ihn beobachtet, als ich nach unserem Duett aus dem Tanzsaal verbannt wurde; keine drei Sekunden hat es gedauert, da stand er schon von fünf Mädels aus dem Engel-Dämonen-Team umringt und ließ munter seinen Charme sprühen. Ich kenne Männer wie ihn, die erwarten nichts anderes, als dass du vor ihnen auf die Knie fällst, und wenn sie das nicht von dir bekommen, bist du für sie nicht mehr interessant.

„Und hast du schon mit ihm geredet?“

Seine Frage kommt unerwartet und ich schüttle verwirrt den Kopf. „Wie bitte?“

„Du und Viktor. Vielleicht kommt ihr ja besser miteinander aus, wenn ihr eure Probleme aus der Welt schafft. Reden hilft meistens.“

„Danke, aber niemand hat hier etwas von Problemen gesagt.“

„Stimmt“, meint er lächelnd, legt den Pinsel zurück und beginnt mich zu mustern. Seine Piercings sind irritierend, vor allem die Ringe in der Unterlippe – sie bewegen sich nach außen, wenn er lacht, und er schiebt sie immer wieder mit der Zunge hin und her. Viktor wird diesbezüglich hoffentlich noch ein Machtwort sprechen. „Bekommst du eine Perücke, wenn du spielst?“

Ich fasse mir ins schulterlange Haar, das für Gretchen und Helena natürlich viel zu kurz ist. Als ich merke, wie er schon wieder grinst, nehme ich die Hand runter und zucke mit den Schultern. „Keine Ahnung. Das musst du Viktor fragen.“

„Rede wirklich mal mit ihm“, fängt er wieder an. „Was soll schon passieren?“

Sein Zickzack-Gerede geht mir auf die Nerven. Ich möchte ihm sagen, dass ihn das alles nichts angeht, aber da ist er schon aufgestanden und geht einfach nach draußen, ohne sich zu verabschieden, ohne irgendetwas zu sagen. Das Licht geht aus und ich sitze wieder im Dunkeln, als hätte ich mich seit Stunden nicht bewegt, als würde ich überhaupt nicht existieren. Und genauso fühle ich mich plötzlich auch – bedeutungslos, unsichtbar, eine unter vielen. Wie konnte Viktor nur damit durchkommen, das Hauptaugenmerk auf einige wenige Darsteller zu reduzieren? Eine Show von diesem Ausmaß braucht alternierende

Besetzungen, um den Cast zu entlasten, andernfalls wird hier sehr schnell der Wahnsinn um sich greifen, doch bestimmt wurde auch Arjen als Exklusivbesetzung gecastet, bloß damit Viktor sich in der Inszenierung verewigen kann.

Arjen hat recht, schlimmer als jetzt kann es nicht werden. Ich sollte einfach auf Kollisionskurs gehen, anstatt zu riskieren, am Ende ganz auf der Strecke zu bleiben. Genau, das muss ich tun. Jetzt sofort.

Ich finde Viktor zusammen mit Kurt Weinberger am großen Flügel im Tanzsaal, wo sie gemeinsam an einigen Sprechpassagen im dritten Akt basteln. Gut, dass wir die noch nicht beherrschen müssen, so oft, wie man daran etwas ändert.

„Kann ich dich kurz sprechen?“, frage ich Viktor.

„Worum geht's?“

„Unter vier Augen bitte.“

Erst jetzt hält er es für nötig, von seinem Papierkram hochzusehen, wenn auch nur für einen Moment. „Ich hab zu tun. Hat das nicht bis morgen Zeit?“

„Nein, hat es nicht.“

„Mein Gott.“ Er drückt Kurt die losen Blätter Papier in die Hand, schnappt mich am Arm und geht mit mir in den etwas kleineren Nachbarsaal, wo wir ungestört sind. „Also, was ist los? In zehn Minuten ist Madeleines Pause vorbei.“

„Wie war ich beim Duett? Jetzt mal abgesehen von der Sache mit dem Einsatz. Ich weiß, das war Mist. Aber sonst?“

Er zuckt mit den Schultern. „Gut.“

Bei ihm klingt das Wort nicht viel besser als „mittelmäßig“ oder „okay“. So leicht lasse ich mich nicht abspeisen. „Aber du wirst doch sicher Kritik haben. Hätte ich etwas besser machen können?“

„Was soll das?“, fragt er mit einem Blick auf die Uhr. „Du warst gut, belassen wir es dabei.“

Er möchte sich an mir vorbeidrängen. Ich stelle mich ihm in den Weg.

„Zum Teufel, Anna, was willst du von mir?“

„Ich will, dass du mit mir arbeitest. Und zwar mit derselben Ernsthaftigkeit und dem Respekt, den du auch Madeleine entgegenbringst.“

„Wer behauptet denn hier, ich würde dir keinen Respekt –“

„Ich rede nicht von Höflichkeit, sondern von beruflichem Respekt! Du gibst mir das Gefühl, für diese Show überhaupt nicht von Nutzen zu sein!“

„Also dafür habe ich jetzt wirklich keine Zeit ...“

„Du wirst dir jetzt anhören, was ich zu sagen habe“, unterbreche ich ihn, „denn mir reicht es! Fast jeden Tag komme ich hierher und habe nichts zu tun, weil mich niemand die verdammte Rolle proben lässt, für die ich unterschrieben habe. Ihr wollt eine Zweitbesetzung? Schön, aber die wird eine sehr miese Darbietung abgeben, wenn es hart auf hart kommt, das kann ich dir versichern.“

Er stößt entnervt die Luft aus, redet mir aber nicht dazwischen. Überhaupt glaube ich, in seinem Gesicht die ersten Anzeichen von Verständnis zu erkennen. Schnell rede ich weiter.

„Wenn ich eine Szene proben möchte, muss ich dich oftmals tausendmal darum bitten, als hätte ich kein Anrecht darauf. Und du gibst mir nie Feedback. Falls die übrigen Zweitbesetzungen das in Ordnung finden, ist das deren Sache, aber ich habe keine Ahnung, ob es gut ist, was ich mache, und das macht mich fertig! Wieso lässt du mich so im Regen stehen?“

Ein verdächtiges Zittern hat sich am Schluss in meine Stimme geschlichen. Bevor sie komplett versagt, werde ich still und beobachte, wie Viktor mich ansieht. Keine Ader auf der Stirn, keine geröteten Flecken am Hals. Eigentlich ein gutes Zeichen – aber sein Blick ist todernst, als er die Hände vor der Brust verschränkt und langsam zu nicken beginnt.

„Okay, Anna. Ich verstehe jetzt, was du willst."

Mir fällt ein Stein vom Herzen und ein wildes Grinsen macht sich in meinem Gesicht breit. „Ich wusste, dass du es verstehst."

„Du willst mehr Lob und das Gefühl, es draufzuhaben, und es tut mir leid, falls ich es bisher verabsäumt habe, dir das zu geben. Aber Fakt ist", fährt er fort und mit einem Mal ist seine Stimme haarscharf, „dass wir hier sehr, sehr viele Leute sind, und wenn ich zu jedem einzelnen hingehen und ihm auf die Schulter klopfen würde, damit er mit einem guten Gefühl ins Bettchen geht, könnten wir einpacken. Du verzeihst also, wenn ich mir nicht die Mühe mache, dich nach jedem gesungenen Wort in den Arm zu nehmen und dir zu versichern, dass deine Mutti ein gutes Kind groß gezogen hat. Den Teil kannst du selbst erledigen, wenn du zu Hause vor dem Badezimmerspiegel stehst und dich zu deinem Talent beglückwünschst, und wenn du schon dabei bist, dann gewöhne dich lieber gleich an dieses Gefühl, denn wenn du mich noch einmal mit diesem Mist nervst, dann schwöre ich dir, dass du aus deinem Badezimmer gar nicht erst wieder herauskommen musst! Hast du das verstanden?"

Okay ... So etwas habe ich nicht erwartet. Und er gibt mir auch keine Zeit, es zu verarbeiten. Mit einem barschen „Du kannst jetzt gehen" lässt er mich im leeren Saal zurück, und das Erste, das ich nach einer Ewigkeit höre, ist: „Wo ist Madeleine?“

Ein stumpfes Rauschen breitet sich in mir aus, ein Sandsturm, der tosend über die Einöde in meinem Kopf hinwegfegt und alles verwüstet.

Ich war so stolz, als ich den Vertrag unterschrieben habe, so unbeschreiblich glücklich, es geschafft zu haben, nach so langer Zeit. Wenn sie mich alle für so entbehrlich halten, was suche ich dann noch hier? Vier harte Jahre Ausbildung in Schauspiel, Tanz, Gesang, Musiktheorie, Repertoirekunde, wofür? Wenn doch alles, was ich gelernt habe, im Sand versinkt.

3.

Die riesige Deckenverglasung über dem Foyer zeigt mir nichts als Schwärze, als ich den Rucksack von meiner Schulter rutschen lasse und mich mitten auf der Haupttreppe auf den kalten, harten Steinboden setze. Ich bin die Letzte, die noch da ist. Viktor war so zufrieden mit Arjens und Madeleines Leistung, dass er das komplette Team zur Feier des Tages schon um achtzehn Uhr nach Hause geschickt hat. Wie jeden Mittwoch gibt es auch keine Abendvorstellung der Modern-Dance-Show, die noch bis Mitte Juni im *Pyre* gastiert, daher ist die große Eingangshalle, die von einem monströsen Kronleuchter aus Milchglas dominiert wird, leer. Nur ein Mann von der Reinigung zieht mit einem Wischmopp geruhsam seine Kreise, um die Spuren von Straßenstaub und Müll zu beseitigen, die im Laufe des Tages von den Besuchern ins Gebäude getragen wurden.

Nickis Antwort will mir einfach nicht aus dem Kopf; ich habe ihm kurz nach meinem Gespräch mit Viktor per SMS geschrieben, dass unser Essen heute Abend leider doch nicht stattfinden kann – *Aha.* Drei lächerliche Buchstaben und sie vermitteln seine Enttäuschung so deutlich, als stünde er neben mir und würde mir ins Gesicht brüllen, dass er mich hasst.

Mein Leben ist wie diese Halle: zu etwas Großem bestimmt, doch aufgrund von Entscheidungen anderer nutzlos und leer. Ich will mich nicht mehr selbst bemitleiden, ich will nicht andauernd diesen Frust in mir spüren, der irgendwann jede positive Emotion, die ich mit meinem Beruf verbinde, zerstört haben wird – denn wenn das erst einmal geschehen ist, was soll ich dann noch tun? Was würde mir dann noch bleiben?

Ein kühler Windhauch bläst an mir vorbei, als die große Eingangstür auf der anderen Seite aufgestoßen wird. Madeleine trippelt in Stöckelschuhen und mit tropfendem Regenschirm ins Foyer. Es ist so still hier, dass ihre Schritte im ganzen Gebäude zu hören sind.

Ich überlege, ob noch genug Zeit ist, um aufzuspringen und so zu tun, als würde ich gerade von oben kommen. Doch sie hat mich bereits entdeckt.

„Anna? Hey, was machst du denn noch hier? Es ist doch schon fast zehn."

Diverse Ausreden schießen mir durch den Kopf: Dass mein Motorrad nicht anspringt und ich darauf warte, von Christopher abgeholt zu werden. Dass ich noch eine Verabredung habe. Dass ich länger bleibe, um noch etwas zu proben ... Aber wozu sollte ich mir die Mühe machen zu lügen? Sie wird mir längst angesehen haben, dass ich nur deswegen noch hier sitze, weil aufzustehen nicht in Frage kommt.

„Ich wollte mal in Ruhe nachdenken", versuche ich, sie abzuwimmeln. „Mir geht in letzter Zeit vieles durch den Kopf."

„Ach ja? Das tut mir leid." Sie steht jetzt neben mir, etwas abseits am Treppengeländer, und überlegt offenbar, ob sie sich zu mir setzen soll. Sie sieht unerwartet hübsch aus heute Abend; schöner, dunkelblauer Blazer, funkelnde Ohrringe und ihr frisch gestyltes Haar wallt prachtvoll über ihre Schultern. Vielleicht ist sie ja diejenige mit der Verabredung. Ich habe keine Lust, danach zu fragen.

„Was sagst du zu unserem Mephisto?", bricht sie nach einem Moment das Schweigen.

„Er ist gut."

„Er ist der Wahnsinn! Wie der einen ansieht, während er spielt, da kommt man gleich auf böse Gedanken, was?“

Sie lacht und ich lache brav mit, obwohl ich in Wahrheit an Arjens Talent rein gar nichts lustig finde. Der wird uns noch alle an die Wand spielen.

„Ich bin schon so gespannt, wie es mit Orchester und Kostümen und allem Drum und Dran sein wird“, schwärmt sie weiter. „Ich meine, jetzt, ohne alledem ist der Zauber ja noch ganz klein – aber wenn alle kostümiert sind, die Kulissen stehen und die Musik spielt ... das muss atemberaubend sein.“

Sie lehnt sich an das Treppengeländer und schaut verzaubert an die Decke, und kurz lasse ich mich anstecken von ihrer Träumerei, stelle mir den Ballsaal mit seinen vielen beweglichen Treppen, Plattformen und Etagen vor und wie farbenprächtig alles im Licht der Scheinwerfer schillern wird. Und wenn erst die Musik spielt und sich die mächtigen Zahnräder, die die Welt von *Epica* erschaffen, in Gang setzen, wird das Meisterwerk vollkommen sein. Doch es ist nur eine Illusion. Nichts von dem, was auf der Bühne passiert, ist real. Obwohl wir so viel Zeit und Mühe darin investieren, es so aussehen zu lassen. Das macht mich plötzlich ungeheuer traurig.

„Weißt du ... es hört sich vielleicht blöd an, aber ...“ Madeleine setzt sich zu mir und starrt vor sich auf den Boden. Sie schüttelt ihren Regenschirm aus und reibt die Hände aneinander. Ihr Gesicht ist jetzt sehr ernst. „Manchmal habe ich Angst, dass ich es nicht schaffe. Dass etwas passiert, das ich nicht kontrollieren kann, und ich meine Stimme verliere. Erst heute, da ... da hatte ich plötzlich so ein Kratzen im Hals und musste kurz eine Pause machen. Alle haben mich auf einmal angestarrt und ich dachte schon, das war's jetzt. Ich kann nicht mehr singen. Und ich ... ich wurde richtig panisch! Hinterher war zwar wieder alles okay, aber für diesen kleinen Moment dachte ich wirklich, ich bin meinen Job los. Ich weiß, das ist lächerlich", fügt sie mit einem unsicheren Lächeln hinzu.

Ich beobachte ihre Hände, die sie immer noch verkrampft aneinander reibt. „Mach dir keine Sorgen deswegen. Du wirst deine Stimme nicht verlieren."

„Denn das wäre mein Tod!" Sie lacht jetzt wieder und schüttelt den Kopf. „Ehrlich, Anna. Wenn ich am achtzehnten September nicht auf dieser Bühne stehe, kannst du gleich eine Beerdigung für mich organisieren, denn dann stürze ich mich nämlich von der nächstbesten Brücke. Diese Rolle ist mein Leben. Ich würde sogar ... ja, ich würde sogar meine Seele an den Teufel verkaufen, nur um auf dieser Bühne zu stehen. Ist das verrückt?"

Verzweifelt sucht sie meinen Blick. Zu gerne würde ich ihr das Gefühl geben, tatsächlich nicht mehr alle Tassen im Schrank zu haben – doch leider sind wir uns ähnlicher als erwartet. Ich schüttle den Kopf.

„Nein, Maddie. Das ist überhaupt nicht verrückt."

Sie lächelt mich an und in dieser kurzen Stille, die folgt, ertappe ich mich bei dem Gedanken, dass wir Freunde werden könnten, wenn da nicht die Eifersucht wäre, die jeden meiner Gedanken vergiftet. Wie friedlich könnte es dann sein? Doch es bringt nichts, darüber nachzudenken. Ich werde diese Eifersucht nie los. Nicht solange Madeleine lebt.

Madeleine greift wieder nach ihrem Schirm. „Ich muss noch mal kurz rauf und meine Kopfhörer holen. Ich hab sie in der Garderobe vergessen. Was sagst du, gehen wir nachher noch was trinken?"

„Oh, ich ... nein. Es ist schon spät. Ich werde dann jetzt lieber nach Hause fahren."

„Okay. Dann bis morgen und schlaf gut."

Sie verschwindet die Treppe hinauf und ich komme endlich von diesem eiskalten Boden hoch. Länger hier herumzusitzen und mich selbst zu bemitleiden kommt mir noch armseliger vor, nachdem ich schon Madeleines Angebot, mit ihr auszugehen, ausgeschlagen habe. Ich nehme den Aufzug hinunter in die Tiefgarage, steige auf meine Honda und lasse das grell erleuchtete *Pyre* mit all seinen Dämonen weit hinter mir.

Es hat inzwischen aufgehört zu regnen, aber die Fahrbahn ist rutschig. Ich verlangsame das Tempo und genieße die Frische der kalten Luft, während mein Kopf vom Fahrtwind allmählich freigepustet wird. Die Straßen sind wie ausgestorben heute Nacht. Fast schon bekomme ich Lust auf ein wenig Leichtsinn, als ich bei einer roten Ampel anhalte und sich vor mir nur die dunkle, schnurgerade Strecke ausbreitet. Was täte ich jetzt für einen kleinen Kick, ein schwaches Lebenszeichen der Anna, die ich noch vor ein paar Jahren gewesen bin – die sich dieses Motorrad zugelegt hat und die niemals zugelassen hätte, dass sich Abenteuerlust und Frohsinn in Verbissenheit und Frust verwandeln.

Die nächste Ampel wird grün und ich steige trotz schlechter Bedingungen voll aufs Gas. Das quietschende Geräusch der Reifen auf dem nassen Asphalt erinnert mich an alte Zeiten, und ich will mehr davon. Der Wind peitscht gegen mein Gesicht, während der Widerstand der Straße zunehmend weniger wird. Häuserfronten verwischen zu dunklen Schemen, Lichter flitzen konturlos an mir vorbei. Noch habe ich Kontrolle über mich und die Maschine aber nicht mehr lange – und genau in diesem Moment taucht die Frau auf.

Auf einmal ist sie da. Sie steht mitten auf der nassen Fahrbahn. Ich kann nicht mehr rechtzeitig bremsen. Mit voller Wucht kollidiert das Motorrad mit ihrem Körper, katapultiert die Frau in die Luft, sodass ich sie nicht mehr sehen kann. Der Aufprall ist so heftig, als hätte ich eine Mauer gerammt, der Lärm des Zusammenstoßes ist ohrenbetäubend. Jemand schreit, vermutlich ich selbst. Die Maschine bricht aus und droht sich zu überschlagen. Rein instinktiv reiße ich den Lenker herum und verhindere so das Schlimmste, aber den Sturz kann ich nicht aufhalten. Funkensprühend schlittert die Honda über den Asphalt und ich wie ein angebundener Sack hinterher. Ich rolle mich zusammen, um den Sturz abzufedern, dann irgendwann, nach einer Ewigkeit, bleibe ich reglos liegen.

Die Zeit scheint stehen zu bleiben. Ich spüre keinen Wind mehr und höre auch kein Geräusch. Nur ein hohes Surren, das lauter wird, als ich mich vom Boden hochstemme und versuche, auf die Beine zu kommen. Alles dreht sich. Dröhnend peitscht mein Puls gegen meine Haut. Kein Schmerz, keine Gedanken – das muss der Schock sein. In diesem Zustand kann ich nicht weiterfahren, schießt es mir absurderweise durch den Kopf. Ich drehe mich nach der Honda um, gut, gut, sie ist noch da. Aber wo ist die Frau? Oh Gott, ich habe sie überfahren! Ich muss sie finden, bevor ... ich kann nicht aufstehen. Wieso kann ich nicht aufstehen? Der Helm stört mich, er muss runter. Wie irre reiße ich ihn mir vom Kopf und krieche auf allen vieren vorwärts, mein Atem kommt stoßweise, aber wenigstens atme ich noch.

Nicht weit von mir liegt jemand auf der Straße. Das muss sie sein! Sie bewegt sich nicht. Das hohe Surren droht meinen Kopf zu spalten, ich kann nichts sehen, alles verschwimmt vor meinen Augen, aber ich krieche weiter. Ich rufe irgendetwas, damit sie reagiert. Immer noch rührt sie sich nicht – habe ich sie umgebracht? Der Gedanke lähmt mich, sodass ich aufhöre zu kriechen und nur noch auf dem Boden kauere, meine Zähne klappern und ich bekomme immer schwerer Luft.

Jemand kommt die Straße entlang. Ein Mann, er beugt sich über die Frau und hebt sie hoch. Gott sei Dank! Ich winke ihm zu, damit er auf mich aufmerksam wird, doch er scheint mich nicht zu sehen. Er dreht sich weg und trägt die Frau davon ... hinein in die Dunkelheit, die plötzlich überall zu sein scheint.

„Hey!", rufe ich mit aller Kraft, die mir noch bleibt. „Warten Sie ... Ist sie verletzt? Warten Sie ... warten Sie ..."

Ich kann den Kopf nicht länger aufrecht halten. Mit der Wange knalle ich gegen den Asphalt. Dann passiert sehr lange Zeit überhaupt nichts mehr.

4.

Ich wache auf. Ich kann meine Beine nicht spüren.

Mein Blick tastet sich verwirrt durchs Zimmer, in dem noch drei andere Betten stehen, und auf meinem Nachttisch entdecke ich ein Glas Wasser, das ich gierig hinunterschütte, um meinen trockenen Mund zu befeuchten. Ich muss im Krankenhaus sein. Im Fenster sehe ich dicke Tropfen gegen die Scheibe prasseln – es hat also wieder zu regnen begonnen. Wie lange liege ich schon hier? Ich habe sämtliches Zeitgefühl verloren, kann nicht einmal sagen, welcher Tag heute ist und ob das dunkle Firmament den Abend oder frühen Morgen ankündigt. Großer Gott, die Probe!

Christopher, der neben mir in einem Sessel eingenickt ist, schreckt aus seinem Dämmerschlaf auf und sieht sich panisch um. „Anna? Was ist los?“

Ich muss einen Schrei von mir gegeben haben. Meine Stimme habe ich also nicht verloren. Und meine Beine kann ich jetzt auch wieder spüren. „Nichts. Alles okay.“

„Großer Gott, hast du mir einen Schrecken eingejagt! Wie fühlst du dich?“

„Ich weiß nicht ... ganz gut, glaube ich.“ Alles scheint noch dran zu sein und an zigtausend Schläuche oder lebenserhaltende Geräte bin ich auch nicht angeschlossen. Gut, gut.

Christopher rückt mit seinem Stuhl so nahe wie möglich an mein Bett heran und beginnt mit zittriger Hand meinen Arm zu streicheln. „Ich hab mir solche Sorgen gemacht.“

„Weiß Viktor, dass ich hier bin?“ Die Worte sprudeln einfach aus mir heraus, als ich mich aufgeregt aus meiner Bettdecke freikämpfe und Christopher mit Fragen bombardiere. Dabei merke ich, dass ich immer noch Ohrensausen habe und dass meine rechte Seite wehtut, als hätte man mich mit einem Golfschläger verdroschen. Kein Wunder bei dem Megasturz, den ich aufs Parkett gelegt habe. Verflucht, meine Honda! Nach der erkundige ich mich als nächstes.

„Ein Fall für den Mechaniker“, unterrichtet Christopher mich. „Sie wird es überleben, aber es wird nicht billig. Gegen was bist du gedonnert, gegen einen Panzer?“ Seine Augen sind besorgt auf mich gerichtet, als ich nach meinem Wortschwall plötzlich keinen Ton mehr herausbringe. „Anna?“

Er berührt meinen Arm fester, streichelt über meinen Kopf. „Bitte mach dir keine Sorgen, mit deinem Boss ist alles geregelt. Ich habe ihn schon angerufen und ihm gesagt, dass du jetzt für eine Weile nicht mehr kommen kannst. Er hatte vollstes Verständnis.“ Er wartet einen Moment, dann probiert er es anders. „Und du wirst bald wieder gesund. Du hast zwar ein paar Schürfwunden, Prellungen und eine Gehirnerschütterung, aber du wirst bald wieder proben können. Anna, sag was.“

„Die Frau ...“ Meine Stimme ist zu einem schwachen Krächzen verkümmert, kaum stärker als meine Hand, die sich mit letzter Kraft um die Bettkante klammert. „Wo ist sie? Hat sie überlebt?“ Als Christopher mich wortlos anstarrt, verliere ich völlig die Kontrolle. „Bitte sag mir, dass ich sie nicht umgebracht habe!“

„Hey, ganz ruhig. Wovon redest du?“

„Von der Frau! Da war eine Frau, auf der Straße, da war eine Frau!“

„Du meinst, am Straßenrand?“

Ich verberge das Gesicht in den Händen und breche in hemmungsloses Schluchzen aus. Dass Christopher so gewollt ruhig reagiert, kann nur eines bedeuten: Ich habe die Frau umgebracht, und er wartet bloß den richtigen Zeitpunkt ab, um es mir schonend beizubringen. Und ich wollte noch bremsen. Natürlich wollte ich bremsen, ich bin doch keine Mörderin. Und trotzdem hat mich mein Leichtsinn zu einer gemacht. Ein unerträglicher Schmerz breitet sich in mir aus, schlimmer als die Prellungen, schlimmer als mein alles verzehrender Neid. Ich kann diesen Schmerz nur ertragen, indem ich ein weiteres Mal aus vollstem Halse losschreie – aber Christopher hält mich davon ab.

„Anna!", ruft er. Er umfasst meine Schultern und rüttelt mich sachte. „Jetzt beruhig dich und erklär mir, was los ist."

„Ich habe eine Frau überfahren", schluchze ich und klinge dabei so jämmerlich und schuldbewusst, dass sich die Worte noch viel entsetzlicher anhören.

„Aber nein", sagt Christopher kopfschüttelnd.

„Ich hab sie nicht gesehen ... ich schwöre, ich hab sie nicht gesehen! Die Fahrbahn war so rutschig und dann war sie auf einmal da und ich ... ich ... ich konnte nicht mehr ... alles ging so ..."

Mir versagt die Stimme und ich falle Christopher, der immer noch nicht zu verstehen scheint, was los ist, in die Arme. Er drückt mich fest an sich und macht immer wieder „Scht". Als wäre ich ein kleines Kind. Es beruhigt mich, und nach ein paar Atemzügen bin ich schließlich ganz still. Auch die Tränen sind verschwunden.

„Da war keine Frau, Anna."

Ich reiße den Kopf hoch und starre ihn an. Er sieht verwirrt und auch ein bisschen belustigt aus. „Doch", entgegne ich trotzig. „Ich habe sie gesehen. Sie lag auf der Straße, und dieser Mann hat sie einfach weggetragen."

„Du bist ganz schön hart auf dem Kopf gelandet. Der Arzt sagt, du musst dich jetzt schonen."

„Aber ... ich verstehe das nicht. Sie war doch da! Und dieser Mann hat sie wegetragen!"

„Anna ..."

„Es muss Spuren geben – Blut oder so! Ich muss wissen, ob ich sie auf dem Gewissen habe, sonst werde ich irre!"

„Niemand wird hier irre", meint er und bleibt weiterhin erschreckend ruhig. „Jetzt leg dich hin und beruhige dich. Ganz ruhig, Anna."

Er hat leicht reden. Ich bin so verzweifelt, ich könnte mir die Haare vom Kopf reißen, wenn es helfen würde, nicht mehr ich selbst zu sein.

„Okay, Anna, hör zu. Eigentlich wollte ich nicht davon anfangen, weil du dich nicht aufregen sollst. Aber ich werde dir jetzt helfen, dich an letzte Nacht zu erinnern. Du warst mit dem Motorrad unterwegs, weißt du noch? Es war nass und du warst zu schnell. Klingelt es da bei dir?"

Er lässt mich gar nicht zu Wort kommen. Er redet einfach weiter.

„Zum Glück hattest du den Helm auf, sonst wäre das am Ende noch sehr übel ausgegangen. Nach etwa zehn Minuten war der Rettungswagen dann da. Du warst bewusstlos, als sie dich gefunden haben, aber du bist auf der Fahrt hierher immer wieder zu dir gekommen. Angeblich hast du im Rettungswagen schon von der Frau geredet, deswegen sind sie hinterher nochmal zurückgefahren und haben nachgesehen. Und sie haben nichts gefunden. Du brauchst dir also keine Sorgen zu machen. Alles ist gut."

Wie kann er das nur so locker nehmen? Es gibt jetzt zwei Möglichkeiten: Entweder habe ich diese Frau überfahren und niemand weiß davon, oder ich bin tatsächlich verrückt und habe mir alles nur eingebildet. Ich bevorzuge weder das eine noch das andere.

„Anna? Soll ich den Arzt holen?" Auf einmal ist er von seinem Sessel aufgesprungen und zur Tür gehechtet. „Nein!", schrecke ich auf, als er schon nach draußen rufen möchte. Er kommt wieder zu mir ans Bett und fährt sanft, als ob er mit einer Schwachsinnigen redet, fort: „Da war wirklich niemand außer dir. Du hast niemanden auf dem Gewissen."

„Aber wenn –"

„Ich kann auch die Sanitäter bitten, es dir zu bestätigen, wenn du dich dann besser fühlst. Dort warst nur du, niemand sonst. Und auch keine fremden Blutspuren oder dergleichen. Du hattest solches Glück, dass dir nicht mehr passiert ist. Oh Gott, ich bin so froh."

Er schlingt die Arme so fest um mich, dass ich fast keine Luft mehr bekomme. Dann küsst er mich plötzlich, ganz wild, und ich schließe die Augen und versuche mich in diesem Kuss zu verkriechen, meine schreienden Gedanken mit seiner Liebe auszulöschen, die jetzt von allen Seiten auf mich einströmt. Doch all seine Zuwendung ist nicht genug, um mich davor zu bewahren, dass meine Erinnerung mich mit sich in die Vergangenheit reißt.

Ich sitze wieder auf der Maschine und sehe die dunkle, leere Straße vor mir. Kalter Wind braust mir entgegen. Die Kraft des Motors vibriert unter mir, der Rausch der Geschwindigkeit bläst meinen Verstand davon und übernimmt Stück für Stück die Kontrolle. Die Bilder sind verwackelt und liegen wild durcheinander wie Spielkarten auf dem Boden ... aber zumindest sind sie jetzt klar.

Da war eine Frau. Ich habe zugesehen, wie sie von jemandem davongetragen wurde. Ich bin doch nicht verrückt.

5.

Ich muss noch einen Tag zur Beobachtung im Krankenhaus bleiben, dann werde ich mit Kratzern, ein paar Prellungen und den besten Wünschen nach Hause entlassen. Da meine Honda nicht einsatzfähig ist und die Ärzte mir ohnehin davon abgeraten haben, allein nach Hause zu fahren, habe ich Christopher gebeten, mich mit dem Auto abzuholen. Leider konnte er sich nicht von der Arbeit frei nehmen, also bringt Nicki mich nach Hause.

Während der Fahrt bin ich sehr angespannt. Nicki ist zwar kein schlechter Autofahrer, doch schon als Teenager litt er an akuten Panikanfällen, deren Ausbrüche und Intensität sich seit dem Entzug verdoppelt haben. Mittlerweile ist es so schlimm geworden, dass er keinen Job mehr findet und seit einem halben Jahr von diversen Sozialunterstützungen leben muss, die ihm bestenfalls den Luxus eines Teilzeitverkaufsmitarbeiters ermöglichen. Er hat es mir einmal so erklärt: Solange er sich in seinen eigenen vier Wänden befindet, ist alles halb so wild – kritisch wird es, sobald er mit der Außenwelt konfrontiert wird, öffentlichen Verkehrsmitteln, Menschenmengen; ein Gefühl von innerer Unruhe breitet sich in ihm aus, er spürt Druck auf der Brust, wird kurzatmig, sein Herz rast, und ihn packt die irrationale Angst, in die Enge getrieben worden zu sein und keinen Ausweg zu haben. Er rastet dann völlig aus, lässt sich von niemandem beruhigen. Totaler Nervenzusammenbruch. Ein einziges Mal habe ich ihn in diesem Zustand erlebt, vor Jahren. Ich war völlig hilflos, wurde genauso panisch wie er. So wäre es auch heute noch.

Als Nicki den Wagen am Straßenrand in einer Nachbargasse parkt, kann ich es kaum erwarten, auszusteigen und frische Luft zu atmen. Die Gegend rund um unser Wohnhaus ist nicht unbedingt ein Hingucker, hier herrscht stets reger Verkehr, magere Grünflächen konkurrieren mit Supermärkten, Tankstellen und renovierten Altbauten. Von dem grauen Einmachbrei aus Häuserreihen, die in einer tristen Mauer zu beiden Seiten die Straße entlanglaufen, ist ein Haus hässlicher als das andere.

Das Treppensteigen meistern wir wortlos. In der Wohnung biete ich ihm einen Kaffee an und bin froh, mich für die nächsten fünf Minuten in die Küche verziehen zu können und Abstand von ihm zu haben. Ich hatte neulich schon keine Lust auf ihn und jetzt ist nicht einmal Christopher da, um den Großteil der Nicki-Konzentration von mir abzuschirmen. Er sitzt da wie in einem Wartezimmer, sieht sich nicht um und sagt kein Wort. Als ich mit dem Kaffee und ein paar Stück Schokokuchen ins Wohnzimmer komme, springt er vom Sofa auf und nimmt mir das Tablett ab, nur um danach wieder stillschweigend und angespannt dazusitzen. „Hast du Mama mal wieder gesehen?“, breche ich das Schweigen.

„Vor ein paar Tagen. Ich soll dich schön grüßen lassen.“

„Aha. Danke.“

Dass unsere Mutter es für ausreichend hält, ihrem psychisch kranken Sohn alle paar Wochen einen Routinebesuch abzustatten und sich bei mir überhaupt bloß an den wichtigen Feiertagen zu melden, ist ein Grund dafür, dass ich den Kontakt zu ihr auch von meiner Seite aus so gering wie möglich halte. Der zweite Grund ist, dass Nicki mit Mamas Lieblosigkeit offenbar überhaupt kein Problem hat. Sie muss ihm ein schlechtes Gewissen eingeredet haben, weil er einen so komplizierten Sohn abgibt, anders lässt sich seine Gutmütigkeit nicht erklären.

„Ich finde, sie könnte ruhig mal ein bisschen was für dich springen lassen", schneide ich ein sehr heikles Thema an. „Bräuchtest du nicht neue Fenster in deiner Wohnung? Und ein neues Auto wäre auch nicht schlecht. Dein Golf fällt ja schon fast auseinander."

„Ist schon okay."

„Ich meine, sie ist doch die ehemalige Top-Verdienerin mit der Megapension, da wäre es nicht zu viel verlangt, wenn sie ihrem Sohn mal ein bisschen unter die Arme greifen ..."

„Ich sagte doch, es ist okay! Wirklich, Anna. Ich bin erwachsen, Mama muss mir nichts zustecken."

Er hat recht. Mein schlechtes Verhältnis zu unserer Mutter ist meine Angelegenheit – ihn auch noch mit hineinzuziehen, nur weil ich meinen Hass nicht allein ertragen will, ist nicht fair.

„Es tut mir übrigens leid, dass ich neulich keine Zeit für dich hatte", sage ich, obwohl ich mich bereits im Krankenhaus und auf der Fahrt hierher mehrmals entschuldigt habe. „Es war so ein mieser Tag im Theater und ich hatte einfach keinen Kopf für ... für irgendetwas."

„Kein Problem. Ich versteh das."

Genau das ist es ja – denn ich vermute, er versteht es eben *nicht*. „Eigentlich bin ich selbst schuld. Denn wahrscheinlich wäre dieser blöde Unfall niemals passiert, wenn ich unser Treffen eingehalten hätte und früher vom *Pyre* weggefahren wäre. Da waren die Straßen noch nicht so nass und – es tut mir jedenfalls leid."

„Anna, das macht doch nichts. Ich bin nur froh, dass dir nichts Schlimmeres passiert ist."

Wortlos trinken wir unseren Kaffee. Mir fällt auf, wie mager er ist, wie dünn sein Haar geworden ist. Er trägt es jetzt ganz kurz, während er früher im Surfer-Look unterwegs war, mit wallender Mähne und immer braun gebrannt. Viele sind der Meinung, wir würden uns ähnlich sehen, doch das war vor dem Entzug und vor den Panikattacken, als er noch ein verdammt gut aussehender Kerl war, groß, blond und blauäugig. Jetzt ist sein Gesicht eingefallen und die Augen, die früher so gestrahlt haben, blicken meistens traurig. Das Schlimme ist, dass ich nie bemerkt habe, dass er Hilfe braucht. Seine Medikamentenabhängigkeit kam für mich so überraschend, dass ich bis zu seinem Entzug nicht geglaubt habe, dass ihm tatsächlich etwas fehlt. Er hat es auch sehr gut versteckt. Die körperlichen Anzeichen kamen erst zum Schluss, als es schon fast zu spät war.

„Wie läuft es mit der Musik?", frage ich und schiebe ihm ein Stück Kuchen über den Tisch. Eines der Therapieprogramme beinhaltet das Erlernen eines Instruments, damit sich seine Gedanken auf andere Dinge konzentrieren als auf die Lust nach irgendwelchen Pillen. Nicki hat sich für Gitarre entschieden, aber er scheint es nicht sehr ernst zu nehmen.

„Ich weiß nicht", meint er und schenkt dem Kuchen keine Beachtung. „Im Moment nicht so gut."

„Wieso denn? Übst du zu wenig? Du hast doch genug Zeit."

„Schon", murmelt er. Ich warte, dass er weiterspricht, aber es kommt nichts mehr. Er rubbelt sich über die Arme und sein Blick schweift ab, gleitet gedankenlos über die Möbel hinweg.

„He, Nicki." Ich berühre seine Hand, damit er mich wieder ansieht. Ich hasse diesen geistesabwesenden Ausdruck in seinem Gesicht, die Anzeichen von Wahnsinn, die manchmal bei ihm durchbrechen.

Er blinzelt und grinst dann plötzlich. „Hm?"

„Willst du keinen Kuchen?"

„Nein, ich hab keinen Hunger."

„Ich habe ihn selbst gekauft. War nicht billig. Probier ihn doch mal."

Er folgt der Bewegung meiner Hand, als ich den Teller noch ein Stück näher schiebe. Er erstarrt für einen Moment, wie hypnotisiert, dann schüttelt er den Kopf. „Ich habe ja ein Geschenk für dich", fällt ihm ein.

Er steht auf und holt etwas aus seiner Jackentasche. Sieht aus wie ein Stück Papier, alt und zerknittert. Als er es mir voller Stolz in die Hand drückt, erkenne ich ein Foto von uns beiden, das unser Vater aufgenommen hat, als wir Teenager waren. Ich sitze an Papas Klavier und habe posierend die Finger auf den Tasten, während Nicki sich frech ins Bild schiebt und mit einem breiten Grinsen beide Daumen in die Höhe hält. Er konnte sich schon immer gut in Szene setzen und noch besser konnte er in Szenen hineinplatzen. Papa wollte eigentlich nur mich fotografieren, und wie es nun einmal typisch für Nicki war, ließ er es sich nicht nehmen, den perfekten Moment mit seinen dämlichen Showeinlagen zu ruinieren. Ich weiß noch, dass ich genau dieses Foto vor einiger Zeit gesucht habe.

„Wo hast du das her?", frage ich.

„Ich hab's bei mir gehabt. In der Klinik."

„Du hattest es? Ich hab es wie verrückt gesucht."

„Mama hat es mir gegeben. Sie hat fast alle Fotos aus dieser Zeit."

„Schau mal, meine Haare!" Ich hatte damals Haare bis zum Hintern und hellblond gefärbt waren sie auch.

„Eine richtige Barbie", nimmt er mir das Wort aus dem Mund.

„Oh mein Gott", lache ich, während ich das Foto von allen Seiten betrachte. „Das ist eine Ewigkeit her. Danke!"

Ich möchte es ins Schlafzimmer bringen, wo ich auch die übrigen Fotos aufbewahre, da fragt Nicki mich: „Kannst du dich noch an Dr. Kucera erinnern?"

„Großer, hagerer Typ, irgendwie unheimlich?"

„Genau. Aber er war gar nicht so übel. Als ich neu in der Klinik war ... da war ich ja ziemlich fertig. Ich hab andauernd Anfälle bekommen und ... mir ging es echt nicht gut. Und jedes Mal, wenn ich allein in meinem Zimmer war, hatte ich Angst, dass ich – dass ich dort nie wieder rauskommen würde. Ich dachte, ich bleibe jetzt in dieser Klinik, bis ich verrecke. Dr. Kucera hat mir dann gesagt, ich solle mir eine Art Totem suchen. Irgendeinen Gegenstand, mit dem ich etwas Positives verbinde, und immer, wenn mich diese Angst packt, solle ich mich auf diesen Gegenstand konzentrieren, damit mir wieder klar wird, wozu ich das hier mache. Am Anfang dachte ich, das wäre irgend so ein Scharlatan-Trick. Doch dann hat mir Mama dieses Foto mitgebracht. Jedes Mal, wenn es mir schlecht ging, habe ich es angesehen, und die Angst war wie weggeblasen. Ich habe mich dann nur noch darauf gefreut, dich wiederzusehen. Und naja ... jetzt brauche ich es ja nicht mehr und ... ich wollte es dir schenken. Und ich wollte dir sagen, was dieses Foto für mich bedeutet."

Er sieht nicht mich an, sondern das Foto, das ich ganz fest umklammert halte. Ich wünschte, ich könnte ihn einfach umarmen und ihm sagen, wie lieb ich ihn habe, aber ich bin wie gelähmt, vielleicht auch, weil ich nicht fassen kann, dass seine Worte mich tatsächlich zu Tränen gerührt haben. Wir sind nicht so ein Geschwisterpaar. Wir sagen uns nicht, dass wir uns lieb haben, und wir fangen auch nicht voreinander zu weinen an. Aber ich kann nicht anders. Dieser verdammte Mistkerl.

„Okay, das wollte ich eigentlich nicht", kommentiert er meinen aufgelösten Zustand. „Hör auf zu flennen, Anna."

„Ich versuch's ja!" Ich zupfe eine Serviette aus dem Spender am Tisch und putze mir die Nase. Das Foto halte ich immer noch fest in der Hand und ich werde es nie wieder hergeben, nie wieder, niemals. In Nickis Gesicht hat sich ein kleines Lächeln geschlichen, das ich schon viel zu lange nicht mehr bei ihm gesehen habe. Dass mein peinlicher Gefühlsausbruch dafür verantwortlich ist, macht mich auf verrückte Weise glücklich.

„Also ich bring das dann mal ... ich bring das Foto mal ins Schlafzimmer", erkläre ich unbeholfen und er nickt und kratzt sich auf der Nase, weil sein Lächeln immer breiter wird.

Das Foto bekommt einen Ehrenplatz auf meinem Nachttisch. Mir ist egal, dass es alt und zerknittert ist. Da ich fürs Erste aber keinen geeigneten Rahmen habe, lege ich es in die Schublade gleich neben meinen *Epica*-Vertrag und mein Studienabschlusszeugnis. Als ich zurück ins Wohnzimmer komme, hat Nicki sich über den Schokokuchen hergemacht. Nur noch die Krümelspur quer über dem Tisch ist übrig.

Mein Handy klingelt.

„Warte kurz, ich hab auch einen Zitronenkuchen da!", verkünde ich, ehe ich mein Handy aus der Tasche krame und abhebe. „Kainrath."

„Anna, wie geht's dir?" Viktor. Er klingt aufgebrachter als sonst, deutlich gestresst.

„Schon wieder ganz gut. Ein paar Schrammen, aber nichts Ernstes. Ich werde nächsten Montag wieder kommen."

„Sehr gut. Hervorragend. Wunderbar."

Das alles sind Begriffe, die für gewöhnlich nicht zu Viktors Wortschatz gehören. Zumindest nicht im Zusammenhang mit mir. Ich frage, ob alles in Ordnung sei. Er schweigt und in meiner Brust beginnt mein Herz wie wild zu hämmern. Er wird mich doch nicht ... feuern?

„Es gibt da etwas, das ich dir sagen muss", beginnt er.

Ich wusste es. Dieses verdammte Arschloch. Ich will nicht, dass Nicki dabei ist, wenn ich erneut in Tränen ausbreche, weil mein Traum endgültig in sich zusammenfällt, also gehe ich ins Schlafzimmer und schließe die Tür, in meinen Ohren rauscht es. „Was denn?", frage ich. Ich starre auf das Foto in der offenen Schublade, versuche mich auf die Emotionen von damals zu konzentrieren, auf mein Lachen, auf Papas Stolz, auf Nickis strahlende Augen. Alles verloren. Jetzt habe ich alles verloren.

„Anna, es ist etwas passiert. Es geht um Madeleine."

Ich schließe die Augen, höre mich selbst nur noch bruchstückhaft. „Was ist mit ihr?"

„Sie ist tot."

„Was?", flüstere ich. Ein Schmerz, wie man ihn nur vom Hörensagen kennt, der Erinnerungen auslöscht und Seelen zerstört. Ein Schmerz, auf den einfach nichts mehr folgen kann.

Doch es ist gar kein Schmerz, merke ich. Es ist Freude. So große Freude, dass sie mich fast zerreißt.

„Es ist vorletzte Nacht passiert. Irgend so ein Irrer hat sie über den Haufen gefahren. Sie war auf der Stelle tot." Eine kurze Pause. „Ich hoffe, dir ist klar, was das bedeutet."

Ich antworte nicht. Was eben noch Freude war, ist zu einer alles erdrückenden Angst geworden, zu einem Loch, durch das nun jede Wärme, jedes Licht aus meinem

Inneren entweicht. Ja, mir ist klar, was das bedeutet. Denn gleich wird er mich fragen, wann genau ich meinen Motorradunfall hatte. Er wird mich auf die Frau ansprechen, die ich überfahren habe, und dann wird alles klar sein, weil ich sie umgebracht habe, ich habe Madeleine umgebracht! Es kann keinen Zweifel geben. Fast schon bin ich erleichtert, es jetzt wenigstens zu wissen.

Viktors Stimme bricht durch den Nebel in meinem Kopf. „Anna? Bist du noch dran?"

„Entschuldige ... was hast du gesagt?"

„Du musst kommen, so schnell du kannst. Hast du verstanden?"

Ich höre die Worte, begreife sie jedoch nicht. Will er mich persönlich umbringen?

„Es gibt so viel zu erledigen", redet er weiter. „Die Kostüme haben Vorrang, ganz klar. Gut, dass Luca schon eines für dich gemacht hat. Zum Glück haben wir noch genug Zeit. Wir schaffen das. Wenn wir alle zusammenarbeiten, schaffen wir das." Er wird still, wartet offenbar darauf, dass ich mich an dem Gespräch beteilige. „Anna!", brüllt er, als ich nichts sage.

„Ja! Ich bin da!"

„Verstehst du eigentlich, worum es hier geht? Wir haben eine Show auf die Beine zu stellen! Du bist die Zweitbesetzung, verdammt nochmal! Beweg deinen Hintern hierher!"

Seine Stimme bläst den Nebel davon und mit einem donnernden Knall kommt die Freude zurück. Das ist nicht das Ende meiner Karriere – das ist der Anfang. Denn ohne Madeleine gibt es nur eine, die die Hauptrolle spielen kann. Mich.

„Oh", ist alles, was ich über die Lippen bringe.

6.

Ich habe Mühe, mein Grinsen zu verbergen, als ich in Lucas kleinem Atelier stehe und er die aktuellen Maße für meine neuen Kostüme nimmt. Zuerst wird er sich um die Gretchen-Kleider kümmern, von denen jeweils zwei Garnituren benötigt werden, dann kommen die Wahnsinnsroben der Helena an die Reihe. Es ist so aufregend. Ich kann es kaum erwarten, alles anzuprobieren, den seidenweichen Stoff zu spüren, der meine Verwandlung erst vollkommen machen wird. Dennoch fühlt es sich manchmal auch falsch an, einfach so Madeleines Platz einzunehmen. Angeblich ist es in der Nähe des Schwedenplatzes passiert, wo sie gewohnt hat, und der Übeltäter war kein Motorradfahrer, sondern ein betrunkener PKW-Lenker, den man noch am Unfallort festnehmen konnte. So oft habe ich ein solches Szenario in meinen Träumen herbeigesehnt – was, wenn ich tatsächlich auf gewisse Weise dafür verantwortlich bin? Ist so etwas überhaupt möglich?

Nachdem Luca mit mir fertig ist, muss ich direkt weiter auf die Hauptbühne. Seit dem Begräbnis vor drei Tagen sind alle schweigsam und schwermütig. Ich gebe mein Bestes, um bei der ersten Probe mit Dominik eine gute Figur zu machen, doch schon nach dreißig Sekunden zeigt sich, dass Viktor bei seiner Entscheidung, alles auf seine heilige Madeleine zu setzen, bei Gott kein glückliches Händchen bewiesen hat. Dominik und ich singen in Glanz und Glorie aneinander vorbei.

„Nochmal", befiehlt Viktor mürrisch.

„Was hat denn diesmal nicht gepasst?" Auch Dominik war schon einmal besser gelaunt.

„Da passt so gut wie gar nichts. Habt ihr eigentlich schon

jemals miteinander gesungen? Wo ist die Chemie zwischen euch?"

Dominik wirft mir einen erschöpften Blick zu, doch ich lese auch Ungeduld in seinem Gesicht, die stumme Anschuldigung, dass ich der Grund bin, warum es nicht läuft. Es ist das erste Mal seit dem Casting vor vier Monaten, dass ich diese Szene spiele, da wäre etwas Verständnis nicht fehl am Platz.

„Vielleicht sollten wir eine Pause einlegen", mische ich mich ein.

„Wir spielen das jetzt so oft durch, bis ihr verstanden habt, was ich meine, und wenn es bis morgen dauert!"

Also proben wir den ganzen Nachmittag. Während einer kurzen Unterbrechung beobachte ich, wie Viktor sich neben dem Orchestergraben mit ein paar Männern im Anzug unterhält, die urplötzlich aufgetaucht sind. Das müssen die Produzenten sein. Der Hauptkomponist, Autor und Inhaber von Lavay Entertainment, Alex Lavay, ist ebenfalls dabei. Seiner frostigen Miene ist anzusehen, dass er von meinen bisherigen Leistungen nicht gerade begeistert ist. Ich werfe einen Blick in die Gesichter des übrigen Casts; die meisten haben sich gar nicht erst die Mühe gemacht, während der Pause in die Kantine oder die Garderobe zu gehen, sie haben sich einfach nur auf den Boden der Bühne gesetzt und verschnaufen. Niemand ist heute in Singlaune. Selbst Dominik, unser ewiger Sonnenschein, ist ernst und schweigsam und liegt ständig einen Halbton daneben.

Ich brauche eine Nummer mit Arjen. Er kannte Madeleine kaum und lässt sich von der Trauerstimmung nicht beeinflussen.

Ich finde ihn hinter der Bühne, wo er sich die Zeit damit

vertreibt, mit unserer Marie-Darstellerin Ellie zu schäkern. Die beiden lachen über irgendetwas – wunderbar, er ist demnach guter Dinge. Eine kleine Unterbrechung wird er schon verkraften.

„Kann ich dich sprechen, Arjen?"

„Anna, hallo." Er schenkt mir grinsend seine Aufmerksamkeit, als hätte er nur auf mich gewartet. „Ich hab gehört, du hattest einen Unfall. Da haben wir ja nochmal Glück gehabt. Wir würden ganz schön blöd dastehen, wenn es dich auch noch erwischt hätte."

Falls das ein Witz sein soll, kann ich nicht wirklich darüber lachen. Madeleines Tod ist eine Katastrophe biblischen Ausmaßes, allein schon, weil sie jedem in diesem Laden so verdammt viel bedeutet hat, dass sie mich alle vor Trauer im Stich lassen. Ich ziehe ihn ein Stück beiseite, bis die monströse goldene Treppenkulisse am Bühnenrand uns verbirgt.

„Siehst du die Typen dort bei Viktor? Das sind die Produzenten, und Alex Lavay ist auch da. Ich wette, die bereden gerade, wie sie mich am einfachsten rausschmeißen können", murmle ich, ohne nachzudenken.

Er sieht kurz zu den Männern im Anzug, dann lacht er. „Warum sollten sie dich rausschmeißen?"

„Weil ich nicht Madeleine bin", antworte ich grimmig.

„Du machst dir zu viele Gedanken. Du bist die Einzige, die die Rolle spielen kann – wen sollten sie sonst nehmen?"

„Keine Ahnung. Vielleicht casten sie ja jemand Neuen. Noch hätten sie genug Zeit dafür. Jedenfalls muss ich sie jetzt von mir überzeugen, sonst war's das für mich."

„Ach Anna", meint er kopfschüttelnd. Ich hasse dieses arrogante Lächeln, das schon wieder um seine Mundwinkel spielt. Wenn er Zeit hat, sich über mich lustig zu machen, hat er auch Zeit, mit mir zu singen, also was soll der Blödsinn?

„Tu mir einfach nur den Gefallen und sing ‚Die Heimsuchung' mit mir", bitte ich ihn, während mein Blick schon wieder zu Viktor driftet, um zu sehen, was sich in seinem Gesicht abspielt. Nichts Gutes. „Wir gehen da jetzt raus und singen wie gehabt. Alles andere wird sich von selbst klären. Okay?" *Bitte lass mich nicht hängen.*

Er kaut auf seinem linken Lippenpiercing herum, und ich frage mich, ob er sich nur deshalb so lange bitten lässt, weil er es lustig findet, mich zu provozieren. Im nächsten Moment brüllt Viktor meinen Namen quer durch den Saal. Die Pause ist hörbar zu Ende. „Bitte!", presse ich zwischen den Zähnen hervor, dann komme ich zurück auf die Bühne und bemühe mich um ein entspanntes Gesicht. Die Blicke der Produzenten sind abschätzend auf mich gerichtet und ich bringe bloß ein halbherziges Lächeln zustande, als Viktor mich ihnen vorstellt, obwohl wir uns bereits getroffen haben. Sie warten auf einen Beweis, dass ich Madeleine ersetzen kann, die große Madeleine, der niemand das Wasser reichen konnte. Im Augenwinkel sehe ich, dass auch Dominik von der Pause zurückkommt, und er scheint in der kurzen Zeit nicht unbedingt an Motivation und Hingabe dazugewonnen zu haben. Wenn wir beide jetzt gemeinsam auftreten, wird das mein Todesurteil sein.

„Können wir etwas anderes proben?", platze ich heraus, bevor es zu spät ist.

Dominik sieht sich fragend um, während Viktor schweigend in meine Augen starrt. Falls er weiß, was ich vorhabe, so lässt er sich nichts anmerken. „Klar", meint er schließlich. „Was willst du denn singen?"

„Wie wäre es mit einem Mephisto-Duett?"

„Ein Mephisto-Duett?“ Ich kann ihm den höhnischen Unterton nicht einmal übel nehmen; ihm ist mein Versagen beim letzten Mal bestimmt genauso gut in Erinnerung geblieben wie mir. Doch er zuckt mit den Schultern und winkt Arjen zu mir auf die Bühne, um mit Dominik Platz zu tauschen.

Ich bitte Felix am Piano, „Die Heimsuchung“ zu spielen. Auch Felix kann seine Überraschung nicht verbergen.

„Nicht wieder den Einsatz verschlafen“, raunt Arjen mir belustigt zu. Die Blicke des gesamten Teams sind nun auf mich gerichtet. Jeder möchte mich scheitern sehen, denn sie alle haben sie geliebt und niemand möchte zugeben, was sie in Wahrheit denken: dass ich die Rolle nicht verdient habe. Für einen Moment bin ich wie aus Stein, ein starrer, toter Klumpen, der von ihrem fehlenden Vertrauen in den Abgrund gezogen wird. Doch dann erklingen die ersten Akkorde des Songs und die Musik ergreift mich wie eine heftige, warme Böe, entreißt mich dem Abgrund und trägt mich zurück an die strahlendhelle Oberfläche.

Von jetzt an gibt es nur noch mich und meine Stimme. Die einzelnen Noten zerstreuen sich in unzählige, hauchzarte Linien, die sich mit meinem Körper, meinem Verstand und meiner Seele verflechten und so den Zauber der dunklen Melodie auf mich übergreifen lassen. Schon spüre ich, wie ich mich öffne, um alles für diesen Song aus mir herauszuholen, die Leidenschaft tief in meinem Inneren zu entfesseln und wild auf mein Publikum loszulassen.

Es ist wie eine schwere Finsternis, die plötzlich über den Saal hereinfällt. Sie lässt die Bühne verschwinden, und aus dem Boden erhebt sich ein gigantisches Schloss aus Stein, von Feuer umgeben, tief unter der Erde. Mephisto und ich stehen uns in der Mitte eines hell erleuchteten Tanzsaals gegenüber. Ein brennender Kronleuchter lässt Funken in der Luft tanzen, kleine Sprenkel der Melodie, deren Rhythmus das alles hier erschaffen hat. Er küsst meine Hand und ich spüre die Hitze der Flammen und möchte davon verzehrt werden. „Komm, meine Liebe, mit mir heute Nacht ..." Er zieht mich zu sich. Ich wehre mich nicht. Er wird mir alles nehmen, was ich besitze, selbst mein Herz gehört ihm schon, doch ich bin blind vor all dem Feuer. Blind vor Liebe ...

Die Musik verstummt und es ist, als wäre ein Zauber gebrochen. Das Schloss zerrieselt vor meinen Augen wie Sand, die Flammen erlöschen und aus der Dunkelheit erwachsen wieder die Formen der Bühne.

Jeder im Saal scheint den Atem anzuhalten, auch Viktor, in dessen Gesicht eine seltsame Ruhe getreten ist. Die Produzenten werfen sich zustimmende Blicke zu – und plötzlich weiß ich, dass ich es geschafft habe. Ich habe sie überzeugt.

Arjen, der mich schon die ganze Zeit über anschaut, flüstert: „Wow."

Viktor kommt zu uns auf die Bühne. Er dreht eine Runde um mich, als sehe er mich zum ersten Mal. Unmittelbar vor mir bleibt er stehen und hebt herausfordernd das Kinn.

„Kannst du das nochmal so singen?"

„Ja", antworte ich.

„Kannst du das hundertmal so singen?"

Ich zögere nur einen winzigen Moment. „Ja", wiederhole ich fest.

Viktor lässt mich nicht aus den Augen, sein Blick ist ruhig, aber hart, voller Entschlossenheit. Grinsend streicht er seinen Ziegenbart glatt. „Meine Herrschaften – ich würde sagen, wir haben eine neue Hauptdarstellerin."

Juni – drei Monate bis zur Premiere

7.

Während der nächsten Wochen gibt es unglaublich viel zu tun. Nachdem wir uns anfangs bloß vorsichtig an einzelne Songs herangetastet haben, nehmen wir mittlerweile durchgehende Szenen in Angriff, um uns vor der Sommerpause, die wir mit den Recordings verbringen werden, noch einmal genügend Raum für die finalen Proben zu schaffen. Hauptdarsteller und Ensemble arbeiten nach wie vor getrennt voneinander, da es so einfacher ist, den aus vierunddreißig Leuten bestehenden Cast in kurzer Zeit unter einen Hut zu bringen. Haupt- und wichtige Nebendarsteller arbeiten auf der Bühne des neuen Saales D, Ensemble und Chor in den Tanz- und Nebenräumen.

Die Proben finden fünfmal wöchentlich statt, und wenn ich nicht im *Pyre* bin, ziehe ich mich in mein Musikzimmer zurück und übe dort. Das macht das Zusammenleben mit Christopher etwas schwierig. Zwar gibt er sich alle Mühe, für meinen dicht gedrängten Zeitplan Verständnis aufzubringen, doch manchmal platzt ihm einfach der Kragen, und ich muss ihm umständlich erklären, dass er keinen Grund hat, mit meinem Job wettzueifern. Erst neulich hatten wir diesbezüglich wieder einen Streit. Es fing damit an, dass er sich vernachlässigt fühle, und gipfelte in der apokalyptischen Prophezeiung, dass es so, wie es momentan ist, nicht weitergehen könne. Ich habe versucht, ihm klarzumachen, dass mit dieser Rolle ein Traum in Erfüllung geht und dass er unmöglich von mir verlangen kann, das aufzugeben, bloß weil er mit neunundzwanzig schon den Drang verspürt, sich zu reproduzieren. Und als das alles nichts nützte, erinnerte ich ihn an die Sommerpause und dass ich nach den Albumaufnahmen eine ganze Woche lang zu Hause sein würde. Das brachte das Fass endgültig zum Überlaufen. „Eine Woche", wiederholte er mit einem höhnischen Lachen. „Wow. Dann schicken wir am besten gleich die Einladungen raus, denn ein solches Ereignis muss gefeiert werden!" Für den restlichen Abend verzog er sich ins Schlafzimmer, wo er seine Wut in gut einem Liter Wein ersäufte, den wir dort eigentlich für romantische Angelegenheiten gebunkert hatten.

Ist es falsch, etwas aus tiefster Seele zu tun, aus so tiefster Seele, dass ich im Abgrund dieser Tiefe zu versinken drohe? Christopher versteht meine Ambitionen nicht, und es ist nicht einmal seine Schuld. Wer seinen Tag damit verbringt, im Büro eines Versicherungsunternehmens zu hocken und sich mit Zahlen und Kundenanfragen zu beschäftigen, kann den Wert, die Anziehungskraft von künstlerischer Arbeit unmöglich begreifen. Für ihn ist das bloß ein Job, den ich da mache, eine plumpe Aneinanderreihung von Aufgaben, die ich ausführen muss, um Geld zu verdienen – für mich ist es Leidenschaft, Schicksal! Ein Drang, der mich vierundzwanzig Stunden pro Tag begleitet. Wenn ich nach Hause komme, setze ich mich nicht vor den Fernseher oder lese ein Buch. Ich arbeite weiter, gehe den Text durch und versuche, mir meine Rolle einzuverleiben, denn das ist es, was am Ende von mir verlangt wird: eine perfekte Darbietung. Und an der muss ich feilen, bis ich nicht mehr kann. Das ist mir mein Job einfach wert. Weil ich für meinen Job *lebe*.

Mitte des Monats sind wir mit den Faust-Szenen fertig und beginnen intensiv an den Mephisto-Szenen zu arbeiten. Viele Kulissen sind bereits einsatzfähig und werden in die Proben integriert, was zwar eine zusätzliche Herausforderung darstellt, aber die Welt von *Epica* auch immer mehr zum Leben erwachen lässt. Wenn ich die riesige Festtreppe der Maskenballszene hinabsteige, kann ich den bunt schillernden Tanzsaal, in den sich die Bühne im zweiten der insgesamt fünf Akte verwandeln wird, bereits vor mir sehen: wie farbenfroh kostümierte Tanzpaare sich drehen, wie Kristallluster glitzern, wie sich unwirkliche Gestalten hinter Masken bewegen und wie Lichteffekte, Sound und Choreografie die Szene zu etwas Gigantischem machen, zu einer zweiten, wundersamen Wirklichkeit, welche die Zuschauer in ihren Bann ziehen wird.

Manchmal bekomme ich einen kleinen Vorgeschmack auf die epischen Ausmaße der Show, wenn mir in Lucas Atelier Mädels aus dem Ensemble begegnen, die gerade bei der Anprobe waren, um begeistert ihre Kostüme einzuweihen. Ein schwarzer Hauch von Nichts kombiniert mit gigantischen schwarzen Flügeln, die den Tänzerinnen auf den Rücken geschnallt werden, ist nur eines der Prachtexemplare, die Luca für die Show entworfen hat. Die schwarz geflügelten Kostüme gehören den Dämonen, für die Engel gibt es das gleiche auch in Weiß und mit Swarovski-Steinen besetzt. Nicht zu vergessen die unzähligen Rokokokleider für die Maskenball-Szene und die weißgoldene Helena-Robe. Als ich Luca frage, ob ich die Robe anprobieren darf, schlägt er mir pikiert auf die Finger und meint: „Lern du erst mal brav deinen Text, dann sehen wir weiter."

Er spielt damit auf meine ärgerlichen Misserfolge während der letzten Proben an. An jedem Ton, den ich von mir gebe, an jeder Bewegung hat Viktor etwas auszusetzen. Er meint, ich agiere zu hölzern, zu angespannt, und zwingt uns zu nicht enden wollenden Wiederholungen ein- und derselben Szene.

„Aber so soll es doch sein“, protestiere ich, als ich einfach nicht mehr weiterweiß. „Immerhin steht der Teufel vor ihr – da wäre doch jeder angespannt.“

„Na schön, Anna. Dann zeig mir mal deine Helena – die ja bekanntlich weniger Angst vor ihm hat als er vor ihr. Ich bin gespannt.“

Viktor verschränkt die Arme vor der Brust und wartet. Unsicher drehe ich mich zu Arjen um, der die kräfteraubenden Dauerwiederholungen mit einer Routine wegsteckt, als hätte er nie etwas anderes getan, als diese Rolle zu spielen. Dass ich die letzten Durchgänge vermasselt habe, ist seine Schuld – er spielt den Mephisto wie einen Sturm, reißerisch, voller Kraft, aber auch rücksichtslos und von einer beklemmenden Finsternis umgeben, von der ich mir nicht sicher bin, ob sie tatsächlich so im Skript steht. Mit ihm zu arbeiten bedeutet, im Dunkeln zu tappen, nie zu wissen, was er als Nächstes tun wird, obwohl jede Bewegung, jedes Wort einen festen Ablauf hat.

Stur setze ich zu Helenas Solo an. Nach nur wenigen Sekunden trifft mich ein Notizblock an der Seite.

„Stopp! Um Himmels willen, hör auf.“

„Ich meine ja nur, es wäre – “

„Arjen, wie war das für dich?“

„Also ich halte mich da lieber raus.“

„Oh, du hältst dich da raus“, wiederholt Viktor lachend. Dann wird er todernst. „Bis morgen beherrscht ihr beiden die Szene, oder ich mache *das hier* mit euren Verträgen!“ Er nimmt die Skriptseite, die ich in der Hand halte, und zerreißt sie feierlich in der Luft. „Machen wir Schluss für heute“, fügt er mit stockfinsterer Miene hinzu.

Ich spüre Arjens wütenden Blick auf mir, als ich mich an ihm vorbei Richtung Maske schummle; nie käme er auf die Idee, dass er für mein Versagen verantwortlich ist, denn er ist ja unfehlbar, ein Naturtalent, Viktors punkiger Liebling. Was zur Hölle ist nur los mit mir? Ich kenne meine Rolle und ich konnte schon schauspielern, als unser Quotenschönling noch nicht einmal ein Mädchen geküsst hatte. Es muss eine Möglichkeit geben, meine Blockaden zu überwinden, sonst kann ich mir die Rolle an den Hut stecken.

Ich sperre mich im Klo ein und rufe Christopher an. Anstelle einer Begrüßung sage ich einfach nur: „Ich hasse meinen Job."

Er lacht. „Hat dich dein Regisseur also tatsächlich so weit getrieben?"

„Nichts passt ihm. Ich arbeite mich zu Tode, um diese Rolle zu spielen, und er ist ständig nur am Nörgeln. Wieso musste Madeleine nur sterben?"

„Über so etwas solltest du nicht nachdenken."

„Du verstehst nicht. Diese Frau hatte in ihrer Falsettstimmlage vier Oktaven drauf! Ich komme auf dreieinhalb, wenn ich mich anstrenge. Was soll das alles, wieso bin ich überhaupt hier? Ich werde es Viktor niemals recht machen können."

„Hey, jetzt beruhig dich mal." Seine Stimme klingt sanft, aber ich merke, dass ich ihm bereits ein bisschen auf die Nerven gehe. „Das mit Madeleine ist furchtbar, keine Frage, aber sie war garantiert nicht besser als du, nur weil sie ein paar hohe Töne mehr piepsen konnte. Außerdem hast du doch gemeint, dass die meisten Songs ohnehin nicht für Operettengesang geschrieben wurden."

„Hm, schon."

„Na siehst du. Das ist jetzt deine Chance. Vermassele es

nicht wegen so ein paar dämlichen Selbstzweifeln. Sonst waren all unsere Streitereien umsonst."

„Du hast ja recht." Auf einmal bin ich total erschöpft. Ich möchte nur noch nach Hause, mich an ihn kuscheln und mit ihm einen seiner stumpfsinnigen Actionfilme sehen, die er sich in letzter Zeit immer alleine anschauen muss, weil ich entweder noch im *Pyre* bin oder mich im Musikzimmer verbarrikadiert habe, um an meiner Performance zu feilen. Da wir jetzt wissen, dass das sowieso nichts bringt, kann ich gleich drauf scheißen.

„Hey, was hältst du davon, wenn ich heute ein bisschen früher nach Hause komme und wir uns einen schönen Abend machen?"

„Hört, hört. Darf man dich beim Wort nehmen oder ist das nur wieder so ein guter Vorsatz?"

„Zu neunzig Prozent darfst du mich beim Wort nehmen", grinse ich und husche zurück in die Maske, um meine Jacke zu holen. Gerade als ich zur Tür hinaus will, steht Arjen vor mir.

„Du willst schon gehen?", fragt er süffisant.

„Wer ist das?", will Christopher wissen.

„Okay, Chris, warte kurz." Ich nehme das Handy runter und frage Arjen, ob er noch irgendetwas von mir brauche.

Er runzelt die Stirn. „Hast du ihn vorhin nicht gehört? Wenn du die Szene morgen nicht kannst, macht er das hier mit deinem Vertrag." Er zerreißt ein Blatt Papier, das er offenbar nur deswegen dabei hatte, theatralisch in der Luft. Die Papierschnipsel lässt er achtlos auf den Boden fallen. „Wir sollten noch ein bisschen üben. Und zwar jetzt."

Ganz Unrecht hat er ja nicht. Er kam als Letzter ins Team, und es ist gut möglich, dass ich einfach nur Vertrauen zu ihm aufbauen muss, um meine Probleme mit ihm in den

Griff zu bekommen. Zu zweit zu proben ist garantiert nicht verkehrt. „Okay, Planänderung", seufze ich ins Handy.

„Schon gut, ich konnte mithören. Wer ist der Typ?"

„Mephisto."

„Blöder Name."

„Bist du mir sehr böse, wenn wir das auf morgen Abend verschieben?"

Er murmelt etwas, das ich nicht verstehe, dann höre ich ihn seufzen. „Meinetwegen. Aber du kommst schon heim heute, oder? Nicht wieder im Theater schlafen."

„Um Himmels willen, nein!" Mir entkommt ein Lachen, das aber genauso schnell wieder vergeht. Habe ich wirklich schon im Theater geschlafen? „Wir sehen uns später, ja? Ich werde schauen, dass es nicht zu lange dauert."

„Okay. Dann bis später."

„Ich liebe dich!" Aber er hat schon aufgelegt.

Ich verstaue mein Handy in meiner Tasche und schlage Arjen vor, zum Proben in den Ballettsaal zu gehen, dort sind wir ungestört und es herrscht gute Akustik.

Er blickt in meinen Spiegel, wobei seine blauen Augen noch intensiver leuchten. Selbstgefällig gleiten seine Finger durchs Haar, während er seinem Spiegelbild zulächelt.

„Wer ist das?" Er deutet auf das Foto von Nicki und mir, das ich links oben in den Spiegelrand geklemmt habe.

„Mein Bruder", antworte ich knapp, damit er nicht weiter nachfragt.

Ein unheimlicher Schatten huscht über sein Gesicht, als die Lampe über uns kurz flackert. Sein Blick fällt wieder auf sein Spiegelbild, das im schummrigen Licht der Maske den Anschein erweckt, als stünde er in purer Dunkelheit.

„Du wolltest doch proben", erinnere ich ihn und wende mich von ihm ab. „Dann los, proben wir."

Der Ballettsaal ist wie erwartet leer, und als mit einem kurzen Flackern das Licht anspringt, strömt mir der dominante Geruch des frisch gebohnerten Bodens und eine schwache Note des Waschbenzins entgegen, mit dem die Tänzerinnen ihre Schuhe pflegen. Wir sind im vierten und letzten Stock des Gebäudes und dank der verglasten Außenfront hat man einen atemberaubenden Blick über die Stadt. Ich stelle mich in die Mitte des Raumes, mit guter Sicht auf den wandhohen Spiegel auf der gegenüberliegenden Seite, und summe sanft und leise durch meine gesamte Stimmlage, um mich aufzuwärmen. Arjen ist noch damit beschäftigt, wie ein kleiner Junge die Ballettstange abzutasten und auf ihre Stabilität zu testen. Ich räuspere mich, um seine Aufmerksamkeit zu erlangen, und als er sich mir zuwendet, sind seine Augen wieder so blau wie seine Haarsträhnen und ich spüre, wie die Anspannung in mir wächst.

„Na schön ...“, beginne ich. „Lass uns nach dem zweiten Refrain einsteigen. Bei der Kuss-Szene.“ Denn das ist die Stelle, an der Viktor uns meistens unterbricht.

Arjen scheint den Raum und den riesigen Spiegel viel interessanter zu finden als mich. Im Vorbeigehen meint er „Ist gut“ und steht im nächsten Moment beim Fenster, um fasziniert in die Nacht hinauszusehen. Genau das, seine unbedachte Art, mich mit Kleinigkeiten zu ärgern, ist der Grund für meine Blockade. Er scheint das alles überhaupt nicht ernst zu nehmen!

„Würdest du bitte die Freundlichkeit haben und zu mir kommen?“, ermahne ich ihn.

„Ach Anna“, kommt seine Stimme aus dem Hintergrund. „So wird das nichts.“

„Richtig, solange du dort drüben stehst, wird das wirklich nichts.“

„Warum so aggressiv? Ich bin es nicht, der hier angespannt ist."

Das Knirschen meiner Zähne ist in der Stille verdammt gut zu hören. „Ich bin nicht angespannt", stelle ich halblaut klar.

„Na und ob. Ich zeig's dir." Er kommt zu mir und stellt sich hinter mich, wie Mephisto, wenn Gretchen sich ergibt und die beiden sich kurz darauf küssen. Mit Publikum finde ich diese Nähe schon unangenehm – jetzt würde ich am liebsten einen Schritt von ihm wegmachen. „Kapierst du eigentlich, worum es hier geht?", fragt er frustriert.

„Um unsere Jobs."

„Falsch."

„Gut, dann nur um meinen Job."

„Okay", meint er gütig, „langsam verstehe ich, wo dein Problem liegt."

„Na dann erleuchte mich."

„Du kannst dich mit deiner Rolle nicht identifizieren."

„Ich kann mich nicht ... wie bitte, was?"

Er legt die Hand um meine Hüfte, wie es im Skript steht. Er zieht mich an sich heran – wie es im Skript steht. Er berührt meinen Hals und mein Haar, dann wandert seine Hand tiefer, und ich schwöre, das steht nicht im Skript. „Es geht hier um Begierde, Anna. Sie will von ihm verführt werden. Du stehst da, als würde ich dir eine Waffe an den Kopf halten."

Er steht so dicht hinter mir, dass ich die Wärme seines Körpers spüren kann, den Hauch seines Atems, während er spricht. Jedes einzelne meiner Härchen scheint auf seine Nähe zu reagieren.

„Aber Angst ist genauso wichtig", halte ich dagegen. „Immerhin weiß sie, wer er ist und was passieren wird, wenn sie sich ihm hingibt."

„Danke, dass du es so ausdrückst. Denn genau das ist es – Hingabe. Du kriegst es nicht hin, wenn du dich nicht auf die Rolle einlässt. Du wirst es nie hinkriegen." Er spaziert gleichgültig an mir vorbei und weiter zum Spiegel, wo er sich erneut durch sein schwarz-blaues Haar fährt und sein Spiegelbild betrachtet. Was ist nur los mit mir? Wir müssen uns küssen und ich bekomme schon Panik, wenn er mich berührt?

„Was also schlägst du vor?", frage ich.

„Keine Ahnung – denk an irgendetwas anderes. Denk an Sex."

„Ich glaube, das wäre nicht so hilfreich."

„Nicht?"

Ich sehe sein verschmitztes Grinsen und muss beinahe selber lächeln. „Wollen wir es einfach mal versuchen und schauen, wie weit wir kommen?"

Er rollt mit den Augen und lacht, dann steht er plötzlich wieder vor mir. „Ich weiß, wie wir dich locker kriegen."

Ich höre mein Herz in meiner Brust schlagen, und ich bin mir sicher, er hört es auch. „Ach ja?", frage ich wie eine Vollidiotin.

Er nimmt meine Hand. „Komm, Anna. Wir gehen jetzt auf eine Party."

8.

Der Club heißt *Zeitsprung* und sieht schon von außen gefährlich aus. In einer abgeschiedenen, engen Pflastersteingasse nahe des Schwedenplatzes taucht hinter einer Kirche urplötzlich ein heruntergekommenes, aber bunt blinkendes Gebäude auf, aus dessen verdunkelten Fenstern der Bass gellend lauter Musik dröhnt. In den Nachbarhäusern hingegen ist es gespenstisch dunkel und still. Der Schatten des Kirchturms taucht die Gebäude in Finsternis, verbirgt sie wie ein Vorhang zu einer anderen Welt.

Um den Eingang herum stehen schwarz gekleidete Leute und rauchen. Zerbrochene Flaschen, Zigarettenstummel und Reste von Kotze auf dem Boden verraten mir, dass die enge, dunkelblau beleuchtete Steintreppe, die unmittelbar hinter der Eingangstür in den Keller des Gebäudes führt, nicht unbedingt der sicherste Pfad heute Abend wäre. Doch ehe ich protestieren kann, hat Arjen mich an den beiden grimmig dreinschauenden Türstehern vorbeigelotst und hinter sich die Treppe hinab gezogen.

Unten ist es gerammelt voll. Silbern schimmernde Platten an den Wänden machen den Raum zu einem irren Spiegelkabinett und werfen das Licht der Spotlights sowie den Lärm der Leute und der Musik in doppelter Intensität und Lautstärke zurück. In der dunstigen, von Alkohol und Schweißgeruch geschwängerten Luft fällt es mir schwer, einzelne Gesichter zu unterscheiden. Kaum hat Arjen meine Hand losgelassen, habe ich ihn im Gedränge verloren, und auf der Suche nach ihm spreche ich dreimal den Falschen an, da es in diesem Raum vor gepiercten, dunkelhaarigen Typen in Schwarz nur so wimmelt. Musikalisch wird ein Mix aus Industrial, Gothic und Hardcore geboten und die Soundanlage ist so laut aufgedreht, dass ich zum Telefonieren nach draußen müsste, und nebenbei bemerkt habe ich keine Ahnung, wo es überhaupt nach draußen geht.

Ich hätte mich niemals mitschleifen lassen dürfen. Christopher wird mich umbringen. Schon als ich zu Arjen ins Auto stieg und die Musik, die aus den Boxen kam, nicht minder laut und aggressiv war als *das hier*, ahnte ich, dass ich im Begriff war, einen Fehler zu begehen. Doch er redete immer wieder davon, dass ich mal locker werden und mir etwas Spaß gönnen solle, und ich konnte den Gedanken nicht ertragen, mir von ihm nachsagen lassen zu müssen, ich wisse nicht, wie man sich amüsiert. Das habe ich jetzt von meinem lächerlichen Bedürfnis, uns beiden etwas zu beweisen. Arjen ist irgendwo im Getümmel verschwunden, und ich will verdammt sein, wenn der Kerl mit dem roten Irokesenschnitt, der dort drüben an der Wand lehnt und mich anstarrt, nicht irgendetwas Illegales mit mir vorhat. Ich werfe einen Blick auf meine Uhr – 23 Uhr 35. Jetzt brauche ich eigentlich gar nicht mehr nach Hause zu kommen, es sei denn, ich möchte live dabei sein, wenn Christopher all meine Sachen aus dem Fenster wirft oder feierlich verbrennt. Ich entdecke ein Leuchtschild auf der anderen Seite des Clubs, das verdächtig nach einem Ausgang aussieht. Mit angezogenen Ellenbogen beginne ich mir meinen Weg durch die tanzende Menge zu bahnen, als mich von der Seite plötzlich jemand zu sich zieht.

„Da bist du ja endlich. Ich dachte schon, du wärst mir verlorengegangen."

„Ich glaube, ich sollte gehen!", brülle ich gegen den Lärm der Musik an. Arjen verdeutlicht mir, dass ich mitkommen solle. „Nein, ich sollte nach Hause gehen!", versuche ich es erneut. Ich bin mir sicher, dass er mich versteht, aber er grinst nur breit und zieht mich immer weiter durch die Menge, bis wir bei einem großen Tisch ankommen, an dem bereits ein Haufen Leute sitzt.

„Hey, Anna!“, grölt mir ein hagerer Typ mit Kurzhaarschnitt und engem T-Shirt zu. Erst als er sein Bier runternimmt, erkenne ich, dass es Andrei ist. Ich hätte ihn fast nicht erkannt in seinem schwarzen Outfit und mit dem verschleierten Blick. Auch Ellie, Laura, Arjens Zweitbesetzung Tom und ein Typ vom Beleuchtungsteam sind da. Den Rest kenne ich nicht, aber sie scheinen sich alle wahnsinnig darüber zu freuen, dass ich zu ihnen gestoßen bin.

Arjen lässt die anderen ein bisschen zusammenrücken, damit er und ich noch Platz haben. Als ich zögere, zerrt er mich einfach auf seinen Schoß und irgendjemand hält mir ein Gläschen Tequila hin.

„Und runter damit“, befiehlt Arjen.

„Hör zu, ich sollte jetzt wirklich nach Hause fahren“, wiederhole ich und rutsche von seinem Schoß, aber niemand schenkt mir Beachtung. Da ich den Tequila nicht will, trinkt ihn eines der Mädels, kurz darauf landet eine neue Runde Gläser auf dem Tisch und alle brechen in Jubel aus.

Laura stupst mich von der Seite an. „He Anna, wie ist es denn so mit Arjen? Führt er sich bei dir genauso wild auf wie bei Maddie?“

Ich muss ein sehr verwirrtes Gesicht aufgesetzt haben – der Großteil der Anwesenden fühlt sich verpflichtet, mir Lauras Worte anhand von Fallbeispielen eingehend zu erläutern, und das wild durcheinander.

„Denn weißt du, gleich am zweiten Probentag hat er vergessen, seine Piercings rauszunehmen ...“

„Obwohl sie ihn am Tag davor extra darum gebeten hatte."

„Und dann wollte Viktor auf einmal, dass sie die Kuss-Szene anspielen."

„Maddie ist total ausgerastet!"

„Sie so voll: ‚Oh mein Gott, das ist ja total komisch!' und er nur: ‚Reg dich ab, die sind bleifrei.' Haha, so geil!"

„Und wisst ihr noch, die Sache mit den Schuhen? Das war noch am selben Tag, oder?"

„Nein, ich glaube, das war erst einen Tag später."

„Sie hat sich ihre Schuhe ausgezogen, weil sie der Meinung war, barfuß könnte sie die *Macht der Bühne* besser spüren ..."

„War so eine Esoterik-Sache."

„Und als sie in die Garderobe wollte, waren ihre Schuhe weg!"

„Weil Arjen die Schuhe rauf zum Ballett gebracht hat! Er dachte, die gehören einem der Nachwuchsmädels. Weil sie so klein waren!"

„Oh Mann, zwei Tage da und schon hat er seinen ersten Todfeind! Maddie war so sauer!"

„Aber das Beste war: Nachdem er sich entschuldigt und ihr die Schuhe zurückgebracht hatte, hatte sie so ein schlechtes Gewissen, weil sie ihn angeschnauzt hatte, dass sie ihm am nächsten Tag einen Krapfen mitgebracht hat. Oder was war das, Arjen?"

„Eine Zimtschnecke."

„Genau, eine Zimtschnecke!"

„Und dabei mag ich keine Zimtschnecken."

„Und dabei mag er keine Zimtschnecken! Ach ja, unsere Maddie. Sie war schon etwas Besonderes."

Sie lächeln alle und zollen Madeleine mit einem

andächtigen Schweigen ihren Respekt. Dann geht das Gelächter wieder los, als Andrei die nächste Geschichte aus dem Hut zaubert. Offenbar sind sie alle supergute Freunde geworden, während ich in meinem stillen Kämmerlein vor mich hin geschmort und mir heimlich Madeleines Tod gewünscht habe. Es folgt noch eine weitere Anekdote, die irgendetwas mit Viktor und einer verschollenen Skriptseite zu tun hat, und als die Pointe im Gelächter untergeht, sagt Andrei einfach nur: „Ehrlich, Arjen, mich wundert es, dass sie dich noch nicht rausgeschmissen haben. Bei dem Blödsinn, den du anstellst."

„Ich bin der Teufel, ich darf hier alles."

Eine neue Runde Getränke wird serviert. Interessiert es hier denn niemanden, dass wir morgen arbeiten müssen? Ich habe es gerade geschafft, vom Tisch aufzustehen, da packt Arjen mich am Handgelenk. Sehr fest diesmal. „Bleib da", sagt er.

„Ich will gehen. Ich bin müde."

„Nur noch eine Runde. Dann bring ich dich heim. Versprochen."

Die Spotlights des Clubs malen verrückte Farbenspiele in sein Gesicht und ich kann nicht erkennen, ob er lacht oder ernst ist. Widerwillig setze ich mich zurück auf meinen Platz. Da Arjen bereits mindestens vier Gläschen Tequila intus hat, werde ich zusehen, dass ich ihn von hier wegbekomme, bevor er morgen mit einem Kater im *Pyre* auftaucht und unsere Deadline bei Viktor versaut. Dann sind wir nämlich beide am Arsch.

Das nächste Glas, das vor mir landet, trinke ich aus, damit sie mich in Ruhe lassen. Nicht lange und ich beginne mich komisch zu fühlen; in meinem Kopf breitet sich ein bunter Nebel aus, der alles ein wenig unklar erscheinen lässt, mir fällt es schwer, mich zu konzentrieren, und die Musik wird leiser, sodass ich endlich einwandfrei verstehe, was die anderen sagen.

Ellie und Laura haben angefangen, mit zwei Goths zu flirten, die sich zu ihnen gesetzt haben, Andrei lacht mit drei Jungs über irgendwelches Zeug. Arjen hat nur Augen für mich.

„Willst du dir nicht mal die Haare wachsen lassen?“, fragt er.

„Ich weiß nicht ... für die Rolle bekomme ich ohnehin eine Perücke.“ Hatten wir dieses Gespräch nicht schon einmal?

„Maddie war nicht optimal gecastet. Sie konnte singen, aber sie hat nicht gut ausgesehen. Und Gretchen muss hübsch sein.“

„Weil du sie sonst nicht küssen kannst?“, rate ich boshaft.

Er antwortet nicht, sieht mich nur weiter an. „Wie fühlst du dich?“, will er plötzlich wissen.

„Komisch. Betrunken.“

„Ach komm. Das war nur ein Shot.“ In seinen Mundwinkeln zuckt ein verräterisches Lächeln. Das Arschloch hat mir etwas ins Glas geschmuggelt.

Ich möchte aufstehen und verschwinden, doch diesmal reicht schon seine Stimme, um mich zurück auf meinen Platz zu bringen. „Warte noch ein bisschen. Gleich wird's besser.“

Fasziniert schaue ich ihm ins Gesicht. Seine Augen scheinen die Farbe zu wechseln, von einem strahlenden Blau zu einem dunklen Grün, und sie schimmern, als würde sich das Licht darin brechen. Ich möchte ihn anfassen, aber meine Hand greift an ihm vorbei ins Leere. Er lacht und zerrt mich hoch, dann beginnt sich alles zu drehen.

Es dauert ein wenig, bis ich merke, warum: Ich bin es, die sich dreht, ich tanze wie ein kleines Kind im Kreis, mit ausgestreckten Armen und einer wild brennenden Freude in mir. Gleich werde ich abheben – so leicht fühle ich mich plötzlich. Die Musik ist fast nicht mehr zu hören. Dafür höre ich mich lachen und wie wild drauflos quasseln. Keine Ahnung, was ich alles sage. Arjen ist weg und ich rede mit jemand anderem, ist es Andrei? Jedenfalls lacht er genauso viel wie ich, und ich erzähle ihm von meiner Rolle, von Mephisto und dem Palast, ich erzähle von Christopher und seinem wahnwitzigen Kinderwunsch, bis die Worte sich vor Aufregung in meiner Kehle stauen und ich nicht mehr weiterreden kann.

Erschöpft stehe ich da und schaue mich um. Überall herrscht Bewegung, während ich mich nicht von der Stelle rühre, als wäre ich die Sonne und sie wären die Sterne, ein Fixpunkt, um den sich alles dreht. Eine ungeheure Kraft durchströmt mich. Plötzlich glaube ich, ein Teil der Zeit geworden zu sein, immerwährend und einen stetigen, uralten Takt angebend, dem sich alles kompromisslos unterordnet. Es ist ein herrliches Gefühl, das ich noch nie zuvor verspürt habe. Ich muss das jemandem erzählen! Wo ist Arjen? Ich entdecke ihn im Getümmel, umringt von drei Mädchen, die ich nicht kenne. Sie tanzen miteinander, berühren und küssen sich. Der Anblick fasziniert mich, ich komme näher; jetzt bin ich der Stern und sie sind die Sonne, nein, sie sind ein schwarzes Loch, in das ich willenlos hineingezogen werde. Arjen streckt die Hand nach mir aus.

„Komm her, Anna. Komm zu uns."

Seine Augen glitzern silbrig im violetten Licht. Auf einmal wird mir schlecht. Ich verliere die Orientierung und trete einen Schritt zurück. Die Umrisse und Formen beginnen zu zerlaufen wie Farbe im Wasser. Dann ist es auch schon dunkel.

Das Läuten meines Handyweckers reißt mich aus einem tiefen, traumlosen Schlaf.

Ich liege bäuchlings auf einer Couch, die mir nicht sehr bekannt vorkommt, eingehüllt in drei Fleecedecken und ein großes Leinentuch, das halb auf dem Boden liegt, nass geschwitzt und mit allerhand Kissen überhäuft. Ich schwitze auch jetzt und mir ist furchtbar heiß; in einer ruckhaften Bewegung trete ich mich aus den Schichten von Decken frei und springe auf die Beine. Das war keine gute Idee. Kaum dass ich aufrecht stehe, schießt ein brennender Schmerz durch meine Glieder, und ein plötzliches Schwindelgefühl zwingt mich, mich wieder hinzusetzen. Stöhnend greife ich mir an den Kopf, in dem es hämmert und dröhnt, als ginge darin ein Konzert ab. Ich kann kaum die Augen offen halten, ohne zu blinzeln. Das Licht, das durch das Fenster kommt, ist viel zu hell – wo bin ich überhaupt?

Das ist eindeutig nicht meine Wohnung. Das Wohnzimmer ist riesig, aber beinahe leer, es gibt nur diese Couch ohne Tisch, in der Ecke stehen ein dunkler Holzschrank und daneben noch eine Stehlampe, deren langes Kabel wie eine Zündschnur an der Wand entlangläuft. Dafür ist auf dem Boden umso mehr los: Überall liegen Klamotten verteilt, doch nichts davon ist von mir, denn ich habe alles an, sogar meine Jacke, die ich hektisch ausziehe, weil mir immer noch heiß ist. Das Letzte, woran ich mich erinnere, sind Arjens irre leuchtende Augen. Das könnte seine Wohnung sein ... Oh großer Gott, was ist letzte Nacht passiert?

Ich sehe mich um, ob hier irgendwo meine Tasche liegt. Währenddessen fängt mein Handywecker wieder an zu läuten. Shit, es ist sieben Uhr morgens. In einer Stunde beginnen die Proben! Offenbar habe ich die ganze Nacht hier verbracht. Ich bekomme Gänsehaut, als ich mir ausmale, was Christopher sagen wird, wenn ich erst jetzt nach Hause komme. Meine einzige Chance besteht darin, direkt ins Theater zu fahren und ihm vorzulügen, ich hätte dort geschlafen anstatt hier, dann lässt er mich vielleicht noch eine Weile am Leben.

Auf der Suche nach meiner Tasche, die irgendwo unter den zahlreichen Klamotten vergraben sein muss, veranstalte ich ganz schön viel Krach. Dennoch bleibt es mucksmäuschenstill in der restlichen Wohnung. Ich werfe einen Blick ins angrenzende Schlafzimmer. Die Tür steht sperrangelweit offen. Ich entdecke Arjen, der nackt und ausgetreckt im Bett liegt, und dann noch zwei Mädels und einen Typen, die ich allesamt nicht kenne. Was auch immer letzte Nacht hier vorging, ich kann nur hoffen, dass ich nichts damit zu tun hatte, sonst kann ich gleich damit beginnen, mein Grab zu schaufeln. Ich finde meine Tasche in einer Ecke hinter der Tür zur Küche. Ich sollte abhauen, bevor mein plumpes Umhertorkeln noch irgendjemanden aufweckt. Aber heute möchte Viktor unsere Performance beurteilen und ich werde den Teufel tun und zulassen, dass Arjen den Vormittag verpennt.

Auf Zehenspitzen tappe ich ins Schlafzimmer. Die Luft hier drin ist so dick, man könnte sie mit einem Messer schneiden. Sämtliche Vorhänge sind zugezogen und im schwülen Zwielicht lässt sich das Chaos, das auch hier herrscht, bloß ansatzweise erahnen. Kleidung, soweit das Auge reicht, sogar auf den Möbeln. Ich versuche, nicht auf die schlummernden Gestalten zu achten, als ich mich vorsichtig über das Bett beuge und Arjen auf die Schulter tippe. So viele nackte Körper habe ich noch nie auf einem Haufen gesehen. Ich spüre, wie mir die Röte ins Gesicht schießt, und drehe so gut es geht den Kopf weg.

„Arjen“, flüstere ich.

„Was?“

Der Mistkerl ist wach. Und er denkt nicht im Traum daran, seinen halb entblößten Hintern zu bewegen. „Steh auf“, dränge ich. „Wir müssen zur Probe.“

Er lacht erschöpft und dreht sich auf die andere Seite. Der Typ, der dort liegt, regt sich leicht, wacht aber nicht auf. „Entspann dich. Ist doch noch viel zu früh.“

„Es ist sieben Uhr morgens! Wenn du nicht willst, dass Viktor uns beide tötet, dann ... verdammt, steh auf!“

Er kuschelt sich tiefer in sein Kissen, während eines der Mädchen sich im Schlaf umdreht und halb auf ihm landet. Ich versuche verzweifelt woanders hinzusehen, aber ich kann nicht. Diese vielen nackten Körper sind einfach überall.

„Arjen, bitte!“, versuche ich es noch einmal, rüttle ihn sogar an den Schultern.

Er gibt ein lustloses Stöhnen von sich. Hinter seinem Haar, das tief in sein Gesicht hängt, sehe ich seine Augen hervorblitzen. „Kein Stress, Anna. Wir haben noch genug Zeit.“

Dann soll er selbst sehen, wo er bleibt. Ich weiß zwar nicht, wie ich das Viktor erkläre, aber lieber stehe ich allein auf der Bühne und improvisiere, als mir noch länger die Blöße zu geben, Arjens florierendes Sexleben unter die Nase gerieben zu bekommen. Nachdem ich meine Sachen geschnappt habe und aus der Wohnung gestürmt bin, rufe ich sofort Christopher an, um zu retten, was noch zu retten ist.

„Anna?" Er klingt panisch. „Oh Gott sei Dank. Wo bist du? Geht's dir gut?"

Er hat sich Sorgen um mich gemacht. Während ich in einer fremden Wohnung meinen Rausch ausgeschlafen habe, hat er sich Sorgen um mich gemacht.

„Ja, mir geht's gut. Hör zu, es tut mir so leid. Die Probe hat länger gedauert und ich ... ich war schon so müde und hab dann im *Pyre* geschlafen. Ich dachte mir, es ist besser so, bevor ich wieder einen Unfall baue. Bitte sei nicht böse."

„Wieso hast du nicht angerufen? Ich hätte dich abholen können!" Jetzt klingt er schon wütender.

Ich eile das Treppenhaus des Wohnbaus hinunter, in dem Arjens Wohnung im obersten Stock liegt, und stolpere durch eine Glastür hinaus ins gleißend helle Tageslicht. Es fühlt sich an, als steche jemand Nadeln in meine Augen. Ich ziehe scharf die Luft ein und versuche mich zu orientieren, während der Lärm der Straße ohrenbetäubend in meinem Schädel dröhnt.

„Es tut mir leid", wiederhole ich. Mehr bringe ich nicht fertig. Die vielen Bewegungen und das Licht ringsum überfordern mich. Ich muss mich an der sonnengewärmten Hausmauer anlehnen und tief durchatmen, um überhaupt bei Bewusstsein zu bleiben. Dieser verdammte Hurensohn und seine Drogen.

„Anna, ist alles okay? Du klingst komisch."

„Ja, es ist nur ... es tut mir wirklich so leid! Ich – ich wollte dich nicht schon wieder sitzen lassen. Und ich wollte auch anrufen, aber dann ... bitte sei nicht böse, Chris, bitte!"

Ich bin völlig fertig mit den Nerven. Über meine Wangen laufen Tränen, und ich muss mich immer wieder von der

Sonne wegdrehen, weil das Licht zu sehr wehtut. Christophers Stimme ist ganz sanft geworden, aber ich höre ihm an, wie angespannt ihn mein Gefasel macht. „Hey, ist nicht so schlimm. Ich bin dir nicht böse. War schon richtig so, dass du im Theater geschlafen hast. Was hältst du davon, wenn ich dich heute Nachmittag abhole? Du bist sicher nur überarbeitet."

„Ja", schluchze ich und wische mir die Tränen weg. „Das wäre schön."

„Okay. Wir machen uns einen schönen, entspannten Tag. Und wenn dieser Viktor irgendetwas dagegen hat, dann werde ich mich mal eine Runde mit ihm unterhalten."

Das stelle ich mir lustig vor. Ich muss unwillkürlich lachen.

Im nächsten Moment fällt mir ein, wie spät es ist. „Verdammt, ich muss zur Probe! Bis heute Nachmittag, okay, Schatz? Ich muss los!"

Ich lege auf, bevor er etwas erwidern kann, und renne, als wäre der Teufel hinter mir her. Nach nur wenigen Metern habe ich die Umgebung anhand des Stadioncenters wiedererkannt und stelle erleichtert fest, dass das *Pyre* nur zwei U-Bahn-Stationen stadteinwärts liegt. Die U-Bahn schenke ich mir, ich renne weiter, von blinder Panik getrieben, die meine Beine immer schneller und schneller laufen lässt. Die Lichtempfindlichkeit lässt nach und allmählich werden auch die Kopfschmerzen erträglicher. Als ich das *Pyre* nach unglaublichen zehn Minuten erreicht habe, keuche ich wie ein altes Weib und meine Haare stehen vom Wind zerzaust in alle Richtungen ab. Für viel bleibt mir keine Zeit, gerade einmal ein bisschen Make-up kann ich in der Maske auftragen und meine Haare bürsten, dann stehe ich auf der Bühne und tue so, als wäre alles normal. Dass Arjen noch immer in seinem Bettchen schlummert, muss ich verdrängen. Viktor, der gelassen neben dem Piano steht und mit Felix ein paar Worte wechselt, setzt seinen Kaffeebecher ab und mustert mich stirnrunzelnd.

„Guten Morgen, Anna. Im Stress?“

„Nein. Alles gut. Mir geht’s gut.“ Oh Gott, habe ich Seitenstechen. Jetzt zu singen wird reine Folter.

„Entspann dich erst mal“, meint Viktor, dem meine Atemlosigkeit, die geröteten Wangen und meine schweißnasse Brust einige kleine Sorgenfalten ins Gesicht treiben. „Wir fangen erst in einer viertel Stunde an. Ist Arjen schon da?“

Okay, jetzt ist Rafinesse gefragt. Wie schinde ich am besten Zeit, ohne den Eindruck zu erwecken, hier wäre etwas faul? „Ach weißt du, ich ... ich wollte vorher noch mal kurz mit Luca reden, vielleicht können wir – “

„Ah, wenn man vom Teufel spricht! Schönen guten Morgen, Arjen.“

„Morgen.“

„Na, na, ein bisschen mehr Motivation, wenn ich bitten darf! Tja, wenn schon alle da sind, wieso unnötig Zeit verschwenden? Fangen wir an.“

Mit einem motivierten Grinsen kommt Viktor zu mir auf die Bühne, und im nächsten Moment steht Arjen an meiner Seite, angezogen, frisch und ... halbwegs munter.

„Ich hoffe, ihr habt meine Drohung gestern ernst genommen, ihr beiden. Diesmal will ich eine vernünftige Darbietung sehen. Verstanden?“

Nein. Ich verstehe gar nichts. Wie konnte Arjen so schnell hier sein? Er merkt, dass ich ihn anstarre, und hebt fragend die Brauen. „Bist du fit?“, presse ich zwischen den Zähnen hervor.

„Wie ein Turnschuh."

„Schön. Dann lass uns loslegen."

Ich gebe Felix ein Zeichen, und als die Musik einsetzt, funktioniere ich plötzlich wie ein Uhrwerk. Ich spüre es. Ich bin jetzt nicht mehr die verspannte Anna, ich bin ein Sturm, und ich will mit diesem Scheißkerl kollidieren und herausfinden, was passiert, wenn zwei Gewitterfronten aufeinandertreffen, will ihm meine Stimme entgegen schmettern, dass ihm die Wucht des Songs alle Knochen bricht. Doch dann kommen wir zur Kuss-Szene und es ist, als würde ich über irgendetwas stolpern; als wäre die Angst vor dieser einen unüberwindbaren Hürde selbst für einen Sturm zu groß. Ein Schaudern fährt mir durch alle Glieder, als ich daran denken muss, was Arjen mit seinem Mund letzte Nacht alles angestellt hat, und ein Schwall von Ekel überkommt mich und reißt alle Stärke in mir davon. Ich kann nicht anders, als wie die Male zuvor abrupt zurückzuweichen, kurz bevor unsere Lippen sich treffen.

„Cut!", ruft Viktor genervt. „Anna, du warst so gut unterwegs. Und jetzt das. Was soll der Mist?"

Ich weiß es nicht. Ich bin doch selbst von meiner Unprofessionalität enttäuscht. Verzweifelt suche ich Arjens Blick, obwohl ich mir sicher bin, dass er nach dieser Vorstellung keinen Finger für mich rühren wird. Doch zu meiner Überraschung sagt er: „Also ich finde es gar nicht so schlecht, dass sie ihm ausweicht."

„Inwiefern?", fragt Viktor.

„Es würde die Spannung erhöhen und den Moment hinauszögern. Soll das Publikum doch denken, dass sie ihm entkommen kann. Jetzt noch."

Viktor streicht sich den rotblonden Bart glatt. „Hm. Eigentlich keine schlechte Idee. Endlich denkt hier mal jemand mit! So macht man das, Leute, so bringt man sich vernünftig in die Show ein! Schneidet euch alle eine Scheibe davon ab. Anna – versuch, das beim nächsten Mal exakt so hinzukriegen. Pause."

Gott sei Dank. Hätte er Arjen noch länger mit Lobeshymnen überhäuft, hätte ich für nichts mehr garantieren können.

Ich muss in die Maske und mir das Gesicht reinigen, denn mir ist immer noch so heiß, dass das ganze Make-up verwischt ist. Auf dem Weg dorthin treffe ich Andrei, dessen Blick mir schon von der Weite verdächtig vorkommt.

„Na, Anna?", begrüßt er mich im Vorbeigehen und lächelt vielsagend.

Bestimmt denkt er, zwischen Arjen und mir sei letzte Nacht etwas gelaufen, nachdem ich ganz offensichtlich mit Arjen zusammen nach Hause gefahren bin. Solche Gerüchte dürfen sich auf gar keinen Fall verbreiten. Ich mache auf halbem Weg kehrt und erwische Arjen gerade dabei, wie er sich seine nächste Bettgeschichte angelt. Diesmal ist es Leonie, eine der Make-up-Artists. Zunächst lacht er noch, als ich ihn wortlos schnappe und ins nächstbeste Eck zerre, wo niemand ist. Dann flackert Ärger in seinem Blick auf.

„Was soll das, Anna? Ich war mitten in einem Gespräch."

„Was ist letzte Nacht passiert?"

Er lächelt geheimnisvoll. „Alles Mögliche."

„Du und ich, wir haben doch nicht ... oder?"

Er ist gemein. Denn er tut so, als wisse er nicht, wovon ich spreche.

„Ist da was gelaufen?", zwinge ich mich, es klar auszusprechen.

„Nein. Hätte es sollen?"

Er scheint die Frage ernst zu meinen. Ich will nicht näher darauf eingehen und wechsle auf ein wichtigeres Thema. „Was war das, das du mir da in den Drink geschmuggelt hast?“

„Wieso nimmst du bloß immer an, alle anderen wollen dir etwas Böses?“, fragt er und lehnt sich mit dem Rücken gegen die Wand. Er hat Knutschflecken am Hals. Ich verspüre den Drang, den Blick abzuwenden. „Belassen wir es doch einfach dabei, dass es gestern ein echt lustiger Abend war. Und du hast nichts getan, wofür du dich schämen müsstest.“

„Und warum ist mir so heiß? Das ist doch nicht normal.“

„Das ist sogar sehr normal. Als wir nach Hause gekommen sind, war dir so kalt, dass ich dir alle Decken geben musste, die ich hatte, damit du schlafen konntest. Die Hitzewallungen sind oft eine Folge davon, beachte sie nicht. Sie sind harmlos und gehen bald vorbei.“

Wie er dasteht und sich als allwissend aufspielt ... Am liebsten würde ich ihm eine verpassen. Allerdings muss ich ihm wohl dankbar sein, dass er mich in meinem gestrigen Zustand nicht mir selbst überlassen hat. Hätte Christopher mich so gesehen, wäre ich jetzt um einen Kopf kürzer.

„Hör zu, am besten ... am besten reden wir nicht mehr darüber“, schlage ich versöhnlich vor. „Der gestrige Abend bleibt unter uns. Einverstanden?“

Er schiebt sein Zungenpiercing durch die Lippen und spielt mit den Zähnen daran herum. „Ach Anna“, sagt er schon wieder.

Dieser Mann ist eine brennende Zündschnur – auf direktem Kurs ins Verderben. Natürlich lässt es sich nicht vermeiden, dass wir weiterhin miteinander arbeiten, aber auf privater Ebene werde ich mich ab sofort von ihm fernhalten, bevor er mir noch richtig Ärger macht.

Im Augenwinkel sehe ich Dominiks pompöse Gestalt auftauchen und kurz darauf poltert sein tiefes, brummiges Lachen durch den Saal, als er sich über irgendetwas amüsiert, das Viktor gesagt hat. Ich flüchte mich zu ihm wie eine Tochter zu ihrem Vater. „Na, Mädel?“, begrüßt er mich, und ich frage Viktor zuckersüß, ob wir wieder einmal die komplette Szene im Haus der Schwerdtleins durchspielen können, in der Gretchen und Faust sich besser kennenlernen. Nahezu jede Hauptfigur ist bei dieser Szene dabei, Gretchen, Faust, Valentin, Gretchens Eltern Agathe und Georg, das teuflische Hausmädchen Marie ... alle außer Mephisto.

Denn von dem habe ich fürs Erste mehr als genug.

9.

Dass ich den restlichen Tag unbeschadet überstehe, verdanke ich allein der Vorfreude, heute Nachmittag von Christopher abgeholt zu werden. Trotz meiner leichten Benommenheit, die wohl eine Nachwirkung des gestrigen Abends ist, bleibt meine Leistung konstant gut und um Punkt sechzehn Uhr verabschiede ich mich rücksichtslos in den Feierabend.

Was für ein Tag, denke ich, als ich in der Maske vor dem Spiegel stehe und erschöpft Nickis Fotos betrachte. Langsam zeigt sich, warum unsere Gagen so hoch und das Zeitmanagement so wichtig sind. Bald stehen die Studioaufnahmen für den Soundtrack in London auf dem Programm. Im *Pyre* geht das Gerücht um, Hauptproduzent und Komponist Alex Lavay habe sich für die nächsten Tage angekündigt, um vor der Sommerpause noch einmal Bilanz zu ziehen und sicherzugehen, dass alles nach Plan verläuft. Organisatorisches Feingefühl war noch nie Viktors Stärke. Er trinkt zehn Becher Kaffee am Tag, um nicht auch noch die restlichen Nerven zu verlieren. Und mir wirft er vor, ich sei zu angespannt?

„Hey, Schwesterchen!"

Ich wirble erschrocken herum. Nicki steht in der Tür und schenkt mir ein breites Grinsen. „Mein Gott, hast du mich erschreckt!", keuche ich, und er fällt mir zur Begrüßung um den Hals. „Was machst du denn hier? Chris kommt gleich, er holt mich ab."

„Ich weiß. Er hat mich gebeten, das für ihn zu erledigen, weil er nicht aus dem Büro wegkommt."

„Oh."

Er lässt mich los, und sein Lächeln verschwindet. „Etwas mehr Begeisterung wäre nett."

„Sorry, ich bin nur ... du hast mich erschreckt."

„Das hast du schon gesagt."

Wir schweigen uns an. Es ist verrückt; seit er sein kleines Psycho-Problem hat, schaffen wir es nicht mehr, ungezwungen miteinander umzugehen. Er sieht sich meine Kabine an, um die merkwürdige Stimmung zu überbrücken, und ich bin froh, als er das Foto von uns beiden am Spiegel entdeckt. Sein Gesicht hellt sich wieder auf.

„Du hast es mit auf die Arbeit genommen?"

„Als Glücksbringer. Ich habe darüber nachgedacht, was du gesagt hast. Und du hast recht, als Motivation ist das Bild wirklich gut."

„Das freut mich", sagt er mit Blick auf das Foto.

Erneut ist es still zwischen uns. Beunruhigt beobachte ich die Reglosigkeit in seinem Gesicht, den leeren Ausdruck seiner Augen, wenn er wieder in seine Welt abgetaucht ist, in der niemand außer ihm Platz hat. Wir haben nie offen über unsere Distanz geredet, und wenn wir uns weiter voneinander entfernen, wird es zwischen uns nie wieder so sein wie früher. Das macht mir Angst.

„Na komm, hauen wir ab. Bevor mein Regisseur sich noch eine Hausaufgabe für mich ausdenkt." Ich schlüpfe in meine Jacke und will schon aus der Tür hinaus. Doch Nicki starrt weiterhin auf das Foto, als hätte er vergessen, dass ich da bin. „Nicki. Jetzt komm schon."

„Ja ... Entschuldige."

Bis wir zu Hause sind, dauert es eine Weile. Unterwegs kann Nicki es nicht lassen, bei zwei verschiedenen Tankstellen anzuhalten, um den Reifendruck zu überprüfen und den Ölstand zu kontrollieren, und außerdem hat er plötzlich Heißhunger auf einen Schokoriegel und braucht zehn Minuten, um sich für eine Sorte zu entscheiden. Er hat dazu nicht viel zu sagen, also lasse auch ich seine Spinnereien unkommentiert. Eine Stunde später sitzen wir endlich auf meiner Couch und warten ungeduldig auf die Pizza, die Christopher für uns bestellt hat. Im Fernsehen läuft eine alte Sitcom, und durch die Fenster fallen Sonnenstrahlen, sodass sich die Wohnung heller und wärmer als sonst anfühlt, aber es mir wirklich gemütlich zu machen, fällt mir schwer. Nicki muss doch ahnen, wie wenig Zeit Christopher und ich füreinander haben. Aber anstatt sich höflich zu verabschieden, macht er sich bei uns auf der Couch breit und redet und redet und redet. Selbst als die Pizza endlich da ist und er nur noch den Mund voll hat, kann er nicht aufhören.

„Okay, was machen wir mit ihm?" Christopher und ich haben uns für ein paar Minuten in die Küche verzogen, um zu beratschlagen, wie wir ihn am besten loswerden. Christopher schüttelt ratlos den Kopf.

„Ich weiß nicht. Sieh ihn dir an. Er haut rein, als hätte er seit Tagen nichts mehr gegessen."

„Was willst du damit sagen? Sollen wir ihn etwa hierbehalten?"

Er zuckt mit den Schultern. „Er tut mir irgendwie leid."

„Das ist alles Show", zische ich und werfe wütend den Pizzakarton in den Müll. „Und du fällst geradewegs darauf rein. Merkst du das nicht? Ihm ist langweilig, weil er den ganzen Tag nur in seiner Wohnung sitzt und Löcher in die Luft starrt. Ich habe keine Lust, mir mein bisschen Privatsphäre von ihm vermiesen zu lassen, bloß weil er eine Beschäftigung braucht. Schmeiß ihn raus."

„Ach komm, Anna. Du redest ja, als würden wir nie wieder Gelegenheit haben, unter uns zu sein."

Wer weiß. Demnächst fliegen wir alle nach London, um die Studioaufnahmen in Angriff zu nehmen, ich werde also mindestens drei Wochen lang weg sein, und danach werden vermutlich die Kostüme schon fertig sein und die ersten Interviews werden stattfinden und ... es wird wahnsinnig stressig werden. Möglicherweise ist das wirklich mein letzter geruhsamer Abend für eine sehr lange Zeit, und Christopher steht da und hat Mitleid mit meinem irren Bruder?

„He, ihr zwei, wo bleibt denn jetzt der Nachtisch?", ruft Nicki aus dem Wohnzimmer.

Ich hole eine Packung Schokoeis aus dem Gefrierfach und mache wortlos drei Dessertschalen voll.

„Anna", sagt Christopher versöhnlich.

Ich gehe zurück ins Wohnzimmer und gebe Nicki die größte Portion, dann setze ich mich hin und beschließe, den Abend so zu nehmen, wie er kommt. Irgendwann wird Nicki hoffentlich von selbst verschwinden. So war es bisher immer.

„Übrigens, Anna", beginnt Nicki, während er schon fleißig Eis in sich hinein schaufelt. „Du regst dich doch immer auf, wie blöd deine Kollegen sind. Ich hab heute mit einigen von ihnen geredet, und die sind eigentlich alle schwer in Ordnung."

„Also erstens habe ich nie gesagt, dass sie alle blöd sind. Und zweitens: Wann hast du denn mit ihnen gesprochen?"

„Kurz bevor ich dich abgeholt habe. Ich musste mich ja durchfragen, wo du bist. Das reinste Labyrinth ist das dort unten." Er hört auf zu reden und konzentriert sich auf sein Eis.

„Und mit wem hast du alles geredet?", hake ich nach. Mir gefällt die Vorstellung nicht, dass nahezu jeder im *Pyre* ihn jetzt kennt. Wer weiß, welchen Blödsinn er in der kurzen Zeit, in der er auf der Suche nach mir war, von sich gegeben hat.

„Nur mit ein paar“, meint er schulterzuckend. „So ein großer Typ mit einer Stimme wie ein Bär, der die ganze Zeit nur grinst. Und dann hab ich noch mit zwei Mädels geplaudert, die gemeint haben, sie spielen irgendwelche Dämonen.“

„Die Mephisto-Girls“, erkläre ich lachend. „Wahrscheinlich Laura und Ellie, die reden immer gleich drauf los. Und der große Typ mit der Bärenstimme war Dominik, unser Faust.“

„Genau, das hat er auch gesagt.“ Er unterbricht sich, um den Rest Eis aus seiner Schale zu kratzen. „Wer ist denn diese Madeleine, über die du dich immer beschwerst? War die heute nicht da?“

„Madeleine hat vor mir die Hauptrolle gespielt. Sie ist gestorben, schon vergessen? Ich hab dir doch davon erzählt.“

Er sieht von seiner Schüssel auf und zieht nachdenklich die Brauen zusammen. „Ach ja“, murmelt er. Er beginnt sich am Ellenbogen zu kratzen. Erst jetzt bemerke ich, dass die Stelle dort schon ganz wund gescheuert ist.

Ich wechsle mit Christopher, der sich mir gegenübergesetzt hat, einen besorgten Blick.

„Und hast du sonst noch jemanden kennengelernt?“, reißt Christopher ihn aus seinen Gedanken.

Nicki schüttelt den Kopf. Mir will schon ein Stein vom Herzen fallen, da fügt er hinzu: „Moment, da war noch so ein langhaariger Typ mit Piercings und komischem Akzent. Wer war das?“

Mist. Ich habe gehofft, eine Begegnung mit unserem Freizeit-Drogenjunkie wäre Nicki erspart geblieben. „Ach, das war nur unser Mephisto. Du hast nicht mit ihm geredet, oder?“

„Nur so ein bisschen. Er hat mir erzählt", und jetzt lacht er plötzlich, „dass du dich weigerst, ihn zu küssen. Endlich ergibt das einen Sinn!"

Ich spüre Christophers Blick auf mir und springe auf, um die leeren Dessertschalen in die Küche zu bringen. „Wer mag noch was?"

„Das also ist dieser Mephisto", sagt Christopher und setzt sich neben meinen Bruder auf die Couch. „Erzähl mal, wie ist der so?"

„Cooler Typ. Ziemlich abgefahrenes Styling. Als er gehört hat, dass ich Annas Bruder bin, hat er gleich vorgeschlagen, dass wir drei ja mal was miteinander unternehmen könnten. Wäre sicher lustig, Anna!"

Ich werfe ihm beim Einräumen des Geschirrspülers ein mattes Lächeln zu, um das Thema abzuhaken. Leute wie Arjen sind daran schuld, dass aus Nicki das labile, ausgezehrte Wrack geworden ist, das er heute ist – denn was mit Ecstasy oder Speed beginnt, kann sich binnen kürzester Zeit zur totalen Abhängigkeit von sämtlichen angstlösenden, muskelrelaxierenden, sedativen und hypnotischen Arzneistoffen entwickeln, die es gibt. Ich werde einen Dreck tun und zulassen, dass ihm so etwas ein zweites Mal passiert. „Lieber nicht", antworte ich, als ich zurück ins Wohnzimmer komme. „Arbeit und Privatleben vermische ich nicht gerne."

„Ach so? Er hat mir gesagt, ihr wärt gestern feiern gewesen und das ganz schön wild!" Nicki sieht zwischen mir und Christopher hin und her. Christopher starrt mich an, seine Augen sind eiskalt.

„Upps", sagt Nicki.

Mein Bruder ist so ein verdammter Idiot.

Mitte Juli –
zwei Monate bis zur Premiere
Beginn der Sommerpause

10.

Bei voller Beleuchtung raubt mir der Anblick der fertigen Maskenball-Kulisse schier den Atem. Festtreppe und Balkon stehen bereits, jetzt müssen bloß noch die seitlichen Emporen und die bewegliche Tanzfläche eingestellt und mit der hochfahrbaren Unterbühne verbunden werden, dann ist der Ballsaal fertig.

Gestern gab es ein Problem mit der Hydraulik, weshalb seit den frühen Morgenstunden ein Team aus emsigen Bühnenbautechnikern und Maschinisten dabei ist, die letzten Fehler auszubügeln, ehe Alex Lavay uns seinen gefürchteten Besuch abstatten wird. Solange wir mit den Aufnahmen des Soundtracks beschäftigt sein werden, wird sich hier wider Erwarten nicht viel tun; abgesehen vom Ballsaal wurden alle technischen Gebrechen behoben, sämtliche Kostüme sind fertig und das Orchester ist eingespielt und abrufbereit. Es sieht beinahe so aus, als besäßen wir den Luxus, uns nach der Rückreise ausschließlich um das Ausarbeiten der schauspielerischen Performance kümmern zu können, wie es zwar auf dem Plan steht, aber normalerweise nie eingehalten werden kann. Erfreulich, wie optimal alles läuft.

Mit Christopher ist es hingegen ein einziges Desaster. An manchen Tagen scheint ihm die Sache mit Arjen nichts auszumachen, dann, wie aus dem Nichts, bricht er plötzlich einen Streit vom Zaun und wirft mir haarsträubende

Dinge an den Kopf: Dass ich ihn nicht lieben würde, dass ich selbstsüchtig und berechnend sei, dass er Besseres verdient habe als mich ... Was ist so schlimm daran, dass ich einmal, ein einziges Mal, mit diesem blauhaarigen Möchtegern-Rockstar etwas trinken war, anstatt brav bei ihm zu Hause vor dem Fernseher zu hocken? Ich habe mich doch entschuldigt. Etliche Male. Ich habe versucht, es ihm zu erklären, und bin seither kein einziges Mal zu spät nach Hause gekommen. Ich habe Proben geschmissen und Meetings versäumt, nur um pünktlich zu sein und ihm zu beweisen, dass mir unsere Beziehung genauso wichtig ist wie mein Beruf. Ich wünschte, ich könnte etwas tun, das mir sein Vertrauen wiederbringt, aber ich kenne mich mit solchen Dingen viel zu gut aus, um mir Chancen auszurechen. Gegen Eifersucht ist man machtlos.

Unser Flug geht heute Nachmittag. Sobald Lavays Ansprache zu Ende ist, werde ich noch einmal nach Hause fahren und meinen Koffer holen, und bei dieser Gelegenheit werde ich auch versuchen, noch einmal mit Christopher zu reden. Vielleicht gelingt es mir ja, zumindest eine kleine Versöhnung zu erreichen, wenn ich schon für drei Wochen in ein anderes Land abhauen werde.

Viktor trommelt uns auf der Bühne zusammen, um Alex Lavay einen gebührenden Empfang zu bereiten. Es ist so eng und heiß, dass mir schon beim Reinkommen schwindlig wird. Unauffällig verziehe ich mich die Festtreppe hoch und auf den mit Brokat und blutrotem Samt verzierten Balkon, wo sich auch Andrei, Laura und Dominik verstecken. Sie lungern an der Balustrade herum wie gelangweilte Teenager. Besonders lustig sieht das bei Dominik aus, der sonst keine Gelegenheit auslässt, sich von seiner wohlerzogensten, elitärsten Seite zu zeigen.

Von hier oben hat man die gesamte Bühne und den Saal im Blickfeld. Es sind wirklich alle da; Darsteller, Choreografen, künstlerische und musikalische Leiter, Regieassistenten, Stage Manager, Bühnen- und Kostümbildner, der Intendant des *Pyre* und auch Leute, die ich überhaupt noch nie gesehen habe. Sie alle auf einem Fleck versammelt zu sehen lässt uns wie eine große, bunt gemischte Familie erscheinen und gibt mir ein tröstendes Gefühl von Zugehörigkeit.

„Wird das lange dauern?", flüstert Laura mir zu. „Ich muss noch meinen Koffer packen." Als Ensemble-Mitglied ist sie auch für die Backing Vocals verantwortlich und wird uns daher nach London begleiten. Ich mag sie nicht. Ich glaube, sie vögelt Arjen.

„Keine Ahnung. Zehn Minuten oder so."

„Das letzte Mal hat er's in sieben geschafft", erläutert Dominik schmunzelnd. „Achtet auf seine Körpersprache. Sobald er anfängt, sich die Hände zu reiben, ist meistens ein Ende in Sicht, denn dann kann er es selbst schon nicht mehr erwarten."

„Was soll das überhaupt?", mischt Andrei sich ein. „Er war doch neulich schon da. Wenn der Chef so oft vorbeischaut, ist meistens was faul."

„Aber nein", winkt Dominik ab.

„Still jetzt", zische ich, „er kommt."

Wir verstummen gespannt, als Alex Lavay von rechts die Bühne betritt und dem versammelten Cast ein freundliches „Hallo zusammen" zuruft. Für einen absurden Moment warte ich darauf, dass die Gruppe im Chor „Hallo, Herr Lavay" zurückruft. Er ist ein respekteinflößender Mann, groß und schlank, immer im Anzug und mit dem gelassenen Gesichtsausdruck eines erfahrenen Geschäftsmannes.

Aber er ist auch einer der kreativsten und begabtesten Menschen, die die Branche zu bieten hat. Seine Kompositionen haben Welten für mich erschlossen, dunkle, geheimnisvolle Labyrinthe der Angst, Freude und Magie, die zu erkunden dem Publikum bald genauso den Atem rauben wird wie mir. Einmal hatte ich bisher die Ehre, persönlich mit ihm zu sprechen; das war kurz nach Madeleines Tod, als er mir zu meiner Rolle gratulierte. Die Unterhaltung beschränkte sich auf Smalltalk und ein paar belanglose Nettigkeiten, aber in dieser kurzen Zeit, während ich in seine Augen sah, da wusste ich, dass er sich der gleichen krankhaften Leidenschaft verschrieben hat wie ich. Man sieht es ihm nicht sofort an, weil er ein Profi ist und aus Gewohnheit vor Publikum stets kühl und gelassen agiert. Aber er würde töten für seine Vision. Sich selbst und andere. Solche Menschen vergöttere ich.

„Ich weiß, wir haben nicht viel Zeit", beginnt er, „da ja viele von Ihnen heute nach London aufbrechen. Daher will ich mich kurzfassen."

„Hört, hört", murmelt Dominik.

„Zunächst mal ein kurzes Update zu den Vorverkäufen. Die Shows sind bis Mitte nächsten Jahres ausverkauft und die Nachfrage steigt weiter an. Unsere Erwartungen wurden also bei weitem übertroffen. Es wird dennoch weitere Marketingkampagnen geben, über die ich Sie noch genauer informieren werde. Alles in allem sieht es sehr gut für uns aus."

Wir applaudieren artig, auch wenn der Erfolg bei den Ticketverkäufen keine große Überraschung ist. Sämtliche Readings und Try-Outs, bei denen die Idee zu *Epica* in kleinem Kreise einem Testpublikum vorgestellt wurde, liefen hervorragend. Abgesehen davon sind für diese Show bereits genug Werbegelder geflossen, um eine zweite Show auf die Beine zu stellen. Es wird das Event des Jahres. Da ist noch einiges drin.

„Und nun zum zweiten Punkt. Wie Sie vielleicht schon gehört haben, sind wir seit einigen Wochen in Verhandlungen mit Triasphere Productions. Man plant, *Epica* für den amerikanischen Markt zu adaptieren. Ich bin sehr stolz, Ihnen hiermit mitteilen zu dürfen, dass die Lizenzrechte letzte Woche vergeben wurden und voraussichtlich Anfang 2019 mit den Produktionsarbeiten begonnen wird. Wir werden ..."

Unser aufgeregtes Gemurmel lässt ihn einen Moment lang verstummen und selbst Viktor kommt aus dem Staunen nicht mehr heraus. Triasphere Productions ist die größte Entertainment-Gruppe der Welt. Ich wusste zwar, dass es Verhandlungen bezüglich der Lizenzrechte gibt, aber dass es so schnell gehen würde, hätte ich nicht erwartet. Noch vor der Uraufführung des Originals!

„Bitte, Leute, einen kurzen Moment noch!" Lavay hebt die Hände, um die quasselnde Menge zum Schweigen zu bringen. „Ich weiß, das ist alles sehr aufregend, und Sie können sich nicht vorstellen, wie stolz ich bin, mit einem so talentierten Team arbeiten zu dürfen. Denn allein Ihrem Können und enormem Engagement bei den Proben haben wir es zu verdanken, dass Triasphere nicht nur die Lizenzrechte an *Epica* erworben hat, sondern auch in Erwägung zieht, einige von Ihnen für die US-amerikanische Produktion als Cast zu verpflichten."

Diesmal ist es mucksmäuschenstill. Niemand wagt, in der kurzen Zeit zu atmen, als Lavay ein Blatt Papier aus der Innentasche seines Sakkos zieht und laut vorliest.

„Elena Schönburg, Arjen Verbeek und Anna Kainrath.

Herzlichen Glückwunsch. Sie dürfen die Triasphere-Produzenten davon überzeugen, dass Sie mehr draufhaben, als nur Theater zu spielen. Das Casting findet nächsten Freitag in London statt, passend zu Ihren Studioaufnahmen. Viel Glück."

Ich platze freudestrahlend in die Wohnung und rufe „Oh mein Gott!", da ist Christopher gerade dabei, sich die Laufschuhe anzuziehen. Er will joggen gehen, jetzt? Hat er vergessen, dass ich heute abfliege? Ich bin zu gut gelaunt, um mich von seinem griesgrämigen Gesicht ablenken zu lassen, also falle ich ihm um den Hals und küsse ihn, ehe er mich genervt wegdrückt.

„Was ist denn in dich gefahren?", fragt er verständnislos.

„Du wirst es nicht glauben! Die haben wirklich die Lizenzrechte gekauft!"

„Was? Wer?"

„Triasphere! Die haben die verdammten Lizenzrechte zu *Epica* gekauft, und 2019 beginnen die Produktionsarbeiten! Und jetzt kommt's: Die wollen mich als Hauptdarstellerin! Mich! Okay, ich muss noch zu einem Casting und so weiter, aber ich habe dann nochmal mit Alex Lavay geredet und der hat gemeint, dass die vor ein paar Tagen da waren und sich ganz still und heimlich ein paar Proben von mir angesehen hätten, und angeblich wären sie so begeistert von mir gewesen, dass sie sich vorstellen können, auch die englischsprachige Hauptrolle mit mir zu besetzen! Ist das nicht Wahnsinn? Ich in einer echten Broadway-Produktion, mit Stars und so weiter! Und mit rotem Teppich und Auszeichnungen und Interviews und keine Ahnung was! Oh mein Gott!"

Ich sprudle wie ein Wasserfall. Mir ist vor Aufregung

ganz heiß, und ich gehe wie verrückt in der Wohnung auf und ab, während Christopher regungslos dasteht und ein Gesicht zieht, als stünde die Welt vor dem Untergang. Zuerst beachte ich es nicht und rede immer weiter, von Ruhm und Ehre, Geld und noch mehr Geld, bis mir auffällt, dass er sich bloß weiter die Schuhe zuschnürt und gar nicht mehr auf mich zu achten scheint. Da werde ich stocksauer.

„Sag mal, was stimmt eigentlich nicht mit dir?“, explodiere ich. „Ist es wegen der Sache mit Arjen? Wie oft soll ich mich noch entschuldigen? Das ist doch lächerlich! Ich erlebe gerade den besten Moment meines Lebens und dir ist das scheißegal!“

„Mir ist es nicht egal.“

„Ach nein? Wieso stehst du dann nur da und bindest dir deine Scheißschuhe, während ich vor Freude fast platzen möchte? Ist dir klar, was diese Chance für mich bedeutet? Sieh mich an, wenn ich mit dir rede!“

Er sieht mir widerspenstig in die Augen, und mit einem Mal ist meine Wut wie verflogen.

„Du willst gar nicht, dass ich die Rolle bekomme, nicht wahr?“

Er schüttelt den Kopf.

Mir ist, als würde er mir damit das Herz brechen. Mich um alles betrügen, was mich ausmacht, was er an mir liebt. „Wieso nicht?“

„Sieh uns an. Wir streiten nur noch. Und wir haben nicht mal Zeit, um uns auszusprechen. Die Show ist noch nicht mal angelaufen und ich habe jetzt schon das Gefühl, dich an sie verloren zu haben. Wie wird das erst sein, wenn du ... entschuldige, wenn du was?“

„Wenn ich ein Star bin?“, erwidere ich kalt.

Er schließt kurz die Augen, als müsse er sich neu besinnen, und als er sie wieder öffnet, scheine ich einen Fremden vor mir zu haben, jemanden mit null Verständnis für meinen Traum, dem er im Wege steht.

„Wir müssen darüber reden", stellt er klar. „Sonst haben wir ein ernstes Problem."

Mein Handywecker bimmelt. Es ist Zeit, zum Flughafen aufzubrechen.

„Chris, bitte", dränge ich, während ich meinen bereits fertig gepackten Koffer aus dem Abstellraum hole und zur Tür bringe, „mach mich jetzt nicht fertig. Ich kann dir nicht versprechen, dass es einfacher werden wird, falls ich die Rolle bei Triasphere bekomme, aber wir werden das schaffen. Ich liebe dich doch!"

„Dann geh jetzt nicht weg. Sag Viktor, dass du einen späteren Flug nimmst."

„Das geht nicht."

„Von mir aus schieb die Schuld auf mich. Es ist mir egal, was du ihm sagst, aber wir müssen das jetzt klären, sonst werde ich die drei Wochen, die du weg bist, noch wahnsinnig!"

Er wirkt so verzweifelt. Ich bin am Ende meiner Kräfte, und falls es das war, was er mit seiner Vorstellung erreichen wollte, so hat *er* eine Auszeichnung verdient und nicht ich. Ich lasse erschöpft den Kopf hängen, starre auf meine Füße.

„Ich muss jetzt los", flüstere ich.

Lange Zeit ist er still, und ich glaube schon, er hätte mich nicht verstanden. Aber dann sagt er: „Ich will nicht mehr."

Vier Wörter. Kaum die Dauer eines Atemzugs.

Jetzt bricht mein Herz wirklich.

11.

Die Wolken sehen aus wie die aufgeschäumte Oberfläche eines Gewässers. Sie scheinen etwas Hässliches zu verbergen, so verdächtig weiß, wie sie sind, vielleicht die Dunkelheit dort unten, die man jetzt nur noch erahnen kann.

Es ist das erste Mal, dass ich fliege. Die Enge im Flugzeug, die Wände und die schmalen Sitze erdrücken mich fast, und die Luft ist so trocken, dass mein Hals kratzt. Der Rest des Casts hat sensationell gute Laune, lacht und scherzt wie auf einem Schulausflug, während ich zusammengepfercht auf meinem Platz hocke und darüber nachdenke, was ich von all den Dingen, die ich am Schluss zu Christopher gesagt habe, wohl am meisten bereuen werde. Das „Niemand zwingt dich, du kannst gerne gehen" steht ganz oben auf der Liste. Aber auch das leidenschaftliche „Leck mich doch am Arsch" ganz am Ende ist weiterhin heiß im Rennen. Ich weiß nicht, warum ich nicht einfach gegangen bin, wie es mein erster Impuls war, anstatt wieder zu streiten, ihm den Schmerz, den seine Worte mir zugefügt haben, mit noch schlimmeren Worten heimzuzahlen.

Eine Erschütterung reißt mich aus meinen Gedanken. Ich schrecke auf und muss dann feststellen, dass es bloß Arjen war, der von hinten an meinem Sitz gerüttelt hat. Er tauscht mit Andrei, der neben mir sitzt, Platz und strahlt mich an. „Du und ich – Oscar-Aftershow-Party – wie wär's?"

„Was du meinst, ist der Tony. Oscars gehören in die Filmbranche."

„Ist doch alles das Gleiche."

„Du scheinst dir ja große Chancen für das Casting auszurechnen", merke ich stirnrunzelnd an. Dass er ebenfalls in die engere Wahl gekommen ist, wundert mich nicht. Er ist unglaublich auf der Bühne, und wer denkt, mit ihm keinen Kassenschlager zu produzieren, arbeitet in der falschen Branche. Trotzdem kann es nicht schaden, ihn auf dem Boden der Tatsachen zu halten, sonst wird er noch überheblicher.

„Es ist alles eine Frage der Einstellung, Anna. Findest du dich gut, finden alle anderen das auch."

„Vorausgesetzt, man *ist* gut."

Ich hätte sein unbesonnenes Lachen erwartet, mit dem er jeden Angriff souverän abschmettert. Doch er sieht auf einmal sehr ernst aus. Er deutet auf Ellie, die ein paar Plätze weiter vorn sitzt. „Siehst du Ellie da vorne? Sie wird es nicht schaffen. Wir beide schon."

„Und was bringt dich zu dieser Annahme?"

„Sie muss sich vor jeder Probe ein Beruhigungsmittel einwerfen, um zu funktionieren. Glaub mir, sie wird es nicht schaffen."

Ich starre auf Ellies Hinterkopf, lausche ihrem ausgelassenen Lachen. „Beruhigungsmittel also."

Arjen nickt. „Außerdem will sie es nicht genug. Es ist ihr egal."

„Ja", rutscht es mir heraus, „und ich wünschte, mir wäre es auch egal. Dann hätte ich noch einen Freund und wäre vielleicht sogar glücklich."

Er wartet einen Moment. Scheint nachzudenken. „Hast du dich eigentlich über Madeleines Tod gefreut?"

„Was? Natürlich nicht!"

Ich weiß nicht, ob er mir das abnimmt. Er spricht jedenfalls sehr ruhig weiter. „Immerhin würde sie jetzt an deiner Stelle in diesem Flugzeug sitzen, wäre sie noch am Leben. Oder sie hätte die Triasphere-Leute erst gar nicht überzeugt, und man würde irgendeinen Yankie-Star casten, der keinen vernünftigen Ton trifft. Ich könnte es durchaus verstehen, wenn ihr tragisches Ableben dich nicht unbedingt in eine Sinnkrise gestürzt hätte. Deswegen finde ich es ein bisschen eigenartig, wenn du behauptest, du seiest unglücklich. Wäre das nicht unfair Madeleine gegenüber? Dann wäre sie umsonst gestorben."

Es erwischt mich eiskalt – ein erdrückendes Gewicht auf meiner Brust, als hätten seine Worte mich unter tausenden Tonnen Geröll begraben. Schuld ...

Du warst es nicht, sage ich mir in Gedanken vor. *Du hast sie nicht auf dem Gewissen.*

Arjen setzt sich nach vorne zu Ellie und beginnt sich mit ihr zu unterhalten. Ob er ihr dasselbe sagt wie mir, sie manipuliert, bis sie Wachs in seinen Händen ist? Er ist doch nur auf seinen eigenen Vorteil bedacht, jedes Wort aus seinem Mund, jeder Blick aus diesen teuflischen Augen stiftet Unruhe.

Ich schaue aus dem Fenster, wo aus dem weißen Wolkenteppich ein tiefes Dunkelblau geworden ist. „Es tut mir leid", sage ich ganz leise, falls Madeleine hier irgendwo ist. Vielleicht hört sie es ja.

12.

Die Londoner Angel Recording Studios sehen von außen gar nicht so spektakulär aus, wie man das von einem der besten Aufnahmestudios der Welt erwartet. Protzige Firmenlogos, verglaste Außenwände, riesige Parkplätze – all das gibt es hier nicht. Direkt an der Upper Street in Islington gelegen, versteckt sich ein niedliches rostbraunes Backsteinhaus mit weiß gestrichenen Fenstern hinter einem schwarzen Eisenzaun und einer Allee aus austreibenden Kastanienbäumen. Auf der anderen Straßenseite erwecken kleine Shops, Privatbetriebe und Mehrfamilienhäuser die Idylle einer Vorstadt und teilen sich mit grünen Umweltinseln und noch mehr Kastanienbäumen den Platz. Gleich nebenan ragt der spitze Turm einer Kirche über den Wipfeln auf. Geht man ein Stückchen weiter die Straße entlang, kommt man zu einer knallig blau gestrichenen Tür mit Eisenscharnieren, die besser zu einem Märchenschloss gepasst hätte als zu einem der renommiertesten Tonstudios für Orchester- und Choraufnahmen weltweit. Wenn das Gebäude drinnen genauso niedlich und gemütlich aussieht wie von draußen, sollte die Arbeit sich von selbst erledigen.

Das Orchester und die Band haben bereits vor einigen Wochen mit den Aufnahmen begonnen, es fehlen daher nur noch die Vocals. Insgesamt sollen es über sechshundert Tonspuren werden – das alles zu mixen, muss die Hölle sein. Gestern nach unserer Ankunft sind einige von uns noch ins Studio gefahren, um sich die fertigen Orchesteraufnahmen anzuhören. Ich blieb im Hotel und dachte über meine Zukunft nach. Ich musste mir die Frage stellen, ob ich wirklich dazu bereit wäre, mein Leben mit Christopher gegen meine Karriere einzutauschen, oder ob dieses Leben überhaupt erst der Grund ist, warum ich meinen harten Job ertrage. Bisher hielt ich uns für unbesiegbar, nachdem wir schon so viel durchgemacht hatten, doch nach unserem letzten Streit weiß ich nicht mehr, woran ich noch glauben soll. Er hat sich nicht gemeldet, nicht einmal eine kurze SMS hat er geschrieben. Nicht einmal die kleine Frage, ob ich gut angekommen sei. Das macht mich fertig.

Schon am nächsten Tag stehen die ersten Gesangsaufnahmen auf dem Programm. Uns wird das größte der insgesamt drei Studios zur Verfügung gestellt – ein atemberaubender Raum. Wände und Boden sind mit Holz verkleidet, ein Drum-Kit wartet blank poliert in der Ecke auf seinen Einsatz und auf der anderen Seite ragen die Pfeifen einer gigantischen Orgel in die Höhe, die den Raum dominiert wie eine düstere, uralte Burg. Hinter einer breiten Glaswand befindet sich der Kontrollraum. Das hochmoderne, sechzigkanälige Mischpult ist das Herzstück des Studios. Viktor strahlt wie ein kleiner Junge, als er von den hiesigen Sound Engineers gefragt wird, ob er ihnen während der Aufnahmen über die Schulter schauen möchte.

Der helle Holzboden, der bei jedem Schritt ein uriges Knarren von sich gibt, erinnert mich an die Tanzsäle im *Pyre* und hilft mir, mich mit der neuen Umgebung vertraut zu machen. Da wir einen strikten Zeitplan haben, darf ich mir nicht allzu viele Fehler erlauben. Ich bin das erste Mal in so einem Studio, man muss mir vieles erklären und trotz meiner Routine bin ich nervös und liege an einigen Stellen einen Halbton daneben. „Kopfstimme!“, keift Viktor durch die Gegensprechanlage. „Wo bleibt deine verfluchte Kopfstimme, Anna!“

Die Aufnahmen bis Freitag erweisen sich als harte Prüfung. Zwar sind die Studio-Mitarbeiter sehr nett und zeigen bei meinen Aussetzern viel Geduld und Verständnis, aber ich brauche nur einen Blick in Viktors finsteres Gesicht zu werfen und mir ist klar, dass es mit meiner Zerstreutheit nicht mehr lange so weitergehen kann. Am Abend vor dem Casting, als ich vor Nervosität schon gar nicht mehr weiß, wo mir der Kopf steht, klopft es unerwartet an meiner Hotelzimmertür. Als ich durch das Guckloch schaue, steht Alex Lavay draußen auf dem Gang, und ich frage mich, ob ich allmählich völlig den Verstand verliere. Mir war überhaupt nicht klar, dass er auch hier in London sein würde. Ein Besuch vom Hauptproduzenten höchstpersönlich? Zögernd öffne ich die Tür und mache mich auf das Schlimmste gefasst.

„Guten Abend, Anna", begrüßt er mich lächelnd. „Entschuldigen Sie die späte Störung, aber ich würde gerne mit Ihnen reden. Darf ich reinkommen?"

Eigentlich ist mir das nicht so recht. In meinem Hotelzimmer herrscht das blanke Chaos, weil ich meinen Koffer nicht ausgepackt, sondern einfach bloß auf meinem Bett ausgeleert habe. Doch er überlässt die Entscheidung ohnehin nicht mir, als er sich nonchalant an mir vorbeischiebt und die Tür hinter sich schließt.

„Ich möchte gleich zur Sache kommen", beginnt er und schenkt der Unordnung ringsum keine Beachtung. „Ich mache mir Sorgen um Sie. Ihre Leistungen bei den Aufnahmen waren bisher katastrophal. Ihr Regisseur meint, das liege an dem Casting morgen. Sie seien deswegen sehr angespannt. Hat er damit recht?"

Ich möchte mit einem festen „Nein" antworten, damit er nicht den Eindruck bekommt, ein bisschen Druck würde bei mir schon zum Totalausfall führen. Aber stattdessen stottere ich irgendwelche Entschuldigungen vor mich hin; dass ich nur einen schlechten Tag gehabt habe, dass ich mich erst an die neue Umgebung gewöhnen muss, dass ich erschöpft vom Flug sei ... Er lässt mich geduldig ausreden, mich vor mich hin quasseln, bis ich nicht mehr weiß, was das eigentliche Thema war, und ich fühle mich immer unwohler in meiner Haut, in diesem unaufgeräumten, kleinen Zimmer, das all meine Zerrissenheit und mein inneres Chaos bis ins kleinste Detail widerspiegelt.

„Die Sache ist folgende“, meint er, als ich endlich still bin. „Ich bin mir nicht sicher, ob Sie all dem hier gewachsen sind. Sie sind ja noch sehr jung. Und es ist Ihre erste Hauptrolle.“

„Ich schaffe das.“

„Ich habe Sie beobachtet. Sie haben ein ernstes Problem mit Leistungsdruck. Bei den Proben, wenn Sie mit Ihren Kollegen unter sich sind, spielen Sie sensationell – aber sobald Sie beurteilt werden, lässt Ihre Leistung rapide nach. Das ist nicht ungewöhnlich für unerfahrene Schauspieler, aber auch nicht gerade vorteilhaft. Ich sage es ganz direkt: In dieser Branche muss man nicht nur Talent haben, man muss vor allem zäh sein. Wenn Sie sich diese Zähheit nicht aneignen, werden Sie sich viele gute Chancen verbauen.“

Das weiß ich doch, verdammt. Ich möchte ihm beweisen, dass ich mehr draufhabe, als er bisher gesehen hat; ihm soll der Atem wegbleiben, wenn er mich spielen sieht, genauso wie mir der Atem wegbleibt, wenn ich seine Musik höre. Dann wären wir einander ebenbürtig. Ich möchte so vieles und nichts davon kriege ich hin. Bin ich am Ende doch eine Versagerin, wie meine Mutter es immer sagt?

„Gibt es etwas, das Sie derzeit beschäftigt? Ich meine, außer dem Casting?“

„Nein, Herr Lavay."

„Wirklich? Ist privat alles in Ordnung?"

„Ja, Herr Lavay."

Er lächelt – wahrscheinlich, weil ich schon die ganze Zeit wie ein kleines Mädchen wirke, das vor dem Schuldirektor steht. „Enttäuschen Sie sich nicht selbst", rät er mir und geht wieder zur Tür. „Das wäre wohl das schlimmste Szenario, glaube ich. Danke für Ihre Zeit."

Er verlässt mein Zimmer. Wie haarscharf habe ich diesmal die Kurve gekratzt? Wenn ich beim morgigen Casting versage, wird er sich womöglich dafür entscheiden, die Hauptrolle einer erfahreneren Darstellerin zu geben, der nicht auf halber Strecke die Puste ausgeht. Es wäre riskant nach all der Arbeit und der Zeit, die bereits in mich investiert wurde, aber nicht völlig undenkbar. Alex Lavay kämpft für seine Vision. Schwache Glieder werden aussortiert.

Es wird eine unruhige, schlaflose Nacht. Meine Gedanken kreisen um den Streit mit Christopher, um das Casting und um meine verpatzten bisherigen Aufnahmen. Als Ellie, Arjen und ich um sieben Uhr morgens von einem Taxi abgeholt werden, das uns ins Londoner Hilton bringt, wo unser exklusives Privatcasting stattfindet, herrscht typisch britisches Wetter: Der Regen will gar nicht mehr aufhören, und die Wolkendecke lässt keinen Sonnenstrahl durch, sodass es dunkel und trostlos ist in der Stadt.

Ellie und Arjen haben beste Laune. Sie sind die ganze Fahrt nur am Quasseln, Lachen und sich gegenseitig Aufstacheln, während ich nur froh bin, wenn niemand mir die Übermüdung und das immer stärker werdende Lampenfieber ansieht. Als wir in die Hotellobby kommen, staunt Ellie über die enormen Ausmaße der Decke, während Arjen bereits mit einer aufgebrezelten Angestellten flirtet, die uns in den extra angemieteten Partyraum bringt, wo der Regisseur River Khan und zwei Produzenten auf uns warten. Ehrlich gesagt bin ich ein wenig enttäuscht; in der europäischen Theaterbranche wird man oftmals von einer ganzen Versammlung beurteilt. Dass hier nur drei Personen an der Entscheidung beteiligt zu sein scheinen, kommt mir etwas zu einfach vor.

Die drei Männer sind überaus freundlich, quatschen sofort drauf los und versuchen uns eine lockere Atmosphäre zu bieten. Ellie ist als Erste an der Reihe. Ihr wird ein deutschsprachiger Co-Darsteller aus Khans Team zur Seite gestellt, mit dem sie eine Valentin-Szene spielen soll. Sie spielt professionell und konzentriert, und ich frage mich, wie viele Pillen sie sich heimlich auf der Toilette eingeworfen hat, um so ruhig und locker zu wirken. Die Triasphere-Leute scheinen mit dem Endergebnis zufrieden zu sein. Sie bedanken sich breit grinsend und bitten Ellie, wieder Platz zu nehmen. Als Nächstes bin ich dran.

„Hi", sagt der Regisseur freundlich. Ich kenne einige seiner Musicals: Letztes Jahr hat er eine Neuauflage vom *Phantom der Oper* auf die Beine gestellt und zeigt sich meistens für die kommerziell erfolgreichen Disney-Adaptionen verantwortlich. Zweifelsohne versteht er etwas von Kassenschlagern und ist es gewohnt, mit Millionenbudgets zu hantieren.

„Also rein optisch sind Sie schon mal perfekt für die Rolle", meint Khan mit einem charmanten Lächeln. „Jetzt schauen wir mal, was Sie gesanglich drauf haben. Welche Szene würden Sie gerne spielen?"

Das kommt unerwartet. Ich hätte gedacht, dass sie mir vorschreiben, was ich zu spielen habe. Genau wie bei Ellie.

„Die Heimsuchung?", schlage ich vor.

„Wie Sie möchten."

Erneut kommt der Co-Darsteller in den Raum, um diesmal die Rolle des Mephisto zu übernehmen. Verwirrt blicke ich mich um.

„Gibt es ein Problem?", fragt Khan stirnrunzelnd.

„Wäre es vielleicht möglich, dass Arjen und ich gemeinsam spielen?"

Khan schlägt eine Mappe voller Unterlagen auf, die schon die ganze Zeit vor ihm auf dem Tisch liegt. Auf der ersten Seite sind Fotos von mir aus früheren Produktionen abgebildet, dann kommt einiges an Text, vermutlich Rezensionen. Er schlägt die Mappe wieder zu und schüttelt den Kopf.

„Nein. Bitte spielen Sie mit Justin."

Mein Herzschlag wird schneller, und ich spüre, wie meine Handflächen feucht werden vor Angst. Ganz ruhig. Ich kenne die Szene in- und auswendig, zu versagen ist unmöglich. Auch nicht mit Justin.

Wir singen ohne Musikbegleitung, sodass man jeden noch so kleinen Patzer auf Anhieb heraushören wird. Bereits im ersten Refrain stolpere ich über eine Textzeile. Ich kaschiere es gut, doch den Rest der Szene kann ich vergessen. Ich habe bloß noch den Wunsch, alles rasch hinter mich zu bringen, und das spiegelt sich in meiner Stimme, in meiner Körpersprache, in den Augen meiner Zuschauer. Nach wenigen Minuten ist es vorbei. Khan und die Produzenten kommentieren meine Darbietung mit einem unverbindlichen Lächeln und bitten mich, wieder Platz zu nehmen.

Fast hätte ich gefragt, ob ich es noch einmal versuchen kann. Doch dann wird Arjen aufgerufen, und als wir uns ansehen und er zum ersten Mal nicht grinst, da weiß ich, dass ich meine Chance vergeben habe.

Draußen wartet wieder ein Taxi. Der Regen ist noch heftiger geworden. Das Taxi bringt uns auf direktem Weg zu den Angel Studios zurück, wo Viktor bereits gespannt und mit Regenschirmen vor dem Gebäude auf uns wartet.

„Wie ist es gelaufen?“, fragt er sofort, nachdem wir aus dem Taxi gestiegen sind.

„Super!“, sagt Ellie.

„Ging so“, meint Arjen.

Ich sage gar nichts. Ich stehe nur im Regen.

„Na dann kommt, trinkt erst mal einen Kaffee. Und dann erzählt ihr mir, wie diese Triasphere-Typen so drauf sind. Ich will alles wissen!“

Ellie, Arjen und Viktor gehen ins Haus. Ihnen scheint gar nicht aufzufallen, dass ich am Straßenrand zurückbleibe. Ehe die Tür hinter ihnen ins Schloss fällt, bin ich ins Taxi gestiegen und lasse mich zurück ins Hotel bringen. Ich gebe dem Taxifahrer alles Geld, das ich bei mir habe, und nehme die Treppen hinauf in den zwölften Stock, wo mein Zimmer liegt. Ich gehe nicht, ich renne. Bis mir der Schweiß vom Gesicht tropft und mein Herz beinahe aus meiner Brust zu springen droht. Ich lege mich ins Bett und konzentriere mich ganz auf das Gefühl der durchgeschwitzten Klamotten auf meiner Haut, auf die Kälte in meiner Brust und das widerliche Gefühl, gescheitert zu sein und es diesmal nicht wieder hinbiegen zu können. Ich muss Christopher anrufen, begreife ich. Er muss erfahren, dass ich kein Broadway-Star werde und dass unsere Beziehung nicht länger von meiner Karriere bedroht wird. Damit ich nicht alles verliere.

Ich finde mein Handy nicht. Auf der Suche danach raste ich endgültig aus, brülle Schimpfwörter an die Decke und zerschlage ein Wasserglas an der Wand. Die Scherben kümmern mich nicht. Ich rausche ins Badezimmer und stelle mich vor den Spiegel, starre entgeistert in mein tränenüberströmtes Gesicht. Versagt. Innerhalb weniger Minuten. Wie oft wird mir das noch passieren? Habe ich überhaupt das Zeug, bis zur Premiere durchzuhalten? Madeleine hätte es geschafft. Sie wäre nicht kaputt gegangen wie eine alte Maschine, die nicht mehr genug Treibstoff besitzt und trotzdem versucht, auf Hochtouren zu laufen. Denn genau das passiert mit Menschen, die einer falschen Bestimmung folgen, sie gehen kaputt ...

Etwas klingelt. Dumpf, als käme es unter einem Polster hervor – mein Handy. Ich finde es zwischen den Laken meines Bettes. Viktor ist dran. Er will mich vermutlich ohnehin nur fertig machen und wissen, wo ich schon wieder stecke, also drücke ich ihn weg.

Kurz darauf kommt eine SMS.

Triasphere will dich als Hauptdarstellerin, du dumme Kuh! Beweg deinen Arsch hierher!

13.

„Und das alles nur wegen eines Schuhs!“, beendet Andrei bestens gelaunt die Anekdote über Arjens und Madeleines Schuhdesaster, die ich mittlerweile so oft gehört habe, dass ich sie schon besser erzählen könnte als er. So gerne ich mit Andrei zusammenarbeite und seine unkomplizierte Art bei den Proben schätze – wenn er betrunken ist, ist er mit seinem endlosen Geplapper nur schwer zu ertragen.

Viktor hat einen großen Partyraum in unserem Hotel gemietet, um Arjens und meinen Erfolg beim Triasphere-Casting gebührend zu feiern. Ellie hat es zwar nicht geschafft, doch das ist für sie kein Grund, nicht ausgiebig mit uns anzustoßen. Es gibt ein riesiges Buffet mit Nachspeisen in allen Farben des Regenbogens, und auch an Alkoholischem wurde nicht gespart. Die Stimmung könnte nach dem harten Recording-Marathon nicht ausgelassener sein, die Leute sind entspannt und lassen „auf Kosten der Firma“ ordentlich die Korken knallen. Doch natürlich musste selbst dieser Abend, den ich eigentlich zum Feiern nutzen sollte, mit einer unschönen Nebenerscheinung aufwarten; zum zweiten Mal komme ich von der Toilette zurück und versuche mit einem gestellten Grinsen zu verbergen, dass ich mich fühle, als würde sich mein Inneres jeden Moment nach außen stülpen. Eine Magenverstimmung. Wie herrlich. Dabei habe ich das Buffet kaum angerührt, und wenn ich ehrlich bin, hatte ich auch nicht wirklich viel Alkohol. Bereits heute Morgen ging es mir schon dreckig. Vielleicht bin ich ja bloß so erleichtert, das Casting geschafft zu haben, dass nun alles Negative buchstäblich aus mir herausschießt?

Ich setze mich an einen Tisch und schenke mir ein Glas Mineralwasser ein, an dem ich vorsichtig nippe. Die kalte Flüssigkeit lindert die Übelkeit ein wenig, doch der harte Klumpen, der sich in meiner Brust festgesetzt hat, wird dadurch noch mehr nach unten gespült. Ich sehe mich um, ob die drei Mädels aus dem Ensemble schon von der Toilette zurück sind. Als ich vorhin dachte, mich ein weiteres Mal übergeben zu müssen, und abwartend über der Kloschüssel kniete, konnte ich das leise Gespräch mithören, das die Drei in der Annahme, sie seien ungestört, auf der Toilette geführt haben.

„Aber findet ihr es nicht auch komisch? Zuerst bekommt sie Maddies Rolle und jetzt darf sie auch noch in einer Triasphere-Produktion mitspielen. Ich meine, geht denn das? Sie kann doch gar kein richtiges Englisch."

„Das muss sie dann eben lernen. Sie kann doch sonst auch alles."

„Ich sage euch, da ist was faul. Vielleicht hat sie River Khan schöne Augen gemacht."

„Ja, wahrscheinlich. Denn so gut ist sie nicht. Maddie war besser."

Dummes Gerede eifersüchtiger Puten – das würde Christopher sagen, doch er ist nicht hier. Ich bin ganz allein und noch nie habe ich das deutlicher gespürt als jetzt. Muss es denn immer eine Schattenseite geben, wenn mir etwas Gutes widerfährt? Wieso kann mein Erfolg mich nicht glücklich machen?

Arjen setzt sich zu mir an den Tisch – welch willkommene Wende der Situation. Bevor er fragt, warum ich so ein finsteres Gesicht ziehe, zwinge ich ein Lächeln auf meine Lippen und wappne mich für einen Monolog darüber, warum sein Leben so wunderbar ist.

„Findest du die Party auch so lahm?“, fragt er stattdessen und stützt gelangweilt die Wange in die Hand. „Als Stars des Abends sollte man uns wenigstens erlauben, die Musik auszusuchen. Das ist ja die reinste Seniorenparty.“

„Also ich finde es recht lustig. Sind doch alle super drauf.“

Er hebt belustigt eine Braue. Die Vorstellung, dass er mit nur einem einzigen Blick weiß, was ich in Wahrheit denke, lässt mich innerlich schaudern. Er nimmt mir das Glas Mineralwasser aus der Hand und fährt mit dem Finger den Rand entlang.

„Wie war ich beim Casting?“, erkundigt er sich.

„Gut, wie immer. Sag bloß, du weißt das nicht.“

„Ich frage mich nur, ob diese Triasphere-Leute prinzipiell nicht einschätzen können, ob jemand gut oder schlecht ist. Das würde erklären, warum sie dich ebenfalls genommen haben.“

„Weißt du, was ich mich frage? Ob du prinzipiell nicht einschätzen kannst, ob du mit deinem Gerede jemanden beleidigst oder nicht. Das würde erklären, warum du so ein Arschloch bist.“

Er verzieht den Mund, als wolle er grinsen, doch es bleibt bei einer angepissten Grimasse.

„Sorry“, murmle ich, obwohl er es ist, der sich entschuldigen sollte. „Ich bin nicht so gut drauf. Mir war vorhin schon schlecht.“

„Was war denn eigentlich los mit dir?“, fragt er, ohne auf meine Entschuldigung einzugehen. „Die Szene war aufgelegt, wir haben das tausendmal geübt. Und du warst so steif, als würdest du sie zum ersten Mal spielen.“

„Ach ich weiß auch nicht“, weiche ich aus, weil ich nicht länger darüber reden will.

„Nach dieser Leistung kannst du von Glück reden, dass sie dich genommen haben. Du warst nicht überzeugend."

„Ich hab's kapiert, okay? Was willst du von mir?"

Er lässt sich von meinem unfreundlichen Tonfall nicht einschüchtern, er lächelt sogar. Selbst abseits der Bühne scheint das Schauspielen für ihn kein Ende zu haben, und ich frage mich, was er mit seinen Masken eigentlich verstecken will.

„Geht's dir jetzt besser?", fragt er mit einem versöhnlichen Ton in der Stimme. „Dir war doch schlecht, hast du gesagt."

„Ja, es geht schon besser. War wohl nur eine kleine Magenverstimmung."

„Gut."

Dann sind wir beide still. Wieso sucht er immer meine Nähe, obwohl wir uns offenkundig nicht viel zu sagen haben? Vielleicht ist da einfach etwas zwischen uns, das uns gewaltsam beieinander hält, ein Gedanke, eine Art Gleichgesinnung, die wir spüren, aber nicht verstehen, und Arjen ist bloß bereits einen Schritt weiter als ich, gibt nach, anstatt dagegen anzukämpfen.

Als ich meinen Blick auf das weiße Tischtuch gerichtet halte, steht er auf und geht zum Buffet. Jedoch nicht, um mich allein zu lassen, sondern um mit zwei Flaschen Sekt, Ellie, Laura und Andrei zurückzukommen.

„Anna! Was ist los? Warum machst du so ein langes Gesicht?" Andrei stößt mich mit dem Ellenbogen an.

„Sie braucht mehr Alkohol", erklärt Arjen und stellt diesmal nicht bloß ein Glas, sondern gleich die ganze Flasche vor meine Nase. „Trink das aus. Du wirst bald ein Star sein – das müssen wir feiern."

Christopher stellt sich tot. Meine Kollegen halten meinen Erfolg für unverdient. Und in mir brennt ein solcher Neid, es nicht mit einer Toten aufnehmen zu können, dass ich ihn am liebsten aus mir herausschreien würde. Arjen hat vollkommen recht: Ich brauche mehr Alkohol.

Mittlerweile ist es weit nach Mitternacht. Der Großteil unserer Gruppe hat sich längst in die Federn verabschiedet, um für die finalen Aufnahmen noch einmal fit zu sein. Nur Andrei, Arjen und ich nehmen das diesmal nicht so ernst. Wir sind die Letzten, die noch übrig sind, um dem noch verbleibenden Alkohol den Garaus zu machen, und die verhaltenen Blicke der Hotelmitarbeiter verraten mir, dass es langsam an der Zeit wird, uns ebenfalls in unsere Zimmer zu verabschieden. Beim Gedanken an mein leeres Bett und die leere Mobilbox würde ich am liebsten eine Flasche im Alleingang vernichten, doch meine Schwierigkeiten, es ohne zu torkeln aus dem Saal zu schaffen, sprechen eine eindeutige Sprache. Genug für heute. Sterne sehe ich zwar noch nicht, als wir zu dritt an der Wand des Aufzugs lehnen und darüber staunen, wie schnell die Kiste uns nach oben bringt, aber ich war definitiv schon mal nüchterner. Gegen Andrei komme ich jedoch bei Weitem nicht an.

„Also dann, Leute. Es war mir wie immer 'ne Ehre." Andrei steigt eine Etage vor uns aus und hat Mühe, aufrecht zu bleiben, als er sich mit einem seligen Grinsen noch einmal zu uns umdreht und den Fuß in die Tür klemmt. „Wir seh'n uns dann morg'n in alter Frische. Nicht zu lang aufbleib'n, hört ihr? Wir müss'n Leistung bring'n. Sonst versohlt Viktor uns den Arsch. Anna: Herzlich'n Glückwünsch zu deiner Rolle. Hast sie dir verdient. Arjen ... Jetzt hab ich vergess'n, was ich sag'n wollt'." Er bekommt Schluckauf und grinst dämlich zwischen uns hin und her. „Ach ja! Bloß nicht vom Weg abkomm'n, hört ihr? Im obersten Stock spukt's! Wie bei *Epica*, da spukt's auch im letzten Stock! Ja, so ist das. Es lass'n sich überall Parallel'n find'n. Verrückt, oder?"

„Nimm deinen Fuß da weg", herrscht Arjen ihn an und gibt ihm einen leichten Schubs, um ihn vom Aufzug wegzubekommen. Lachend taumelt Andrei rückwärts, die Türen schließen sich, und wir fahren weiter in den obersten Stock.

„Oh Gott, Andrei ist hackedicht", lache ich in mich hinein.

Arjen antwortet nicht, aber das macht nichts. Ich führe die Unterhaltung einfach mit mir selbst fort, quassele dummes Zeug über Andreis geschätzten Promillewert und beginne über den Klang meiner eigenen Stimme zu lachen. Als wir aussteigen, geht das Licht kaputt, und der lange Korridor, der zu unseren Zimmern führt, liegt in der Dunkelheit. Erst nach einem Moment leuchten die Notausgangsschilder auf und sorgen für einen unheimlichen grünen Schimmer.

„Ziemlich gruslig hier", flüstere ich, tappe mich an der Wand entlang und veranstalte ganz schön viel Krach dabei.

„Geht's dir gut?", fragt Arjen belustigt. Er wirkt bedeutend nüchterner als ich. Wobei das bei der Menge, die ich konsumiert habe, auch nicht sonderlich schwer ist.

„Mir geht's großartig! Ich könnte die gesamte Show im Alleingang durchspielen. Pass auf." Ich mache eine Pirouette und singe irgendeine Textzeile, die mir gerade einfällt. Dabei stolpere ich über eine Teppichfalte. Kichernd taumle ich gegen ihn.

„Vorsicht."

„Mir geht's gut, mir geht's gut. Da war eine Teppichfalte. Alles in Ordnung, Leute!"

„Du hast echt kein Gefühl für deinen Körper."

„Weißt du was, Arjen? Du nervst. Du. Nervst. Mich! Wow, das wollte ich dir schon immer mal sagen!"

Ich verfalle in ein selbstzufriedenes Kichern, weil ich in diesem Moment tatsächlich einfach nur glücklich bin, ihm endlich die Meinung gesagt zu haben. Währenddessen steht Arjen ganz still da, sieht mich an und lächelt. Dieser Moment, dieses Funkeln in den Augen verändert alles. Es bläst meinen Kopf frei und lässt mich wieder klar denken, und mit allen Sinnen nehme ich diese Veränderung nun wahr, spüre deutlich die Spannung in der Luft. Sie scheint in der Dunkelheit zu flimmern wie ein wild gewordener Schwarm. Ich höre auf zu lachen und bringe Abstand zwischen uns, aber das Flimmern breitet sich dadurch nur weiter aus, scheint plötzlich überall zu sein. Hunderttausend Funken, die mich verbrennen.

„Hör auf damit", sage ich. „Ich mag's nicht, wenn du mich so ansiehst."

„Wirklich nicht?"

„Lass das. Das ist doch lächerlich."

„Was ist denn los, Anna?"

Er kommt näher, immer näher. In meiner Brust beginnt mein Herz wie wild zu rasen. Unbeholfen stolpere ich ein paar Schritte von ihm weg, bis ich gegen die Wand stoße. Er stützt seinen Arm neben meinem Gesicht ab, als wolle er verhindern, dass ich weglaufe. Er sieht mich an und seine Augen verraten genau, was er vorhat.

Die letzte Benommenheit des Alkohols verschwindet, und ich spüre, wie eine kalte Angst meinen Verstand klärt – die Angst nicht nur vor ihm, sondern auch davor, was alles passieren könnte, wenn ich nicht schnell aus seiner Reichweite verschwinde.

„Arjen ... was machst du da?“

„Keine Ahnung. Ich bin betrunken.“

„Es ist spät. Wir sollten schlafen gehen.“

Seine Augen nageln mich fest. Ich kann mich nicht bewegen – das ist Wahnsinn. Er berührt mein Kinn, streicht runter bis zu meinem Hals, meiner Kehle. Er könnte jetzt zudrücken, bis ich nicht mehr atme. Oder er könnte mich küssen, mich festhalten, mich zu allem zwingen, was er will. Ich weiß nicht, was davon er tun wird. Doch, ich weiß es. Und ich will es auch. So sehr, dass es weh tut, es nicht haben zu können, niemals. Es geht einfach nicht.

Für einen langen, quälenden Moment passiert nichts. Nur mein Herz hämmert. Dann nimmt er den Arm runter und meint: „Du bildest dir zu viel ein.“

Er weicht zurück, dreht sich um und biegt ohne ein weiteres Wort um die Ecke. Er lässt mich einfach hier stehen. Eine Tür am anderen Ende des Flurs öffnet und schließt sich wieder, dann ist es still. Erst jetzt habe ich das Gefühl, wieder frei atmen zu können. Wie versteinert stehe ich an die Wand gepresst da und spüre meinen ganzen Körper explodieren.

In meinem Zimmer ist es dunkel. Ich mache mir nicht die Mühe, das Licht einzuschalten. Ich gehe ins Bad, knie mich vor das Klo und stecke mir so lange den Finger in den Hals, bis alles, der Alkohol, die Angst und diese verfluchte Begierde, aus meinem Inneren verschwunden sind. Danach fühle ich mich nur noch leer. Als wäre das alles gewesen, das mich ausmacht, als gebe es sonst nichts in mir. Ich kauere in dieser elenden Verfassung einige Zeit auf den kalten Badezimmerfliesen, ehe ein eisiger Hauch meine Wirbelsäule hochkriecht und mich in unkontrolliertes Zittern ausbrechen lässt.

Diese Übelkeit ... auch am Morgen ...

Der Gedanke keimt ganz plötzlich in meinem Kopf, als hätte jemand anderes ihn dort eingepflanzt: *Ich sollte einen Schwangerschaftstest machen.*

14.

Der Rest der Recording-Sessions ist ein Kinderspiel verglichen mit der privaten Katastrophe, die zu Hause auf mich wartet. Ich habe Christopher während der vergangenen drei Wochen immer wieder zu erreichen versucht, ohne ein Lebenszeichen von ihm zu erhalten. Dann auf einmal der Rückruf, knapp eine Stunde, bevor wir am Abreisetag zum Flughafen aufbrechen mussten.

„Soll ich dich abholen, wenn du gelandet bist?" Um mehr ging es ihm nicht. Kein „Wie geht's?", kein „Wie war das Casting?", noch nicht einmal für ein Hallo nahm er sich Zeit. Ich habe ihm mehrere SMS und WhatsApp-Nachrichten geschickt und auch eine sehr wütende Nachricht auf seiner Mailbox hinterlassen, und er möchte bloß wissen, ob er mich von dem verdammten Flughafen abholen soll?

Er klang so anders am Telefon, so distanziert. Dabei habe ich mich so furchtbar gefreut, als ich seinen Namen auf dem Display aufleuchten sah. Ich war mir sicher, sobald ich seine Stimme höre, würde alles gut werden, und ich könnte ihm von dem Schwangerschaftstest gestern erzählen, und vom Test vorgestern und von dem Test davor. Alle positiv. Nachdem ich den ersten Schock überwunden hatte, zwang ich mich, ruhig über die Situation nachzudenken, und kam zu der Überzeugung, dass Christopher es verstehen würde, falls ich das Kind nicht bekommen will. So etwas muss ein Partner doch akzeptieren. Jetzt weiß ich nicht einmal mehr, ob ich ihm überhaupt davon erzählen soll.

Während des Rückfluges wechselt meine Stimmung wild zwischen Angst und Rastlosigkeit. Zwar sind wir alle erleichtert, die Studioaufnahmen erfolgreich hinter uns gebracht zu haben, und die Sache mit Triasphere gibt natürlich weiterhin Anlass zur Freude. Aber im *Pyre* beginnt nun der Ernst des Lebens; die Proben werden kostümiert und in immer kürzeren Intervallen stattfinden, bis schließlich auch die Kulissen, das Orchester und die Bühnenshow in die Proben integriert sein werden, und es raubt mir allen Mut, dass uns noch ein so langer, harter Weg bevorsteht, obwohl wir bereits so viel geleistet haben. Jeder ist still und in sich gekehrt während des Fluges, das ausgelassene Herumblödeln ist strikter Konzentration gewichen, und ich will verdammt sein, wenn die Anspannung nicht sogar in Arjens Gesicht zu erkennen ist.

Der Vorfall im Hotel geht mir nicht mehr aus dem Kopf. Gut, wir waren betrunken, doch nicht betrunken genug, um die Situation aus den Augen zu verlieren. Ihm macht es Spaß, mich zu verunsichern, mit mir zu spielen. Ich darf das nicht noch einmal zulassen.

Wir landen mit einer halben Stunde Verspätung. Ich stehe beim Check-out komplett neben mir, vertausche bei der Gepäckausgabe meinen Koffer mit Lauras und muss auf halbem Weg noch einmal umkehren, um den Irrtum aufzuklären. Als ich schließlich als Letzte von uns aus dem Gate komme, wartet Christopher bereits auf mich, und die Verspätung scheint seine Vorfreude nicht unbedingt vergrößert zu haben.

„Hey“, begrüße ich ihn unsicher.

„Hey.“

Normalerweise würden wir uns jetzt küssen. Aber er nimmt mir bloß den Koffer ab und geht voran. So schnell, dass ich kaum hinterher komme.

Es ist kalt für August, bewölkt und düster. Bis wir im Auto sitzen, das er weit draußen auf dem riesigen Parkplatz abgestellt hat, sagen wir kein Wort. Er verfrachtet mein Gepäck in den Kofferraum, während ich mich schon ins Auto setze und nervös meine Hände aneinander reibe. Ich nehme mir vor, ihn anzusprechen, sobald er neben mir sitzt. Ich schaffe es nicht. Wir fahren los. Die Lichter der Straße flitzen an mir vorbei wie Erinnerungen, Ereignisse aus meinem Leben mit ihm zusammen, und alles verschwindet in der Dunkelheit hinter uns, für immer verloren. Sie tut weh, die Liebe. Am meisten, wenn es sie gar nicht mehr gibt.

„Und hast du die Rolle bekommen?", fragt er schließlich, als wir schon fast da sind.

„Ja." Ich spüre keine Freude mehr, keinen Drang zu springen und zu jubeln wie an jenem Abend, als Viktor mir die tolle Nachricht überbrachte. Ich habe bekommen, was ich wollte, und werde alles Übrige verlieren. Das ist nicht fair.

„Aber das dauert noch, oder? Bis die mit der Produktion beginnen."

„Ja, bestimmt. Einstweilen muss ich ja erst mal in der Original-Show eine gute Figur machen. Alles der Reihe nach."

„Okay. Gut."

Er hat den Kopf in die linke Faust gestützt, seine Stimme klingt sehr kühl. Ihm scheint etwas auf der Zunge zu liegen – mein Gott, was will er mir sagen?

„Hör zu, Anna, ich ..."

„Ich bin schwanger", platze ich heraus. Es war wie ein Reflex. Die plötzliche Ahnung, nur mit diesen Worten verhindern zu können, dass sein Satz böse endet.

Ihm bleibt kurz die Luft weg, und seine Augen blicken unruhig in die Ferne, scheinen ein Ereignis aus der Zukunft zu fixieren, das er nicht kommen sah. Er gibt den Blinker raus und fährt rechts ran. Kaum, als wir zum Stillstand gekommen sind, nimmt er den Fuß von der Kupplung und der Motor stirbt ab. Er beachtet es gar nicht. Ich kann sehen, wie angestrengt er atmet; sein Gesicht ist gerötet, und er sitzt völlig reglos da, als wäre alles andere zu viel für ihn.

Ich greife nach seiner Hand. *Sieh mich an.*

„Wirst du es abtreiben lassen?“, ist seine einzige Frage.

Ja, möchte ich antworten. Das will ich. Das muss ich, sonst kann ich meine Rolle vergessen.

Doch ich kann jetzt nicht rational denken. Was auch immer er zuvor sagen wollte, ich werde ihn dazu bringen, es für immer zu vergessen.

„Nein“, sage ich mit einem zittrigen Lächeln. „Ich will es behalten.“

Er lässt den Kopf hängen und schließt die Augen, mit einem leisen, gequälten Laut.

„Verarsch mich nicht“, sagt er halb im Lachen.

„Es ist mein Ernst. Wir bekommen ein Baby, Chris.“

Endlich sieht er mich an. Und dann bekomme ich ihn doch noch, meinen Kuss.

Mitte August – vier Wochen bis zur Premiere Wiederaufnahme der Proben

15.

„Halt, Stopp, aus! Was ist denn jetzt schon wieder los?“ Aufgebracht fuchtelt Viktor mit den Händen, um das Chaos, das auf der Bühne entstanden ist, zu entwirren. Dass er die Sache dadurch nur schlimmer macht, kommt ihm nicht in den Sinn. „Alle zurück in die Ausgangsposition! Alle zurück! Kommt schon, Leute, das muss schneller gehen. Die Engel nach rechts, die Dämonen nach links. Nach links, hab ich gesagt! Ihr da, Connie und Keine-Ahnung-wer, weiter nach vorne, das Publikum soll euch schließlich sehen können. Nicht so weit nach vorne! Stopp. Bleibt da stehen, zum Teufel! Connie, war das eben dein Mittelfinger?“

„Sorry, Viktor.“

„Bin ich hier in einem Kindergarten? Jetzt reißt euch mal zusammen, verflucht. Alle ein bisschen näher zu Anna, das Ganze soll ein V werden! Vorsicht mit den Flügeln!“

Ich mache widerwillig ein paar Schritte zur Seite, als eines der Dämonen-Mädchen mir beim Umdrehen die gigantischen schwarzen Flügel ins Gesicht klatscht. Die Dinger haben verflucht scharfe Kanten, und die Swarovski-Steine im Gefieder können ebenfalls ganz schöne Kratzer hinterlassen. Die Massenszenen sind die reinste Katastrophe. Wir stehen auf der größten und modernsten Theaterbühne der Welt, werden von den besten Choreografen betreut, und diesen Dilettanten gelingt es nicht, sich an eine simple Abfolge von Schritten und Positionen zu halten? Kindergarten wäre noch untertrieben.

„Okay, dann nochmal von vorne. Anna, geh bitte wieder zurück nach oben."

Aber natürlich. Es ist ja nur das zwanzigste oder dreißigste Mal, dass ich in meinem aufgeplusterten Kleid und mit mindestens drei Kilo Schmuck, Haarpracht und Schminke auf diese verfluchte Hebebühne steige und so tue, als hätte ich noch zu irgendetwas Lust. Ohne die rettende Luftbefeuchtungsanlage, die schon wieder nicht funktioniert, ist die Hitze der Scheinwerfer unerträglich, und ich brauche dringend etwas zu trinken, bevor die trockene, staubige Luft mir die Stimme raubt. Doch Viktor lässt uns keine Pause machen, ehe diese verfluchte Szene nicht einwandfrei sitzt. Ich soll eigentlich bloß die große Treppe hinuntergehen, während von links und von rechts Engel und Dämonen gleichermaßen versuchen, mich auf ihre Seite zu ziehen, ehe ich am Fuß der Treppe vor einem Spiegel lande und ein Duett mit meinem bösen Ich habe, das von einem Double dargestellt wird. Auf dem Papier wirkt alles durchgeplant und simpel, aber die Choreografie einzuhalten und gleichzeitig gut zu singen ist etwas, womit niemand auf dieser Bühne so richtig klarkommt.

Ich stelle mich auf das Podest, von wo aus ich die gesamte Bühne und den Saal bis zur hintersten Reihe im Blick habe, und beginne zum einunddreißigsten Mal das Intro zu singen.

Die Albtraumsequenz ist eines der Herzstücke der Show. Mit seinen über elf Minuten Länge gewährt der Song nicht nur einen angsteinflößenden ersten Einblick in Mephistos Reich, er soll dem Publikum auch zeigen, welch raffinierte und aufwendige Bühnentechnik hier am Werk ist und was dramaturgisch alles möglich ist. Während der Szene werden fünfmal die Kulissen gewechselt, von der dreistöckigen Pariser Villa über den pompösen Ballsaal bis zur albtraumhaften Umgebung der Hölle. Inhaltlicher Dreh- und Angelpunkt sind Gretchens erste Wahnvorstellungen und ihr Aufeinandertreffen mit Mephistos Helfern, die als Geister in der Pariser Villa, in der Familie Schwerdtlein nun lebt, ihr Unwesen treiben. Auch kompositorisch ist der Song eine Wucht; Note für Note stolpert die Musik eine enge, gewundene Treppe hinunter und zerspringt zu scharfkantigen Scherben, die von unseren Stimmen in die Luft gewirbelt werden und den Saal mit einem tobenden, alles verschlingenden Schatten füllen. Abrupte Tempowechsel machen die Melodie im ersten Moment nur schwer zugänglich, doch wer den Song begreifen will, muss ihm die ganze Tonleiter bis in den dunklen Keller hinab folgen.

Als der Chor des Ensembles einsetzt, fixiere ich den Spiegel am unteren Ende der Treppe und beginne hinunterzusteigen. Eine der Dämoninnen, Connie, greift nach meinem Arm und ich reiße mich wie geplant los. Allerdings tue ich das ein bisschen heftig; sie taumelt zur Seite und kracht geradewegs gegen ihre Nachbarin.

„Stopp!“, ruft Viktor, der bloß noch den Kopf schüttelt. „Stopp, Stopp, Stopp. Anna, was sollte das gerade?“

„Keine Ahnung. Sie muss ausgerutscht sein.“

„Okay, komm her. Komm runter, na komm schon.“

Ich raffe meine Röcke und steige mit zusammengebissenen Zähnen von der Bühne. „Was denn?“, frage ich aggressiver als gewollt.

„Ach ich weiß nicht. Kann es sein, dass du gerade irgendwie, keine Ahnung, etwas aggressiv bist?“

„Lass den Scheiß."

„Was?"

„Hör zu, das ist doch lächerlich. Wir proben diese Szene jetzt schon seit Stunden und keiner dahinten macht vernünftig seinen Job! Ich hab es satt!" Mittlerweile ist es mir egal, ob die anderen mich hören können. Wenn ich nicht bald aus diesem Kostüm rauskomme und etwas zu trinken kriege, drehe ich durch.

Viktor verzieht die Mundwinkel und wirft theatralisch die Hände in die Luft. „Bitte, dann machen wir eben Schluss! Aus, Leute, Frau Kainrath hat keine Lust mehr!"

„Schieb die Schuld jetzt bloß nicht auf mich", zische ich, als ich ihn am Arm zu fassen kriege. „Ich habe meine Sache gut gemacht. Die da sind das Problem."

Erstaunt sieht er mich an, dann lacht er bitter auf und schüttelt abermals den Kopf. „Die Hauptrolle wird vom Ensemble getragen, Anna. Ohne ‚die da' bist du ein Nichts! Jetzt geh mir aus den Augen und komm erst wieder, wenn du dich daran erinnerst, dass das hier keine One-Woman-Show ist! Na mach schon, zisch ab! Verschwinde!"

Fein. Soll er mich am Arsch lecken. Sollen sie mich alle am Arsch lecken! Ohne ein weiteres Wort rausche ich von der Bühne, stürme in die Maske und knalle die Tür hinter mir zu. Zuallererst reiße ich mir diese scheiß Perücke vom Kopf. Dann trinke ich einen halben Liter Wasser in einem Zug, setze mich vor den Spiegel und stütze die Stirn in die Hände, um zu verhindern, dass mein Kopf von den Schultern fällt.

Es ist die Schwangerschaft. Welche andere Erklärung wäre einleuchtender? Ich bin launisch und ungeduldig, habe meine Gefühle nicht im Griff und sage offen heraus, was ich gerade denke, bloß um den Druck in meinem Kopf loszuwerden und mich nicht länger in einer Sackgasse gefangen zu fühlen. Und niemand ahnt, was los ist.

Doch schon bald wird es sich nicht mehr verheimlichen lassen. Meine Kostüme sitzen jetzt schon etwas eng, und wenn mein Bauch erst einmal anfängt zu wachsen, was dann? Ich kann die Rolle nicht als Schwangere spielen – das würde die Show ins Lächerliche ziehen und wer weiß, ob ich es körperlich überhaupt durchstehen würde. Und sobald das Kind da ist, muss ohnehin eine andere meine Rolle übernehmen, zumindest für die ersten paar Monate. All das sind Probleme, die mir viel zu spät klar geworden sind; erst nachdem Christopher und ich uns wieder versöhnt hatten und nachdem er begonnen hatte, nur davon zu sprechen, welche Namen ihm gefallen, dass wir uns eine größere Wohnung suchen sollten oder ob er mein Musikzimmer nicht in ein Kinderzimmer umbauen könne. Das allein verrät doch alles: Dieses Kind wird meine Karriere zerstören, die Musik für immer aus meinem Leben verdrängen.

Christopher ist so glücklich. Ich wünschte, das würde mir reichen, um ebenfalls glücklich zu sein.

Die Tür springt auf, und eine Gruppe Mädels platzt in die Maske. Es sind Connie, Ellie, Laura, Tamara und Maike, die mit ihren schwarzen Flügeln fast nicht durch die Tür passen. Keine von ihnen grüßt mich, und ihre dunkel geschminkten Augen streifen mich im Vorbeigehen voller Verachtung. Sie verschwinden in den hinteren Teil des Raumes, wo sie sich abschminken und umziehen und wahrscheinlich auch über mich lästern. Mir ist ja bewusst, dass ich vorhin zu weit gegangen bin. Doch irgendwann müssen die Stimmungsschwankungen doch besser werden! Vielleicht in ein paar Monaten, wenn ich rund und fett geworden bin und Viktor mich fragen wird, was ich mir dabei gedacht habe, einfach schwanger zu werden und es niemandem zu sagen. Es wird dann zu spät sein, um einen Ersatz für mich zu finden. Entweder stecken sie mich in ein Schwangerschaftskleid – was ich mir nicht vorstellen kann – oder die Show hat ein ernstes Problem.

Ich fasse mir an den Bauch, um mit dem Baby Kontakt aufzunehmen, um seine Gegenwart zu spüren und die Gewissheit zu haben, dass es all das wert sein wird. Ich spüre nichts. Da ist nichts. Sollte ich nicht langsam etwas spüren?

Die Mädels kommen abgeschminkt und umgezogen wieder an mir vorbei. Während die übrigen nach draußen gehen, ohne sich zu verabschieden, setzt Ellie sich zu mir an den Spiegel und zündet sich eine Zigarette an.

„Was ist los mit dir in letzter Zeit?"

„Gar nichts", antworte ich und versuche den Qualm nicht einzuatmen. Ich hasse Raucher.

„Du hast ziemlich oft schlechte Laune. Stress mit Chris?"

Ich schüttle schulterzuckend den Kopf, damit sie mir nicht weiter auf die Nerven geht. Ich kann sie nicht ausstehen, seit sie ständig mit Arjen unterwegs ist. Die beiden haben sicherlich etwas am Laufen, und sie machen sich nicht einmal die Mühe, es geheim zu halten.

„Schon gut, du musst es mir nicht sagen", meint sie lässig und stößt den Rauch aus, „ist ja auch deine Sache. Aber du musst echt was an deiner Einstellung ändern, denn die anderen sind schon ziemlich angepisst deinetwegen."

„Das tut mir leid."

Sie lehnt sich in den Sessel zurück und sieht mich abwartend an. Sie ist die perfekte Besetzung für das dämonische Hausmädchen Marie, das Valentin buchstäblich Kopf und Kragen kostet: Brünett, klein und niedlich, mit viel Busen und großen, haselnussbraunen Augen, die einen sofort in ihren Bann ziehen. Eine entzückende französische Makrone, so steht es im Skript. Doch sie besitzt auch den Hauch von Zwielichtigkeit, den Maries ambivalente Figur ausmacht, das verborgene Dunkle in den Augen, das erahnen lässt, dass sie nicht diejenige ist, die sie vorgibt zu sein.

„Weißt du, ich hätte da eine Idee." Sie holt sich ihre Handtasche auf den Schoß und kramt darin herum. Im nächsten Moment hat sie ein silbernes Döschen in der Hand. Sie öffnet es und zeigt mir ovale, lilafarbene Pillen. „Das entspannt dich. Eine Pille pro Tag und das Leben ist ein Kinderspiel."

Ich lese die Aufschrift, die in jeder einzelnen Pille eingraviert ist: Xanor. Harte Beruhigungspillen mit hohem Suchtpotenzial. Nicki kann davon ein Liedchen singen.

Ellie nimmt eine Pille heraus und steckt sie sich in den Mund wie einen Kaugummi. „Es ist echt nichts dabei", meint sie und schluckt die Pille ohne Wasser. „Bei dir reicht vermutlich sogar schon eine halbe Tablette. Es wird dir helfen, abzuschalten. Probier's doch mal aus!"

Erinnerungen flackern chaotisch in meinem Kopf auf; Bilder von langen, weißgestrichenen Gängen ohne Sonnenlicht, von Menschen, die mit toten Augen in die Leere starren, wie Zombies. Man mag es für ein Klischee halten, doch psychiatrische Anstalten *sind* Irrenhäuser. Nicki schnitt sich die Oberarme mit Rasierklingen auf, hämmerte mit dem Kopf gegen die Wand, so groß war der Schmerz, den das Verlangen nach Pillen in ihm hervorrief. Er hatte Angst davor zu atmen, die Augen zu schließen, selbst das Surren eines Computers machte ihm Angst. Schuld daran waren diese Tabletten. Er musste durch die Hölle gehen, um von dem Zeug loszukommen. Ich rutsche ein Stück von Ellie weg.

„Okay“, sagt sie auf mein Schweigen. „Dann eben nicht. War auch nur ein Vorschlag. Wir sehen uns morgen, und bitte versuch nicht allzu schlecht gelaunt zu sein, ja?“

Nachdem sie verschwunden ist, ziehe auch ich mich um und fahre mit einem flauen Gefühl im Bauch nach Hause. Ellie macht zwar nicht den Eindruck, als setze ihr der Konsum von Xanor zu, doch wenn sie es übertreibt, könnte uns bald die nächste Darstellerin verloren gehen.

Christopher und Nicki sitzen gemeinsam vor dem Fernseher und zocken ein Rennspiel auf der Konsole, umringt von geöffneten Chipspackungen, Getränkedosen und Krümeln. Ich habe ohnehin schon schlechte Laune und dieser Saustall hat mir gerade noch gefehlt. Außerdem kann ich mir nicht erklären, wieso Nicki schon wieder bei uns herumlungert. Ich werfe meine Schuhe beim Ausziehen etwas zu heftig in die Ecke. Christopher legt den Controller weg und kommt auf mich zu.

„Alles in Ordnung, Schatz?“

„Was macht Nicki schon wieder hier?“, spreche ich das Problem an, das noch am ehesten zu bewältigen ist.

„Naja, das ist so eine Sache ... ich fürchte, er wird jetzt länger bei uns bleiben.“

Stirnrunzelnd schaue ich zu Nicki, der einstweilen alleine weiterspielt. „Hi, Anna!“, begrüßt er mich fröhlich.

„Was soll das heißen?“, frage ich Christopher.

Er zieht eine Grimasse und kratzt sich am Kopf. „Er ist aus seiner Wohnung ausgezogen. Er sagt, dort bekommt er Zustände. Wegen der lauten Nachbarn oder so.“

„Weißt du, wie egal mir das ist?“

„He, es ist ja nur vorübergehend. Was hätte ich denn machen sollen? Er kann doch auf dem Sofa schlafen.“

„Warte, warte, alles der Reihe nach." Ich dränge Christopher zur Seite und marschiere zu Nicki an die Couch. „Du da, Lagebericht. Was ist mit deiner Wohnung?"

„War nicht mehr gut."

„Wir reden hier nicht von Käse! Was heißt, war nicht mehr gut?"

„Hast du eine Ahnung, wie laut es dort ist? Unter mir schraubt so ein Irrer ständig an irgendwelchen Motorrädern, neben mir brüllt ein Kind und über mir kann einer seinen Fernseher nicht leiser schalten. Jeden zweiten Tag muss ich mich beschweren gehen! Ich hab's dort einfach nicht mehr ausgehalten."

„Aber du kannst nicht einfach so ausziehen. Wo willst du denn einstweilen bleiben? Hier sicher nicht."

„Können wir nachher weiterreden? Ich will noch kurz die Runde fertigspielen."

Als Antwort drehe ich den Fernseher ab. Mit einem frustrierten Seufzen legt er den Controller weg, lässt sich in die Rückenlehne des Sofas sinken und reibt sich die Augen.

„Anna, bitte."

„Du kannst so nicht weitermachen, Nicki. Du bist erwachsen. Krieg dein Leben endlich selbst auf die Reihe!"

„Hey", versucht Christopher mich zu beruhigen.

„Nein, ich meine das ernst! Es geht nicht, dass du dauernd hier auftauchst und dich bei uns breitmachst. Dir ist langweilig? Schön, dann suche dir einen Job und hör auf, uns auf die Nerven zu gehen!"

„Dir geht ja in letzter Zeit vieles auf die Nerven", feuert er zurück und scheint nicht vorzuhaben, von meiner Couch aufzustehen. „Dauernd bist du nur am Meckern und rennst mit angefressenem Gesicht durch die Gegend. Überleg mal, ob du nicht selbst das Problem bist!"

„Nicki, ich warne dich. Provoziere mich nicht, ich bin nicht in der Stimmung dafür."

„Es ist ja nicht für lange! Nur bis ich eine neue Wohnung gefunden habe, dann seid ihr mich wieder los."

„Darum geht es doch gar nicht! Du kannst nicht einfach deine Wohnung kündigen und davon ausgehen, dass wir dich aufnehmen. Wir haben selbst genug am Hals!"

„Oh ja", ruft er aus, „ich kann mir dein schweres Leben als überbezahlter Musical-Star so richtig gut vorstellen."

Etwas knackst. Ich glaube, das war mein Kiefer. Im Augenwinkel sehe ich, wie Christopher einen Schritt zurückweicht, und diese winzige Geste der Vorsicht ist genug, um mich endgültig zur Explosion zu bringen.

„Du verschwindest sofort aus meiner Wohnung", brülle ich, „oder du kannst was erleben!"

Interessanterweise ist es Christopher, der Richtung Tür verschwindet. Nicki wirkt von meiner Lautstärke zwar überrascht, bleibt aber weiterhin stur.

„Nein", sagt er.

„Was?"

„Du bist meine Schwester, du musst mir zur Seite stehen."

„Ich kann nicht, hörst du! Ich habe nicht die Kraft dafür, ich brauche selbst jemanden, der mir zur Seite steht!"

Er lacht höhnisch auf. „Etwa um dir die Last des Ruhms abzunehmen?"

„Weil ich bald ein Baby bekomme, du Idiot!"

Oh scheiße. Ich wollte nicht, dass er es auf diese Weise erfährt. Jetzt ist es raus und die schockierte Stille, die folgt, ist weit schlimmer als unser Gebrüll zuvor. Ich stoße mühsam die Luft aus und gehe auf und ab, während mein Bruder mit weit aufgerissenen Augen vor sich hinstarrt und die neueste Information zu verdauen versucht.

Wo Christopher ist, weiß ich nicht. Vielleicht war er klug genug, das Schlachtfeld zu verlassen, ehe es blutig wird.

„Das ... das wusste ich nicht“, murmelt Nicki.

„Schon gut. Schon gut.“

Er sieht mich an, unsicher, wie er reagieren soll. Bestimmt hat er mir bereits angesehen, dass meine Schwangerschaft nicht unbedingt ein Grund zum Feiern für mich ist. Allein weil er mich so gut kennt, dass selbst meine tiefsten Geheimnisse für ihn offensichtlich sind, kann ich ihm nicht länger böse sein. Zögerlich beginne ich zu lächeln, und er steht auf, legt die Arme um mich und wir drücken uns ganz fest, wie wir es sonst niemals tun.

„Onkel Nicki“, probiert er das Wort aus. „Klingt doch cool, oder?“

Ich ziehe die Nase hoch, weil mir schon wieder die Tränen kommen. Freude und Angst wirbeln in mir durcheinander. „Aber es ist so kompliziert“, flüstere ich. „Christopher will das Kind unbedingt. Aber wenn ich es bekomme, dann ...“

„Dann verlierst du deine Rolle.“

„Ja.“ Ich schaue ihn an. Er versteht mich, weil er mein Bruder ist, er wird mich immer verstehen und dennoch tue ich alles, um ihn aus meinem Leben auszuschließen. Wieso eigentlich?

Es tut mir leid, möchte ich sagen, doch er unterbricht mich, noch bevor ich die Worte über die Lippen gebracht habe.

„Keine Angst, Anna. Wir werden schon eine Lösung finden.“

16.

Es ist lange her, dass ich mit Nicki ein so ehrliches Gespräch hatte. Er ist nicht mehr sehr aufnahmefähig seit dem Entzug, schweift schnell ab und ist mit ernsten Themen prinzipiell überfordert. Doch diesmal, und wenn auch nur mir zuliebe, reißt er sich zusammen und hört sich alles an, was mir auf dem Herzen liegt; mein voreiliges Versprechen an Christopher, nur um ihn nicht zu verlieren, die Probleme mit meinem Gemütszustand und der alles überschattende Zwiespalt, mit Baby meine Karriere aufzugeben und ohne Baby die Liebe meines Lebens zu verlieren.

„Und wenn du einfach nochmal mit ihm redest?“, schlägt er leise vor. Wir sind in meinem Musikzimmer, während Christopher draußen fernsieht, um uns unsere Privatsphäre zu lassen. Ich habe mich ans Klavier gesetzt und schlage willkürlich ein paar Tasten an, ich muss mich beschäftigen, sonst reißen meine Gedanken mich noch in Stücke.

„Er würde es doch sicher verstehen“, fügt Nicki hinzu, als ich nicht antworte.

„Nein. Bestimmt nicht.“

„Er kann nicht von dir verlangen, dich zwischen ihm und der Show zu entscheiden. Er hat dich als Anna kennengelernt, also muss er dich auch als Anna akzeptieren. Und zu Anna gehört eben auch die Show.“

Ich lächle ihn traurig an. „Sagst du das aus Überzeugung oder nur, weil du mein Bruder bist? Schon gut“, meine ich, als er es ist, der schweigt, „du willst mir ja nur helfen. Aber ich fürchte, diese Entscheidung muss ich alleine treffen. Was richtig wäre, weiß ich, aber ...“ Ich breche hilflos ab.

Er setzt sich neben mich ans Klavier und sieht mir eine

Weile beim Klimpern zu. Ich spüre die Verzweiflung, mit der er nach Worten sucht, seinen innigen Wunsch, jetzt das Richtige zu sagen, damit ich mich für das Richtige entscheide. Doch er schweigt und so sitzen wir einfach nur nebeneinander. Irgendwann klopft es zögernd an der Tür.

„Komm rein“, rufe ich.

Christopher öffnet die Tür, kommt aber nicht ins Zimmer. „Alles geklärt? Kann er bleiben?“

Daran habe ich gar nicht mehr gedacht. Nicki sieht mich scheu aus dem Augenwinkel an, und eben weil ich weiß, dass er gehen wird, wenn ich ihn darum bitte, antworte ich Christopher: „Ja, haben wir. Er kann bleiben, solange er will.“

Über Nickis Gesicht huscht ein dankbares Lächeln. Nur ich kann es sehen.

„Großartig“, sagt Christopher und reibt sich gut gelaunt die Hände. „Hat sonst noch jemand Hunger? Ich könnte ein ganzes Schwein verdrücken.“

Am nächsten Tag nehme ich mir vor, Viktor von meiner Schwangerschaft zu erzählen.

Die Entscheidung kostete mich eine schlaflose Nacht und viele heimliche Tränen, dennoch bin ich erleichtert, überhaupt eine Entscheidung getroffen zu haben. Dieses Baby könnte uns glücklich machen. Ich kann Christopher nicht wegnehmen, was er sich von ganzem Herzen wünscht. Einer von uns muss ein Opfer bringen und das werde ich sein – tun Liebende sowas nicht füreinander? Im Zweifelsfall alles aufgeben?

Dennoch schiebe ich das Gespräch mit Viktor den ganzen Tag vor mir her. Ich hätte es gleich am Morgen hinter mich bringen können, als er mir auf dem Weg in die Maske entgegenkam. Dann hätte ich die Möglichkeit gehabt, es ihm während der Mittagspause zu sagen, als er wegen meiner Launen ohnehin mit mir sprechen wollte. Ich entschuldigte mich für mein Benehmen von gestern und meinte, dass ich einfach nur gestresst sei, was er mir auch glaubte. Schließlich kommt der Abend und wir alle ziehen unsere Kostüme aus und freuen uns über einen gelungenen Probentag. Ellie, zu der ich wegen unseres gestrigen missglückten Gesprächs besonders freundlich war, kommt mit einer Sporttasche über der Schulter zu mir und fragt, ob ich Lust hätte, mit ihr und ein paar anderen wieder in den Club *Zeitsprung* zu gehen, in dem wir damals waren. „Arjen ist auch dabei", fügt sie hinzu, als wäre das ein besonders stichhaltiges Argument.

„Oh, weißt du ... vielleicht ein andermal", versuche ich mich rauszureden, aber sie bleibt hartnäckig.

„Ach, komm schon. Es war so lustig letztes Mal. Und was ich so beobachten konnte, hat es dir auch echt viel Spaß gemacht." Sie berührt mich am Arm. In ihre Augen ist ein dunkler Glanz gestiegen, der mich irgendwie einschüchtert. Im Hintergrund sehe ich Viktor den Gang entlangkommen – jetzt oder nie.

„Kann ich dich kurz sprechen?", überfalle ich ihn. „Es ist wichtig", beharre ich, als er ungeduldig auf seine Armbanduhr sieht.

„Na schön", gibt er nach und winkt mich hinter sich her. Erst jetzt lässt Ellie mich los.

„Dann das nächste Mal", ruft sie, als sie sich noch einmal nach mir umdreht.

Ich folge Viktor in sein kleines Büro neben der Garderobe, wo er tagsüber seine Sachen bunkert und nachts über der Dramaturgie, Budgetengpässen oder Fristen brütet.

Auf einmal steigt Panik in mir auf; ich muss es ihm sagen, denn jetzt gibt es kein Zurück mehr und allein die richtigen Worte zu finden bereitet mir Bauchschmerzen.

Er holt sein Sakko von der Sessellehne und wirft es sich über die Schulter. „Also, was wolltest du mit mir besprechen? Ich hab nicht viel Zeit. Es steht heute noch eine Beleuchtungsprobe an." Er ist fertig angezogen und zuckt mit den Schultern. „Na sag schon."

„Ich ..."

Er wartet. „Komm schon, raus mit der Sprache."

Ich kann nicht. Ganz plötzlich ist alles in mir wie aus Stein. Meine Zunge ist taub, und ich bringe kein einziges Wort über die Lippen, selbst zu atmen fällt mir schwer. Nackter Überlebensinstinkt. Als wehre sich mein Verstand gegen den größten Fehler meines Lebens.

„Ach ... gar nichts", ist das Einzige, das ich nach langem Ringen mühsam und schwach herausbringe. „Es kann warten. Geh nur."

Er wirkt verärgert, fragt aber, ob mit mir alles in Ordnung sei.

„Ja!", antworte ich viel zu laut. „Mir geht's wunderbar."

Ein panisches Lächeln. Vielleicht sieht er ja, dass eben gar nichts in Ordnung ist, und fragt nochmal nach. Doch er verabschiedet sich hektisch und nimmt beim Rausgehen noch schnell den Rucksack mit, der neben der Tür stand und sie offen hielt. Mit einem lauten Knall fällt sie hinter ihm ins Schloss, und ich lege den Kopf in den Nacken und schließe mit einem erschöpften Seufzen die Augen.

Früher sah ich noch meine Zukunft vor mir – applaudierendes Publikum, strahlende Scheinwerfer, Plakate, auf denen mein Name steht. Sie war so bunt, die Zukunft in meiner Fantasie. Jetzt sehe ich nur Finsternis. Als gäbe es gar keine Zukunft mehr.

Ich vereinbare einen Termin bei meinem Gynäkologen. Es muss etwas passieren, und da ich Viktor nicht die Wahrheit sagen konnte, liegt auf der Hand, wie die Alternative lautet.

Ich nehme mir den Nachmittag frei und bin bereits eine Stunde früher in der Ordination. Es ist meine erste Untersuchung, seit ich von der Schwangerschaft erfahren habe. Ich konnte es einfach nicht über mich bringen, den Ultraschall, die Glückwünsche, das wäre alles so endgültig gewesen - genauso endgültig wie mein jetziger Entschluss.

Christopher wird es verstehen. Er muss einfach, ein einziges Mal muss er mich verstehen.

Ich bin innerlich ruhig, als ich dem Arzt erkläre, weshalb ich hergekommen bin. Kein Stottern. Keine Angst. Ich nehme das Wort „Abtreibung" mit unerwarteter Leichtigkeit in den Mund, so als wiege es nichts, und auch, als der Arzt mich bittet, mich auf das Bett zu legen, damit er den Ultraschall durchführen kann, geht nichts in mir vor, das meine Ruhe brechen könnte. Jetzt nicht mehr. Denn bald wird es vorbei sein.

„Hm", sagt der Arzt.

Stirnrunzelnd setze ich mich auf. „Gibt es ein Problem?"

„In der wievielten Woche sind Sie?"

„So genau weiß ich das leider nicht. Den Test habe ich vor ein paar Wochen gemacht."

Er richtet den Blick wieder auf den Monitor und wiederholt den Ultraschall.

Die Stille wird unangenehm. Als er fertig ist und mich besorgt ansieht, wird mir unerwartet schlecht.

„Sie sind mindestens in der dreizehnten oder vierzehnten Woche, Frau Kainrath."

„Das ist unmöglich", protestiere ich. „Ich hatte letzten Monat noch meine Periode!"

„Einnistungsblutungen können zu Beginn einer Schwangerschaft durchaus auftreten. Nun ist es aber so, dass laut Gesetz Abtreibungen nach der zwölften Woche verboten sind. Es tut mir leid."

Ist okay, denke ich, als ich nach Hause komme, wie ein Geist durch die leere Wohnung wandle, mich verloren fühle, endgültig meiner Zukunft beraubt. *Ist okay, ist okay.*

Es gibt jetzt nur eine Sache, die ich tun muss. Eine letzte Angelegenheit muss ich regeln.

Ich wähle Viktors Nummer.

17.

Ich schaue aus dem Fenster und beobachte, wie der Regen die Stadt zu einem grauen Nichts verwischt. Mein Gesicht spiegelt sich in der Scheibe, und es sieht aus, als würde ich weinen, als die Tropfen das trübe Glas hinunterlaufen. Doch ich weine nicht mehr. Das habe ich längst hinter mir.

Es ist unerträglich warm in Viktors Büro. Gleich werde ich nach draußen stürmen, weil ich es nicht mehr aushalte, der heißen, schweißdurchtränkten Luft ausgesetzt zu sein, umgeben von diesen erdrückenden Wänden, doch noch muss ich hier stehen bleiben und es ertragen, mir sein leeres, heuchlerisches Gerede anhören. Wie er beteuert, wie leid ihm das alles tue. Dass er wisse, wie sehr ich die Rolle wollte, aber unter diesen Umständen bleibe ihm natürlich keine Wahl. Ich könne noch an den Proben teilnehmen, bis mein Ersatz feststeht, und mir bleibe ja immer noch der Triasphere-Vertrag 2019, der doch gewiss mehr als bloß ein Trostpflaster sei. Er versucht wirklich alles, um mich aufzumuntern, gratuliert mir und erzählt mir von seiner Tochter Caroline, die bald sieben wird und sein allergrößter Schatz ist. Ich wusste gar nicht, dass er ein Kind hat. Bestimmt sieht er es nicht oft. Arme Caroline.

Irgendwann hört er auf zu reden und beginnt vor sich hinzustarren, die Arme nachdenklich vor der Brust verschränkt wie sonst nur, wenn er bei den Orchesterproben zuhört und sich ganz auf seine innere Stimme konzentriert. Verzweifelt suche ich die Ader auf seiner Stirn, aber er ist nicht böse, nur enttäuscht. Gleich, nachdem ich sein Büro verlassen habe, wird er den Hörer in die Hand nehmen und sich quer durch die Schauspiel-Szene telefonieren, um die wichtigsten Leute zu informieren und all seine Verbindungen spielen zu lassen, um einen passenden Ersatz für mich zu finden. Das alles ist natürlich auch für ihn nicht einfach; zuerst Madeleine, jetzt ich. Vielleicht ist die Show ja verflucht. Um ein Haar hätte ich gelacht, so lächerlich ist dieser Gedanke.

„Und willst du ... ein paar Tage frei haben?", bricht er zögernd das Schweigen. Ich schüttle den Kopf. „Dann willst du also weiter mit uns proben?" Ich nicke. „Okay. Morgen dann wieder. Jetzt fahr erst mal nach Hause und verarbeite das alles, in Ordnung?"

Er berührt mich an der Schulter, lächelt fürsorglich. Alles nur Show. Er hat keine Ahnung, wie er mit der Situation umgehen soll, er kann nur Befehle erteilen und koordinieren, das Zwischenmenschliche ist ihm fremd. Fast schon habe ich Schuldgefühle, dass ich ihn in diese Situation bringe, ihn zwinge, Mitgefühl und Freundlichkeit zu heucheln, während er in Wahrheit genauso verzweifelt losbrüllen möchte wie ich. Wir schweigen wieder, und ich begreife, dass es schlicht und ergreifend nichts gibt, was wir noch sagen könnten. Ich muss nur gehen. Also gehe ich.

Den restlichen Tag fühle ich mich fremd in meinem Körper, als hätte meine Seele mich verlassen und wäre einfach in der Luft verblasst wie Worte, die man nicht mehr zurücknehmen kann. *Viktor, ich muss dir etwas sagen ...* Ich rufe Nicki an, damit er mich abholt. Allein mit der Honda heimfahren möchte ich in diesem Zustand nicht. Auch wenn sie frisch repariert ist. Eine halbe Stunde später ist Nicki da und fragt nicht, warum ich kurz vor einem Tränenausbruch stehe – er wird es geahnt haben, als wir telefoniert haben.

Auf dem Weg zu seinem Auto treffen wir Ellie. Sie hat

keinen Schirm dabei und beeilt sich, aus dem strömenden Regen ins Innere des Theaters zu kommen. Als sie sieht, wer bei mir ist, bleibt sie stehen und grinst Nicki an.

„Hey, wie geht's dir? Hab dich lange nicht mehr gesehen. Anna, warum nimmst du deinen Bruder nicht öfter mit ins Theater? Dann hättest du vielleicht bessere Laune, hm?"

Sie zwinkert mir verschmitzt zu, und Nicki lässt sie unter unseren Schirm kommen und erzählt ihr lachend, dass ich schon als Kind für eine gewisse Launenhaftigkeit bekannt war. Das harmlose Gewitzel auf meine Kosten geht eine Weile so weiter, dann verabschiedet sich Ellie und verschwindet rasch ins Gebäude. Es dauert einen Moment, bis Nicki den Blick von ihr abwendet.

„Sie ist nett", meint er, als wir ins Auto steigen. „Und einen guten Sinn für Humor hat sie auch."

Am nächsten Tag erscheine ich wie gewohnt zur Probe. Ich ziehe mich um, lasse mich schminken und spiele mit Arjen die Helena-Szene im Gartenschloss, ohne einen einzigen Fehler zu machen. Viktor ist schier fassungslos vor Bitterkeit. Er lässt uns die Szene noch einmal spielen und dann noch einmal und noch einmal. Immer wieder und immer ist es perfekt. In Viktors Augen lese ich keine Freude, sondern ein leises Bedauern: *Jetzt hast du den Dreh endlich raus. Jetzt, wo es zu spät ist.*

Am Abend treffe ich Ellie wieder in der Maske. Sie wirkt vorsichtig, als sie auf mich zukommt, ihre Augen blicken mitleidig.

„Er hat es dir also erzählt", seufze ich. Und ich verstehe es nicht. Warum sollte Viktor ausgerechnet ihr von meiner Schwangerschaft erzählen, wenn es sonst noch niemand zu wissen scheint?

Sie zögert bei der Antwort. „Er hat mich gefragt, ob ich

deine Rolle übernehmen möchte", erzählt sie schließlich. „Und ich habe Ja gesagt."

„Wie bitte?"

Sie weicht einen Schritt zurück, ganz langsam. „Ich habe deine Rolle bekommen", wiederholt sie die Worte voller Bedacht.

Ich weiche ebenfalls zurück. In mir steigt etwas hoch, kochend heiß und viel zu schnell – *Ich werde sie umbringen.*

Dann bin ich auf einmal ganz ruhig. Ich lächle sogar, und sie lächelt zögerlich zurück. „Dann nehme ich an, dass du den Text meiner Rolle für die ganze Show auswendig kennst?"

„Ach komm, Anna, ich bin doch dein Walk-in Cover. Es gehört zu meinen Aufgaben, notfalls für dich einzuspringen, schon vergessen?"

Meine rechte Hand ballt sich zur Faust. Ich verstecke sie schnell hinter meinem Rücken, bevor Ellie es sieht.

„Und wer übernimmt deine Rolle?", erkundige ich mich.

„Entweder Connie oder Laura, das steht noch nicht fest. Aber hey, jetzt vergiss doch mal die blöde Show und freu dich! Du bekommst ein Baby, Anna! Herzlichen Glückwunsch!"

Sie umarmt mich, ihr vollbusiger Körper ist hart und ihre Hände sind eiskalt. „Ich freu mich schon auf die Kuss-Szene mit ihm", flüstert sie mir ins Ohr. Die Worte sind, was ihre eisige, harte Umarmung in Wahrheit ausdrücken will: ein Schlag ins Gesicht, ein lachender Triumph. Sie weiß, welche Probleme ich mit der Kuss-Szene habe und wieso. Sie hat es mir angesehen, und jetzt wird sie auch das bekommen, das, wovon ich mir nicht eingestehen will, dass ich es von ganzem Herzen haben möchte.

Ein neues Gefühl frisst sich in meine Brust, in mein Herz,

bis in die Tiefen meiner Seele. Hass. Hass ist anders als Neid oder Eifersucht; er lässt sich nicht so leicht verstecken.

„Wie wär's, wollen wir feiern gehen?", schlägt sie gut gelaunt vor. „Du trinkst natürlich nichts, aber wir umso mehr. Darf ich deinen Bruder fragen, ob er mitkommen will? Er ist süß."

„Nein. Geht ihr nur allein. Ich bin müde."

„Dann ein anderes Mal", meint sie schulterzuckend.

Nachdem sie verschwunden ist, suche ich Viktor auf. Er soll mir das erklären. Sofort.

Er ist in seinem Büro, aber er ist nicht allein. Durch die halb offene Tür entdecke ich Arjen, der auf der Kante von Viktors Schreibtisch sitzt und schweigsam zuhört, was Viktor zu sagen hat. Viktor spricht sehr leise, schüttelt immer wieder den Kopf und gestikuliert wild mit den Händen wie sonst nur, wenn er merkt, dass sich die Vorgänge auf der Bühne seiner Kontrolle entziehen. Überbringt er Arjen gerade die frohe Botschaft, wer sein neuer Co-Star wird? Arjen bemerkt, wie ich durch den Türspalt luge, und ich weiche erschrocken zurück. Doch er sagt Viktor nichts von meinem Lauschangriff. Nach ein paar Minuten kommt er mit ernster Miene aus dem Büro und schließt vielsagend die Tür hinter sich.

„Lass es", bitte ich ihn, bevor er den Mund aufmachen kann. „Es hilft sowieso alles nichts."

„Was ist mit Abtreibung?"

Es sollte mich nicht wundern, dass er auch in dieser Hinsicht keine Zurückhaltung, kein Feingefühl kennt. Für ihn ist alles so einfach, nichts hat Konsequenzen. Oder die Konsequenzen interessieren ihn einfach nicht.

„Kommt nicht in Frage. Mein Freund ... wir wollen das nicht."

Er schüttelt lachend den Kopf. „Ach Anna."

„Hör auf, okay? Hör auf, das immer wieder zu sagen! Das macht mich wahnsinnig!"

In Wahrheit entsetzt es mich, wie recht er mit dieser simplen Phrase hat, wie viel er damit ausdrückt, jedes Mal. Ich will nicht länger von ihm belächelt und bemitleidet werden, bloß weil er das Glück hat, ein Herz aus Stein zu haben. Bevor er wieder etwas sagen kann, hebe ich die Hand und murmele schnell eine Entschuldigung, die er ohnehin nicht verdient hat. Er soll nur aufhören, mich so anzusehen.

Sein Gesicht nimmt einen unerwartet weichen Ausdruck an. „Ellie hat nicht um deine Rolle gebeten. Das ist auf Viktors Mist gewachsen. Sei nicht sauer auf sie."

„Bin ich nicht. Ich bin nur sauer auf mich selbst."

Er nickt, als könne er nachempfinden, wie ich mich fühle – immer schauspielert er, und wenn man denkt, er zeigt einem endlich sein wahres Gesicht, steht wieder etwas anderes in seinen Augen. Ich hasse es, dass er immer meine Nähe sucht und mich zwingt, auf ihn zu reagieren, ich hasse seine Blicke und die widersprüchlichen Signale darin und mit welch kindlicher Dummheit ich darauf anspringe.

Zu Hause warten eine frisch gelieferte Pizza und zwei gut gelaunte Männer auf mich, die mich begrüßen wie zwei junge Hunde, die zu lange allein waren. „Stell dir vor", beginnt Christopher, „unser Nicki hat ein Date!"

„Na, warten wir mal ab", bessert Nicki ihn aus und reißt sich ein Stück Pizza ab, das er selbstzufrieden mampft. „Erinnerst du dich an Ellie?", fragt er mich mit vollem Mund.

„Wie könnte ich die vergessen."

„Stimmt, ihr arbeitet ja zusammen. Jedenfalls hat sie mich gefragt –"

„Sie hat ihn gefragt ...", wiederholt Christopher voller Begeisterung.

„Ob wir demnächst –"

„Ob sie demnächst!"

„Mal was zusammen machen wollen."

„Ob sie demnächst mal was zusammen machen wollen!" Christopher breitet die Hände aus wie ein Zauberer am Ende seiner Nummer und lacht mir ausgelassen ins Gesicht. „Das heißt, er wird dann wahrscheinlich oft weg sein!"

„Und ihr beide habt Privatsphäre!", fügt Nicki mit der gleichen übertriebenen Geste hinzu.

Ganz klar erwartet man von mir, dass ich vor Freude Luftsprünge mache. Mir gelingt bloß ein sparsames Lächeln, das aber genauso gut als miesgelauntes Mundwinkelverziehen durchgehen könnte. Die beiden sehen sich ratlos an, dann kommt Nicki auf mich zu und versucht es auf eine etwas gemäßigtere Weise.

„Ich weiß, ich gehe euch beiden auf die Nerven, weil ich immer da bin. Also sind ein paar soziale Kontakte bestimmt nicht schlecht. Wie ist denn Ellie so? Ich kenne sie ja nur flüchtig. Seid ihr beide befreundet?"

„Wir ... haben kein Problem miteinander", weiche ich aus.

„Worauf steht sie denn so? Ich meine, was macht sie gerne, wohin soll ich denn mit ihr gehen?"

„Bitte, Nicki, ein anderes Mal, ja? Ich ... ich muss ins Bett. Es war ein harter Tag."

„Oh, okay ..."

Er wirft Christopher einen fragenden Blick zu, den Christopher mit gerunzelter Stirn erwidert. Ich gehe ins

Schlafzimmer in der Hoffnung, dass sie ausnahmsweise nicht mitdenken und mir die Ausrede mit dem harten Tag widerstandslos abkaufen. Aber kurz darauf kommt Christopher herein und fragt besorgt, was los sei.

„Muss das sein?“, flüstere ich, damit mein Bruder es nicht hört. „Ellie ist nicht gut für ihn. Die ist gefährlich.“

Er begreift, dass das ein ernstes Gespräch wird, und schließt die Tür. „Ich dachte, du hast kein Problem mit ihr.“

„Offiziell habe ich das auch nicht. Es ist nur ... sie hat meine Rolle bekommen.“ Sofort merke ich, wie dämlich sich das anhört. Er muss denken, dass ich sie nur deswegen hasse; dass ich ausnahmslos jeden hasse, der bekommt, was ich nicht haben kann. „Vergiss, was ich gesagt habe“, schluchze ich. „Er soll nur aufpassen. Mehr nicht.“

„Hey. Nicht weinen.“

„Mach ich doch gar nicht!“ Im nächsten Moment ziehe ich die Nase hoch und schnäuze mich in das Taschentuch, das er mir gegeben hat.

Als er sich zu mir aufs Bett setzt und mich in den Arm nimmt, ahnt er nicht, warum ich wirklich weine; dass es das Baby ist, das mich unglücklich macht.

„Du hast also endlich mit Viktor gesprochen?“, fragt er sanft.

„Er war nicht sehr begeistert.“

„Wen kümmert das? Wir bekommen ein Baby, und dieser Vollidiot soll zur Hölle fahren.“ Er küsst meine Stirn und drückt mich ganz fest an sich. „Bald wirst du gar nicht mehr an diese blöde Show denken. Du wirst sehen. Wenn das Baby erst mal da ist, wird sich alles ändern.“

Und vor genau dieser Veränderung habe ich Angst. Ich will nicht eine von diesen Frauen werden, die für ihre Familie alles aufgeben. Ich will mich nicht selbst verlieren und das, was mich als Einziges glücklich macht, bloß weil es so sein soll.

Ich kuschle mich enger in seine Umarmung, um mich daran zu erinnern, dass das Baby mir nicht alles genommen hat – ihn hat es mir zurückgegeben. Doch je fester er mich hält, umso schwerer fällt mir das Atmen, als wäre seine Liebe einfach zu stark, ein zu schweres Gewicht auf meiner Brust. Ich möchte befreit davon sein. Befreit von seiner Liebe und befreit von meiner.

18.

Im Backstage-Bereich gibt es einen großen Raum, in dem die Requisiten gelagert werden. Untertags brennt dort ständig Licht, weil alle paar Minuten jemand ein- und ausgeht, etwas holt oder zurückbringt, nach Inspirationen sucht oder den Bestand kontrolliert. Jetzt, nach Feierabend, sind die Umrisse der mächtigen schwarzen Dämonen-Flügel alles, was man beim Reinkommen sieht. Beinahe ist es, als hingen gefallene Engel an der Wand, deren leblose Körper wie morbide Kunstwerke vom Licht der Straßenbeleuchtung, das durch die hoch gelegenen runden Fenster fällt, in Szene gesetzt werden.

Ich bin in letzter Zeit sehr oft hier unten - um nachzudenken, um allein zu sein. Ich lege mich auf eines der weich gepolsterten Kanapees, die für die Inneneinrichtung der Villa benötigt werden, oder drehe ein paar Runden um die goldenen Metallwendeltreppen, die bei Bedarf auf schmalen Schienen auf die Bühne gebracht werden und dort die Balkone und oberen Etagen der Kulissen für die Darsteller erreichbar machen. Eigentlich ist dieser Raum nichts anderes als die gesamte Show auf wenige Quadratmeter zusammengepresst; erstaunlich, wie gewöhnlich all die Gegenstände hier drin wirken, wie wenig Glanz sie versprühen, während sie dort draußen doch eine völlig andere Welt erschaffen. Vielleicht wäre es mir am Ende genauso ergangen. Auf der Bühne hätte ich mich groß gefühlt, als Teil eines magischen Meisterwerkes, aber in der richtigen Welt, da wäre ich verloren gegangen. Zerbrochen an der Sehnsucht, ein Leben zu leben, das nur in der Fantasie existiert.

Das Geräusch einer sich öffnenden Tür lässt mich aufschrecken.

„Hier bist du also." Arjen steht im Türrahmen. Er sieht umwerfend aus in seinem Kostüm, das Schwarz hebt seine blauen Augen hervor, und je öfter ich ihn darin sehe, umso verrückter wird die Vorstellung, dass ich zu Beginn meine Zweifel hatte, ob er mit seinen Piercings, den blauen Strähnen und dem Sidecut am Ende glaubwürdig sein würde. Er sieht zum Sterben gut aus.

Er schaut sich um und grinst, als er die goldene Kutsche entdeckt, die ganz hinten in einer Ecke geparkt wurde. „Sieht alles ein bisschen traurig aus so ganz ohne Scheinwerferlicht, was?"

„Ja. Das habe ich mir auch gerade gedacht."

„Was machst du hier?"

„Ich weiß nicht. Nachdenken."

„Über Babynamen und gute Schulen?" Er merkt, wie daneben er mit diesem Witz liegt, und neigt einsichtig den Kopf. „Noch zu früh, schon okay. Willst du nicht wieder mitkommen? Ist ja so dunkel hier drin."

„Du brauchst nicht nett zu mir zu sein, bloß weil ich bald keinen Job mehr haben werde", beruhige ich ihn mit einem falschen Lächeln. „Mir geht es gut."

Er gibt ein resigniertes Seufzen von sich. „Viktor schickt mich. Er hätte gerne, dass du noch ein bisschen mit Ellie probst."

„Ich hab schon frei."

„Sei nicht so. Sie muss es doch so schnell lernen."

Als ob das mein Problem wäre. Mit raffinierten Kostümen ließe sich ein Schwangerschaftsbauch durchaus kaschieren und so hätte ich die Premiere und noch einige Shows danach spielen können, ohne dass das Publikum von meiner Schwangerschaft erfährt. Währenddessen hätte Viktor in aller Ruhe einen Ersatz suchen können, der qualifizierter ist, als dieser dahergelaufene Möchtegern-Vamp – doch er hat sich dafür entschieden, mich sofort und gegen die Nächstbeste auszutauschen, und damit soll er jetzt auch alleine klarkommen.

Arjen deutet mein Schweigen offenbar als Grund, noch weiter mit mir zu plaudern. Er steigt auf eines der Podeste, die für den Ballsaal benötigt werden, und stellt sich so hin, dass die schwarzen Flügel, die dahinter an der Wand hängen, so aussehen, als würden sie aus seinem Rücken sprießen. „Na? Wie sieht das aus? Soll Luca mir auch ein paar von diesen Dingern machen?“

Er entlockt mir ein Lächeln, das ich aber gleich wieder verliere, als mir klar wird, dass ich ihn dadurch nur ermutige.

„Ich finde es schade, dass du dich in letzter Zeit so zurückziehst“, schlägt er nun wieder einen ernsteren Ton an. „Wir haben doch gerade erst angefangen, einen Draht zueinanderzufinden. Du warst richtig gut am Schluss – bis auf das Triasphere-Casting, aber hey, du hast sie überzeugt, also was soll's. Belassen wir es dabei.“

„Richtig“, raune ich. „Belassen wir es dabei.“

„Weißt du noch, deine Anfangsschwierigkeiten? Ich dachte schon, für dich kommt jede Hilfe zu spät. Helena war für dich kein Problem, aber die Hingabe, die für eine perfekte Gretchen-Interpretation nötig ist, der Wille, sich mit Leib und Seele dem Bösen hinzugeben bloß aus Liebe – das hast du einfach nicht nachempfinden können.“

Er klingt, als wäre ich bedauernswert, diese tiefgehende Erfahrung bisher versäumt zu haben. Als wäre ich nur halb so viel Mensch wie er, obwohl er derjenige ist, dessen Worte und Augen oft so kalt wirken, als hätte er abseits der Bühne noch nie ein echtes Gefühl empfunden.

Er wartet auf meine Antwort, und als er die nicht bekommt, springt er vom Podest und probiert es auf eine andere Weise. „Ellie ist keine schlechte Schauspielerin. Sie lernt schnell und gibt sich Mühe, aber ob sie es bis zur Premiere hinkriegen wird, da bin ich mir nicht so sicher. Es hilft ihr bestimmt sehr, dass du so oft mit ihr übst."

„Ich habe zwei ganze Durchgänge hinter mir. Ich will nicht mehr. Bitte sag Viktor, dass wir morgen weitermachen."

„Dann tu es wenigstens mir zuliebe", meint er lächelnd. „Hast du sie schon mal bei der Kuss-Szene gesehen? Die schiebt einem die Zunge glatt bis zum Magen. Du musst ihr sagen, dass das so nicht geht."

„Ach bitte, ihr versteht euch doch so prächtig – als ob es dich stören würde, was ihre Zunge alles macht!"

Scheiße, wo kam das denn her? Er hat aufgehört zu lächeln und sieht mich jetzt mit einem sehr direkten, auffordernden Blick an, der keinen Zweifel lässt, dass er meinen Kommentar genauso aufgefasst hat, wie er gemeint war: eifersüchtig.

„Hast du mir irgendetwas zu sagen?", fragt er.

„Nein. Tut mir leid, das gerade eben war ..." *Daneben*, will ich den Satz beenden. Doch erneut habe ich das Gefühl, dass er längst weiß, was in meinem Kopf tatsächlich vorgeht. Ich höre auf zu reden und warte, dass er stattdessen etwas sagt.

Es ist wie damals in London. Die Spannung bringt die Luft zum Knistern, und ich verspüre den Drang, mich von ihm wegzubewegen, hinaus aus der Gefahrenzone, obwohl wir diesmal mehrere Meter weit auseinanderstehen.

„Weißt du, Anna ... es ist eigentlich sehr einfach", erklärt er mir. „Du musst nur herkommen. Komm einfach nur her zu mir und wir sehen, was passiert. Mehr ist nicht nötig."

„Ich weiß“, sage ich leise. „Genau das macht mir ja solche Angst.“

„Dann mach ich's dir leichter.“ Er kommt auf mich zu. Diesmal weiche ich nicht zurück. Denn vielleicht ist es ja genau das, was ich brauche: Mich dem Bösen hinzugeben, wie er es immer von mir möchte, mich zu verlieren und frei zu sein, obwohl ich weiß, dass es mich zerstören wird.

Wir stehen ganz still da. Er scheint zu warten, dass ich etwas sage oder dass ich weglaufe, eines von beiden. Ich berühre sein Gesicht, ziehe es näher an meins heran und überrasche uns damit beide. *Was machst du da?* Ich will frei sein. Einmal nur, ein einziges Mal ...

„Arjen, Anna, seid ihr da drin?“

Erschrocken weiche ich zurück. Viktor kommt in den Raum, vertieft in die paar Seiten Text, die er mit sich herumträgt. Er hebt den Blick erst, als niemand ihm antwortet. „Was ist los, braucht ihr eine Einladung? Anna, du gehst mit Ellie bitte noch mal den vierten Akt durch, der sitzt noch überhaupt nicht. Und Arjen, hab ich dir nicht gesagt, du kannst für heute Schluss machen? Raus aus dem Kostüm und ab nach Hause! Oder braucht Anna dich zum Händchenhalten?“

Arjens Mundwinkel zucken belustigt, als sein Blick mich beim Hinausgehen streift. „Bis morgen, Anna. Wir holen das sicher nach.“

Hitze schießt mir ins Gesicht. Die stickige Enge des Raumes droht mich zu erdrücken. Ich rausche an Viktor vorbei und finde mich plötzlich auf der Bühne wieder, wo Ellie an der Kante sitzt und gelangweilt die Füße baumeln lässt. „Hopp, hopp, wir müssen üben!“, scheuche ich sie auf, während auch Viktor zu uns stößt und mir seine Papierunterlagen in die Hand drückt.

„Hier, hier und hier", erklärt er mir die Passagen, die noch auf dem Programm stehen. „Und das, was rot unterstrichen ist, hat besondere Priorität. Konzentration, meine Damen. Wir haben eine Menge aufzuhohlen."

Ich arbeite mit Ellie bis in den späten Abend hinein, zwinge uns beide, an die Grenzen unserer Möglichkeiten zu gehen, und dennoch bleiben meine Hände zittrig, und mein Herz will nicht aufhören, vor Aufregung zu rasen. Wäre Viktor nicht in den Raum geplatzt, was wäre dann passiert? Was, um Himmels willen?

Ellie und ich verlassen das Theater gemeinsam. Es ist bereits nach elf und ein kühler Wind bläst uns aus den Seitenstraßen, wo wir während der Reinigung der Garage unsere fahrbaren Untersätze parken müssen, entgegen.

„Was war denn heute mit dir los?", möchte sie wissen. „Nicht dass es mich stört. Ich brauche das Training mehr als alle anderen. Aber du warst so ... verbissen. Geht's dir gut?"

„Arjen meint, du küsst schlecht", schießt es aus mir heraus.

Diesmal weiß ich genau, woher das kam: Von dem Ort ganz tief in mir, wo alles landet, was ich wegen dieser Frau schon hinunterschlucken musste, Drogen, Übelkeit, Missgunst und der dunkelste, krankhafteste Hass, den ich je gefühlt habe. All das schlummert in meinem Inneren und färbt meine Seele schwarz, und wenn ich nur einen Funken davon herauslassen könnte, wäre der Drang, mit Arjen ein Inferno zu entfachen, vielleicht nicht mehr so stark.

Ellie schweigt für einen Moment, total vor den Kopf gestoßen. Dann grinst sie. „Alles klar, Anna. Hab verstanden."

Wir müssen in verschiedene Richtungen. Auf dem Weg zu meiner Honda ruft sie mir nach: „Grüß deinen Bruder von mir! Sag ihm, ich hatte neulich wirklich Spaß mit ihm."

Ich drehe mich wütend nach ihr um, was zweifelsohne das war, was sie mit ihrem Kommentar bezwecken wollte. Aber sie ist nicht mehr da.

Christopher schläft schon, als ich um kurz vor Mitternacht nach Hause komme. Nicki sitzt vor dem Fernseher und isst Chips. Alle Lampen sind abgedreht. Nur das Flimmern des Animes, den er sich auf ganz kleiner Lautstärke reinzieht, spendet Helligkeit und malt skurrile Schatten und Lichtreflexe in sein Gesicht.

„Hey, Nicki. Wieso bist du noch wach?"

Er hebt zur Begrüßung lethargisch die Chipspackung, sieht mich aber weder an, noch verschwindet der abwesende Ausdruck aus seinen Augen, die so reglos auf den Bildschirm starren, als wäre er überhaupt nicht mehr am Leben.

„Konntest du wieder nicht schlafen?", frage ich.

„Ja. Albträume."

„Soll ich dir ein Glas Milch bringen? Mir hilft das meistens." Ich setze mich zu ihm auf die Couch und greife nach der Chipspackung, die er mir zwar hinhält, aber nicht loslassen will. „Nicki", versuche ich es erneut.

Es dauert mehrere Sekunden, bis er reagiert. „Hm?", seufzt er müde. Seine Augen sehen merkwürdig aus. So dunkel. Plötzlich erkenne ich, dass seine Pupillen stark geweitet sind. Dennoch ist sein Blick glasig – auch das noch.

„Verdammt nochmal, Nicki!" Ich springe auf, habe mich nicht mehr unter Kontrolle. Plötzlich bricht alles über mir zusammen, die Schwangerschaft, die Show, Arjen und was zweifelsohne irgendwann zwischen uns passieren wird, wenn einer von uns nicht in ein anderes Ensemble wechselt ... all das begräbt mich unter einer derart dicken Schicht Wut, dass ich nicht mehr anders kann, als mich mit Gewalt und Gebrüll freizukämpfen. Ich beginne auf Nicki einzuschlagen, mit Fäusten und mit den Kissen ringsum, brülle immer wieder seinen Namen, sodass Christopher halb nackt aus dem Schlafzimmer gestürmt kommt und seinen Augen nicht traut.

„Anna! Hör auf!“

Ich schlage weiter auf Nicki ein, während der beide Hände über dem Kopf gefaltet hat und gar nicht weiß, wie ihm geschieht. Die ganze Welt scheint in diesem Moment auseinanderzubrechen, zerschlagen von meiner Wut. Schließlich packt mich Christopher und zerrt mich weg. Tränen laufen mein Gesicht hinunter, er fragt erbittert, was los sei, und ich schreie, mit all meiner Kraft: „Er hat was genommen! Er hat wieder was genommen!“

Abrupt lässt Christopher mich los, wie angewidert von meinen Worten. Ich verliere den Halt und falle, all meiner Kräfte beraubt, auf die Knie, er selbst weicht einige Schritte zurück, wie um aus dem Schussfeld zu geraten. Wir sind jetzt alle ganz still. Das Echo meiner Wut hallt an den Wänden wider, füllt den Raum mit Schatten, die Nicki beinahe verschwinden lassen. Er sitzt nur da und starrt vor sich hin, mit diesen riesigen, dunklen Augen.

„Ich verstehe nicht“, beginnt Christopher. „Woher hast du das Zeug? Nicki, jetzt sag schon! Wer hat dir das gegeben?“

Nicki dreht den Kopf weg, fährt sich mit der Zunge im Mund herum. Er muss gar keine Antwort geben.

„Ellie“, speie ich den Namen aus.

Christopher sieht verwirrt zwischen Nicki und mir hin und her. „Die, die jetzt deine Rolle hat?“

Nicht mehr lange. Bald wird sie nicht einmal einen Kopf auf den Schultern haben. Dafür werde ich sorgen.

19.

Wir sitzen zu dritt am Esstisch und hören zu, wie die Zeiger der Uhr neben dem Kühlschrank tickend vorwärtswandern. Die Lampe über uns ist viel zu hell. Nickis Gesicht wirkt im Licht schmaler als sonst, mit tiefen Schatten unter den Augen, die ihn ganz anders aussehen lassen, oder vielleicht bin ich einfach nur zu enttäuscht und sehe in ihm nicht mehr länger denjenigen, der er ist.

Wir haben das Reden mittlerweile aufgegeben. Es gibt nicht mehr viel zu sagen. Zunächst stritt er noch alles ab, obwohl sein hohler Blick und die schleppende Ausdrucksweise Beweise genug waren. Dann, nach Stunden des Gebrülls, der Tränen und gegenseitiger Beschuldigungen, gab er es endlich zu. „Aber es waren nur ein oder zwei Tabletten", hat er immer wieder betont. „Und auch nur so zur Entspannung."

Waren ihm die drei Monate in der Klinik nicht genug? Hat es ihm nicht die Augen geöffnet, als er am Schluss nur noch fünfzig Kilo wog und für eine Dosis Tranquilizer seine Organe verkauft hätte?

Ich kann nicht fassen, dass er es wieder getan hat. Ihn so zu sehen, reißt alte Wunden auf, und ich fühle mich schuldig, dass ich es auch diesmal zu spät bemerkt habe. Christopher sagt etwas von Sozialbegleiter – natürlich, den müssen wir jetzt anrufen und von dem Vorfall in Kenntnis setzen. „Rückfälle können vorkommen", erklärte man mir, als ich Nicki damals aus der Suchtklinik in Ybbs abholte. „In diesem Fall zögern Sie bitte nicht und setzen Sie sich umgehend mit einem Arzt in Verbindung. Süchtige sind wie Benzin, und die Droge ist der Funke. Es genügt nur einer davon, und das Ganze geht wieder von vorn los."

Ich suche Christophers Blick, frage ihn stumm, was wir machen sollen. In seinen Augen steht weder Mitleid noch Angst – nur der feste Entschluss, kurzen Prozess zu machen. Für ihn ist die Sache klar: Bringt jemand Drogen in sein Heim, kennt er keine Gnade, auch wenn es sich dabei um meinen Bruder handelt, den er genauso lange kennt wie mich. Nicki hat die Arme vor der Brust verschränkt und starrt vor sich auf die Tischplatte, sein Gesicht ist verschlossen. Er weiß, was er getan hat, und er hasst sich dafür. Doch wenn er sagt, dass es nie wieder passieren wird, können wir ihm nicht glauben. Dafür hasse ich ihn auch.

„Ich ruf mal den Sozial-Typen an." Christopher nimmt mein Handy und geht zum Telefonieren ins andere Zimmer. Nicki zeigt weiterhin keine Reaktion. Seine Pupillen haben wieder ihre normale Größe angenommen, doch er zittert, und seine Lippen sind beinahe blutleer, so fest presst er sie zusammen.

„Nicki", versuche ich es erneut. „Bitte versteh uns. Du warst krank und jetzt drohst du es wieder zu werden."

„Sie werden mich einsperren", flüstert er mit erstickter Stimme. „Sie werden mich wieder einsperren."

„Nein. Nicht doch. Sie werden dir vielleicht ein paar Fragen stellen, aber mehr nicht. Vertrau mir doch."

Er kämpft mit den Tränen, schluckt hart, sieht mich immer noch nicht an. Seine Haut ist kalt und aschfahl, als ich nach seiner Hand fasse und sanft zudrücke.

„Das wird schon", verspreche ich ihm.

Er schließt die Augen und wendet sich ab. Das Zittern wird immer heftiger. „Es tut mir leid, Anna."

„Ich weiß. Ich weiß."

„Ich wollte das nicht. Du bekommst bald ein Baby, und

ich hab ... es tut mir so leid!“ Die Worte scheinen ihm jede Kraft zu kosten. Er muss sich unterbrechen und tief Luft holen, dann kommen die ersten Tränen. „Bitte lass nicht zu, dass sie mich wieder einsperren. Ich – ich bin gesund! Es war ein Ausrutscher, ein einmaliger Ausrutscher, bitte ...“ Mehr bringt er nicht heraus.

Mir bleibt nichts anderes übrig, als seine Hand zu halten und zu versuchen, nicht ebenfalls in Tränen auszubrechen, als Christopher aus dem Wohnzimmer kommt und das Handy zwischen uns auf den Tisch legt. „Sie kommen morgen. Benimm dich, Nicki.“

Beim harten Klang von Christophers Stimme reißt Nicki die Augen auf, und ich sehe so viel Schmerz und Schuld darin, dass es mir das Herz zerreißt. Um ein Haar wäre ich aufgesprungen und hätte Christopher angefleht, den Sozialdienst noch einmal zurückzurufen und zu erklären, dass es ein Missverständnis gewesen sei. Doch ich suche nur wieder Christophers Blick in der Hoffnung, dass seine Augen mir sagen, was ich tun, was ich fühlen soll.

Ich pralle an seinem Gesicht ab wie an einer Mauer. Seine Entscheidung ist unumstößlich.

Nickis Sozialbegleiter ist sehr nett. Er nennt sich Joey und ist ein großer, korpulenter Brillenträger mit Vollbart und Tattoos auf den Armen, der Nicki wie einen guten Kumpel behandelt. Er und Nicki unterhalten sich sehr lange. Da wir nicht dabei sein dürfen, ziehen wir uns ins Schlafzimmer zurück und besprechen leise die Lage.

„Ganz klar, er muss weg“, sagt Christopher entschieden.

„Bitte, Chris, sei nicht so hart. Er hat doch geschworen, dass es eine einmalige Sache war.“

„Ich verstehe dich nicht. Vor einem Monat habt ihr euch

noch gefetzt, weil du nicht wolltest, dass er hier einzieht, und jetzt, nachdem er Drogen in unser Heim gebracht hat, in ein Heim, in dem bald ein Baby leben wird, da nimmst du ihn in Schutz? Du hast sie ja nicht mehr alle!“

Ich wende meinen Blick von ihm ab und fühle mich so hilflos wie noch nie angesichts seiner wahren Worte. „Er hat geschworen, dass er nichts mit nach Hause gebracht hat“, flüstere ich. „Er hatte es doch von Ellie ...“

„Und wenn er es vom Teufel persönlich hatte, was spielt das für eine Rolle? Fest steht, dass er rückfällig geworden ist, und du weißt, was rückfällige Süchtige sind! Eine Zeitbombe. Er braucht Hilfe, bevor es wieder eskaliert, und wenn du nicht stark genug bist, ihm diese Hilfe zu geben, wer dann? Wer dann!“, brüllt er.

Er hat recht. Mein Bruder braucht Hilfe, und ich wäre dumm, auf seine Ehrlichkeit zu vertrauen, wo er mich doch früher schon pausenlos wegen seiner Abhängigkeit belogen hat. Außerdem kommt das Baby bald. Immer ist es das Baby.

Nach dem Gespräch mit Joey ist Nicki etwas entspannter. Er kommt auf mich zu und drückt mich ganz fest, beteuert erneut, wie leid es ihm tue und dass er es verstehe, dass wir keine Wahl hatten. Christopher traut er sich nicht zu umarmen, aber er bietet ihm sofort an, sich eine neue Bleibe zu suchen, sobald die Untersuchungen beendet sind. Christopher ist einverstanden.

Joey will uns noch einmal allein sprechen, bevor er geht. „Sie haben vollkommen richtig gehandelt“, beruhigt er uns. „Bei Nickis Vorgeschichte muss man auf so etwas sofort reagieren. Ich bringe ihn in die Klinik Baumgartner Höhe für ein psychiatrisches Gutachten. Vielleicht muss er ein paar Tage zur Beobachtung bleiben, aber einen längeren Klinikaufenthalt schließe ich einstweilen aus."

Ich merke, wie Nicki zögert, als er Joey aus der Wohnung folgen soll. „Es wird nicht lange dauern", mache ich ihm Mut. „Nur ein paar Fragen und du darfst wieder nach Hause. Keine Angst."

Er lächelt, denn er vertraut mir. Er muss mir jetzt vertrauen.

Im *Pyre* nehmen die Proben einstweilen ihren gewohnten Lauf. Ich halte mich fern von Arjen, so gut es eben geht, und versuche vor Viktor und den anderen eine glaubhafte Show abzuliefern, als ich mit Ellie den zweiten Teil des vierten Aktes durchgehe. Sie ist gut unterwegs, spielt souverän und macht wenig Fehler. Ob die Pillen dafür verantwortlich sind? Was sie Nicki angetan hat, weiß sie nicht. Keinen verfluchten Schimmer hat sie. Ich verhalte mich unauffällig, bin freundlich und gehe ihr zur Hand, wann immer es vonnöten ist, und meine äußere Ruhe gibt mir innerlich Kraft. Die werde ich auch brauchen, wenn ich das, was ich mir vorgenommen habe, wirklich durchziehen will.

Ich warte, bis wir allein sind. Es ist Abend, viele aus dem Cast sind schon gegangen oder sitzen in der Lounge-Bar zusammen und entspannen sich. Ich finde sie in der Garderobe, wo sie in voller Kostümierung vor einem der großen, pompösen Spiegel steht und sich in ihrem Kleid bewundert. Ihr Lachen ist bis nach draußen zu hören – zur Sicherheit schließe ich die Tür.

„Anna, hallo! Sieh mal, ist das nicht toll?" Sie macht eine schwungvolle Drehung, sodass ihr purpurrotes Kleid wunderschön um ihren perfekt proportionierten Körper wallt. *Mein* purpurrotes Kleid. Ich kann nicht fassen, dass Luca es ihr gegeben hat.

„Ich muss mit dir reden."

„Gibt es ein Problem?“ Sie zieht sich ihre langen, samtenen Handschuhe aus und fächert sich damit Luft zu. „Sieh mal, mein Haar. Ich bin blond. Haha.“ Sie trägt auch meine Perücke. Sie sieht umwerfend aus, denn sie hat, was mir fehlt: Den Mut, sich dem Bösen hinzugeben, das Feuer in den dunklen Augen, die niemals müde sind, obwohl sie genauso hart probt wie ich. Ich glaube nicht, dass ich je jemand Schöneren gesehen habe.

„Du hast meinem Bruder Xanor gegeben. Ist doch so, oder?“

Sie zieht verwirrt die Brauen zusammen – allerdings nicht, weil sie unschuldig tut, sondern weil sie meine Anschuldigung nicht versteht. „Doch nur zur Entspannung. Er war den ganzen Abend so merkwürdig, hat sich ständig gekratzt und hat gestottert. Da hab ich ihm eine Pille gegeben, ist doch nichts dabei.“

„Nicki war jahrelang abhängig von diesem Mist! Hast du eine Ahnung, was nur eine Pille bei ihm anrichten kann? Er darf so etwas nicht nehmen, nicht mal ein bisschen!“

Sie blinzelt und zieht sich die Handschuhe wieder an. „Er hat nie erwähnt, dass er mal süchtig war.“

„Natürlich nicht! So etwas erzählt man ja auch nicht nebenbei. Aber er musste ja an dich geraten. Es kümmert dich einen feuchten Dreck, welche Konsequenzen deine Handlungen haben, nicht wahr?“

„Jetzt mach mal halblang, okay? So heftig war das Zeug doch gar nicht. Und überhaupt, was fällt dir ein, dich hier als Moralapostel aufzuspielen? Du hast dir von Arjen doch ebenfalls was einflößen lassen.“

„Weiche jetzt bloß nicht vom Thema ab. Hier geht es um Nicki, nicht um mich.“

„Richtig, es geht um Nicki. Er ist erwachsen und selbst dafür verantwortlich, was er schluckt und tut. Wieso beschwerst du dich eigentlich nicht bei Arjen? Der hat ihm auch so einiges zu schlucken gegeben. Aber nein, du würdest dich nie bei Arjen beschweren. Dafür fährst du viel zu sehr auf ihn ab."

Ich donnere ihr meine flache Hand ins Gesicht, dass es knallt. Ein mustergültiger Schlag. Ihre Wange läuft dunkelrot an, als sie zurückweicht und mich überrumpelt ansieht. Ihre Lippen zucken; ich weiß nicht, ob aus Panik oder Hohn. Dann ist sie wie erstarrt.

„Komm meinem Bruder noch ein einziges Mal zu nahe", drohe ich, „und ich bringe dich um."

Sie reißt die Augen auf, schüttelt ungläubig den Kopf. „Was?"

„Du hast mich schon verstanden. Ich bringe dich um. Ich hole die Schere aus Lucas Atelier, du weißt schon, die große, scharfe, mit der er den ganz festen Stoff schneidet. Und damit schlitze ich dich auf, von oben bis unten."

Sie weicht immer weiter zurück, mit totenbleichem Gesicht, bis sie gegen einen der Spiegel stößt. In ihren Augen lese ich Unglauben und riesengroße Angst. Ich sollte aufhören, aber ich habe gerade erst angefangen. Der Schlampe werde ich es zeigen.

„Du wirst dich meinem Bruder nicht mehr nähern. Hast du verstanden? Du redest nicht mit ihm, du schreibst ihm nicht, du wirst nicht einmal an ihn denken. Ab sofort existiert er für dich nicht mehr. Wenn du dich ihm trotzdem näherst, dann finde ich das raus. Ich habe genügend Gründe, dich aus dem Verkehr zu ziehen, also glaub ja nicht, ich wäre nicht zu so etwas fähig. Hast du noch irgendwelche Fragen?"

Sie schluckt. Die Angst in ihren Augen ist blankem Entsetzen gewichen, und ihr Gesicht ist vor Schreck so bleich, dass das Rot ihres Kleides umso leuchtender strahlt. Mit einem steifen Nicken gibt sie ihr Einverständnis zu meinen Bedingungen. „Gut“, sage ich und zeige beim Grinsen meine Zähne. „Dann bis morgen. Ich freu mich schon auf unsere Probe.“

Ich verlasse den Raum. Lasse sie in der beklemmenden Stille ihres eigenen Schocks zurück. Ihre Hilflosigkeit ist wie pures Adrenalin, jagt durch meine Adern und füllt mich mit einem Gefühl von absurder Unbesiegbarkeit. Unglaublich, dass sie mir geglaubt hat. War ich so überzeugend in meiner Wut? Ich mag oft scheitern, aber Schauspielern, das kann ich – oh ja, das kann ich verdammt gut.

Auf dem Weg in die Maske bin ich wie in einem Rausch. Ein irres Grinsen hat sich in meinem Gesicht breitgemacht, und in der selbstgefälligen Gewissheit, soeben eine Heldentat vollbracht zu haben, fühle ich mich um zehn Zentimeter größer. Handtasche, Jacke, Motorradhelm. Ich nehme die Sachen zielsicher an mich, ohne zu wissen, wohin ich eigentlich will. Einfach nach Hause zu fahren kommt mir nach diesem Erlebnis wie eine Verschwendung vor. Denn endlich bin ich mir sicher, alles zu schaffen, was man von mir erwartet. Ich kann mich dem Bösen hingeben, und ich kann den Schritt über die Kante wagen, hinab in die Hölle und wieder zurück, innerhalb eines einzigen Wimperschlags. Dieser Gedanke ist gewaltig. Mit rasender Geschwindigkeit breitet er sich in mir aus, bis ich fürchte, gleich zu platzen. Ich möchte diesen Zustand auskosten. Ich möchte sein, was die Rolle von mir verlangt und was ich die ganze Zeit unterdrückt habe: Entschlossen, furchtlos - frei, das Böse zu wählen, wenn ich das will.

Das Abendrot wirft das letzte Licht auf die Straßen der Stadt, und ein Meer aus Sternen leuchtet am immer dunkler werdenden Firmament. Meine Honda ist vollgetankt. Ich könnte überallhin fahren, dem Horizont entgegen oder vielleicht sogar in der Zeit zurück, zurück zu jenem Moment, als ich Arjen beinahe geküsst hätte. *Du musst nur herkommen*, hat er gesagt. *Komm einfach nur her zu mir und wir sehen, was passiert.*

Ich weiß nun, was ich tun werde. Wohin die Furchtlosigkeit mich unweigerlich treibt.

Es ist nicht weit von hier entfernt. Innerhalb weniger Minuten bin ich da. Wie ich die richtige Adresse bei Nacht finde, weiß ich nicht. Als ich das Treppenhaus des fünfstöckigen Neubaus an der Straßenecke betrete, bekomme ich zum ersten Mal Zweifel, im Aufzug frage ich mich, was ich hier eigentlich tue. Ich kann mich an seine Türnummer erinnern. Vielleicht ist er gar nicht da. Ich läute und kurz passiert nichts. Dann macht er auf.

„Anna. Hallo."

Ohne Kostüm kommt er mir noch gefährlicher vor. Seine schwarz-blauen Haare sind feucht vom Duschen; er schiebt sie sich über die Stirn zurück und lehnt sich mit einem kleinen Lächeln gegen den Türrahmen.

„Wie kann ich dir helfen?"

Das wird ein Fehler. Der größte Fehler meines Lebens.

„Darf ich reinkommen?", frage ich.

Kurz glaube ich, dass seine Augen wieder die Farbe wechseln. Er weiß, warum ich hier bin, sein Blick verrät es mir, und er könnte das alles beenden, indem er mir die Tür vor der Nase zuschlägt und mich endlich aus diesem verrückten Taumel erwachen lässt. Aber das wird er nicht tun. Er ist der Abgrund, und ich muss jetzt springen.

Also springe ich.

20.

In dieser Nacht träume ich von Flügeln. Sie sprießen aus seinem Rücken und sind so groß, dass ich nichts mehr sehen kann außer diesem schimmernden, satten Schwarz, das sich mit seinem Haar vermischt. Ich strecke die Hand aus, um die Flügel zu berühren. Aber ich komme nicht an sie heran. Er drückt mich nieder und alles um uns herum wird dunkel, da sind nur noch seine Augen, die mal blau, mal grün und mit einem unwirklichen Schimmern auf mich herabsehen.

Das ist es - das ist das Böse, wonach ich gesucht habe.

Ich muss es festhalten.

Solange es geht.

21.

Jemand ruft im Traum meinen Namen. *Anna, Anna, Anna ...* Doch als ich die Augen aufmache, ist es ganz still. Alles scheint in dieser Stille erstarrt zu sein, selbst die Zeit, und ich fühle mich wie das einzig lebende Wesen weit und breit. Nur der Klang des Regens, der an die Fensterscheiben prasselt, hält mich davon ab zu glauben, die Welt hätte über Nacht aufgehört zu existieren.

Langsam richte ich mich auf. Ich schiebe die Beine über die Bettkante, ganz vorsichtig, dann steige ich aus dem Bett, ohne das geringste Geräusch zu verursachen. Arjen schläft noch. Ich darf ihn nicht aufwecken. Und ich darf ihn auch nicht ansehen, denn wenn ich das tue, werde ich entweder zu schreien beginnen oder mich nicht mehr rühren können, und das hilft mir jetzt am wenigsten. Ich muss ruhig bleiben, mich zusammenreißen, dann so schnell wie möglich verschwinden. Anziehen. Ich muss mich anziehen.

In der Dunkelheit tappe ich über den Boden auf der Suche nach meiner Unterwäsche. Das Prasseln des Regens macht mich wahnsinnig. Ich habe Angst, dass er davon aufwacht und mich zurückhalten wird. Verrückt, warum sollte er das tun? Slip und BH habe ich gefunden und rasch angezogen, den Rest klaube ich zusammen und schleiche ins angrenzende Badezimmer, wo ich das Licht über dem Spiegel einschalte und mich eine Weile regungslos anstarre.

Nicht, lass das. Fang jetzt bloß nicht an zu heulen. Du wolltest es so.

Ich beginne zittrig damit, mich anzuziehen. Socken, Jeans, Schuhe. Bei der Bluse fehlt ein Knopf. Spielt keine Rolle. Auf Zehenspitzen komme ich zurück ins Schlafzimmer – er hat sich nicht von der Stelle gerührt. Ich kann die

Wohnungstür von hier aus sehen; mit etwas Glück schaffe ich es geräuschlos durch das Wohnzimmer und kann verschwinden, ehe er etwas merkt. Da trete ich plötzlich auf etwas am Boden und erstarre voller Schreck.

Er bewegt sich immer noch nicht. Oh Gott. Das Ding, auf das ich getreten bin, ist mein Handy. Ich bücke mich, um es aufzuheben, lasse es beinahe wieder fallen. Als ich mich umdrehe, sitzt er aufrecht im Bett und sieht mich an.

Ein eisiger Schauer kriecht meine Wirbelsäule hoch. Wie er wohl wirklich mit Flügeln aussehen würde und mit Augen, die die Farbe wechseln wie das Meer bei Sturm und bei Flaute?

„Das war ein Fehler", bringe ich stockend heraus. Er antwortet nicht. „Ich muss jetzt gehen."

Auf dem Weg zur Tür stolpere ich über meine eigenen Füße. Warum muss es hier so dunkel sein? Ich habe die Klinke schon in der Hand und die Tür halb geöffnet, da lässt ein unerwarteter Stoß die Tür wieder zuknallen.

„Ich will nicht, dass du schon gehst. Es ist doch noch dunkel draußen."

Er steht dicht neben mir und blockiert die Tür mit seinem Arm. Ich habe nicht gehört, dass er mir gefolgt ist; er muss geflogen sein – auf schwarzen Flügeln vielleicht.

„Lass mich raus. Das bringt doch nichts." Mehr bringe ich nicht über die Lippen. Sein kalter Blick schnürt mir die Kehle zu. Er hebt mein Kinn an, damit ich ihn ansehe, doch ich kann seinen Anblick nicht ertragen. Jeder Atemzug in seiner Nähe ist wie ein Stich ins Herz; das Messer, das Christopher mir in die Brust rammen wird, wenn er hiervon erfährt.

„Du musst es ihm nicht sagen", meint er, als hätte er meine Gedanken gelesen.

„Du verstehst nicht viel von Beziehungen, oder?"

„Du offenbar auch nicht." Er lässt mein Kinn los und streicht mir sanft durchs Haar. Die Berührung hat nichts Zärtliches an sich, sie zwingt mich bloß, stillzuhalten. Ich weiche mit angezogenen Schultern vor ihm zurück. „Verlass ihn doch", bittet er mich mit einem höhnischen Grinsen. „Verlass ihn für mich. Ich flehe dich an."

„Das ist alles nur ein Spiel für dich, nicht wahr? Dir macht das Spaß."

Er nimmt beide Hände weg, die in meinem Haar und die an der Tür. „Ach Anna", lächelt er kopfschüttelnd und geht zurück ins Schlafzimmer. Er legt sich wieder ins Bett und sieht nicht mehr in meine Richtung. Die Schlafzimmertür fällt von alleine zu.

Ich stürme aus der Wohnung und flüchte in den offenen Aufzug. Jede Sekunde in der engen Kabine fühlt sich wie Stunden an, als ich mit hämmerndem Herzen nach unten fahre. An den Regen erinnere ich mich erst, als ich mittendrin stehe, unter einem grauen, tief hängenden Himmel, der noch nie die Sonne gesehen zu haben scheint. Es dämmert bereits. Ich muss nach Hause, bevor Christopher aufsteht, und ich muss Arjens Geruch von mir abwaschen, den Schweiß, der mein Haar verklebt. Doch Arjen wegen letzter Nacht einen Vorwurf zu machen wäre nicht fair. Er ist der Abgrund, und ich bin gesprungen. Es war meine Entscheidung.

Nur fürchte ich, dass ich den Sturz nicht überleben werde.

In der Wohnung ist es dunkel und genauso still wie in der unheimlichen Düsternis, in der ich aufgewacht bin. Die Stille scheint hier sogar noch lauter zu sein, scheint sich noch tiefer in meinen Kopf einzugraben. Es ist kurz vor sieben Uhr morgens. In wenigen Minuten wird Christophers Wecker klingeln. Ich gehe ins Bad, ziehe mich aus und stelle mich unter die Dusche, noch bevor das Wasser warm geworden ist, und dann schrubbe ich, ich schrubbe und schrubbe, bis mein ganzer Körper brennt, bis die Duschgelflasche leer ist und meine Füße im vielen Schaum verschwunden sind.

Als Christopher mit verschlafenem Blick aus dem Schlafzimmer getrottet kommt, wickle ich mich gerade in ein Handtuch. Schnell lasse ich die gebrauchte Unterwäsche im Wäschekorb verschwinden und wünsche ihm überschwänglich einen guten Morgen.

„Morgen", gähnt er und kommt ans Waschbecken, um sich die Zähne zu putzen. „Du bist schon wach? Ich dachte, du musst jetzt nur noch nachmittags ins Theater."

Er weiß es nicht. Er hat keine Ahnung, dass ich die Nacht über nicht zu Hause war. Oh großer Gott. Ich verspüre den Drang, ihm die Wahrheit zu sagen, es einfach herauszulassen, jetzt und hier, bevor die Schuld, sein Vertrauen missbraucht zu haben, mich noch umbringt. Doch ich kann nicht. Ich kann einfach nicht.

„Ich konnte nicht schlafen", gebe ich leise zur Antwort, während er sich den Mund ausspült und dann seinen Nassrasierer aus dem Spiegelkasten holt.

„Ach ja? Also ich hab geschlafen wie ein Stein. Um neun war ich im Bett und kurz darauf war ich auch schon weg. Hab gar nicht mehr gemerkt, wann du nach Hause gekommen bist."

Ich schaue ihm beim Rasieren zu, bin versunken in der trägen Gleichmäßigkeit seiner Bewegungen. In meinem Kopf höre ich das Ticken einer Uhr. *Sag es ihm jetzt* – der Moment ist zu kurz, um ihn festzuhalten. Und schon ist er vorbei.

„Wo ist Nicki?", frage ich. „Geht's ihm gut?"

„Er war gestern noch bis zum Abend mit diesem Joey unterwegs, dann ist er heimgekommen und hat seine Sachen gepackt." Er merkt, wie diese Nachricht mich erschüttert, und lächelt mich über den Spiegel hinweg aufmunternd an. „Ihm geht's gut, Anna. Er hat gemeint, er könne einstweilen bei Freunden übernachten und dass wir uns seinetwegen keine Gedanken machen sollen. Er kommt schon klar." Er drückt sein feuchtes Gesicht in ein Handtuch und taucht mit einem erleichterten Grinsen wieder auf. „Wenigstens weiß er, dass er einen Fehler gemacht hat, und ist bereit, die Konsequenzen zu tragen. Mach dir seinetwegen keinen Kopf, ich bin mir sicher, er kriegt das wieder hin. Aber er muss lernen, allein zurechtzukommen."

Er gibt mir einen Kuss, und ich warte panisch, dass er es jetzt bemerkt; die Veränderung, die ein Partner einfach spürt, die einem sofort verdächtig vorkommt und die man anspricht, ohne darüber nachzudenken. Wenn er mich wirklich liebt, dann muss er mir ansehen, dass etwas nicht stimmt. Wenn selbst Arjen meine Gedanken lesen kann, wieso dann nicht auch er? Wieso er nicht?

Weil er mir vertraut. Noch blinder als zuvor, seit das Baby unterwegs ist.

Nach einem gehetzten Frühstück bricht Christopher ins Büro auf, und ich bleibe in der trostlosen Leere des verregneten Morgens zurück. Wo wird das alles enden, frage ich mich, als ich wie ein aufgezogenes Spielzeug durch die Wohnung tigere und mir immer deutlicher bewusst wird, dass ich auf eine Katastrophe zusteuere. Ich begegne Arjen jeden Tag im Theater, und wenn ich Pech habe, nimmt er die vergangene Nacht als Anreiz dafür, mich noch mehr in Versuchung zu führen, wofür er bei Gott nicht viel tun müsste. Noch rede ich mir ein, dass es ein Unfall war, ein kurzer Moment der Schwäche, den ich zugelassen habe, weil Neugier und Dummheit ein einziges Mal stärker waren als die Vernunft. Aber wie kann ich mir sicher sein, dass sich der Fehler nicht wiederholen wird?

Ich verbringe den Vormittag mit aufgelöster Beschäftigungstherapie, putze das Badezimmer und die Küche, jage mit dem Staubsauger durch die Wohnung und schrubbe sämtliche Böden, bis ich das Gefühl habe, meine Hände seien taub und meine Knie aufgeschürft. Nur das Musikzimmer rühre ich nicht an. Als es nichts mehr zu tun gibt, nehme ich mein Handy und wähle Nickis Nummer. Er meldet sich gerade noch rechtzeitig, bevor ich auflegen möchte.

„Hey, Nicki, wie geht's dir? Ist alles okay?"

„Sicher. Mir geht's gut." Der kühle Klang seiner Stimme verunsichert mich. In meiner Panik plappere ich wild drauf los, erzähle ihm von Ellie und ihrem bescheuerten Gesichtsausdruck, als ich ihr eine verpasst habe.

„Die wird dir so schnell keine Pillen mehr anbieten", beende ich meine Geschichte mit einem stolzen Lachen.

Er schweigt verdächtig lange. Unsicher rede ich weiter.

„Christopher hat mir erzählt, dass du bei Freunden untergekommen bist. Bei wem denn?"

„Kennst du nicht."

„Hast du alles dabei? Soll ich dir was bringen?"

Im Hintergrund knallt etwas, als wäre er in einen anderen Raum gegangen und hätte die Tür hinter sich geschlossen. „Mir fehlt nichts. Alles wunderbar."

„Dann komm doch her und wir reden. Es ging alles so schnell neulich, und wir haben beide Dinge gesagt, die wir nicht so ..."

„Mir geht's gut, Anna, okay? Kein Grund zur Panik."

Sein fahriges Dazwischenreden raubt mir einen Augenblick lang allen Mut. Er ist bereits dabei, sich vor mir zu verschließen. Jetzt fehlt nur noch, dass er wieder lügt.

„Sag mal, Nicki ... Das war doch die Wahrheit, oder? Du hast das Zeug zusammen mit Elli genommen. In die Wohnung hast du nichts gebracht."

Wieder höre ich im Hintergrund ein Geräusch. Diesmal klingt es wie das Öffnen und Schließen einer Schublade. Er macht es sehr oft. „Nein", antwortet er. „In der Wohnung ist nichts."

Ich kenne meinen Bruder. Als wir Kinder waren, hat er oft meine Barbies geklaut und sie als Hammer oder zum Verstreichen von Farbe benutzt. Wenn Papa ihn dann deswegen zur Rede gestellt hat, hat er an seiner Unterlippe zu kauen begonnen und nervös irgendwelche Dinge in die Hand genommen und wieder weggelegt. Er war nie gut im Lügen – trotzdem macht er es immer wieder. Auch jetzt.

„Okay", sage ich und beginne mich bereits umzusehen; die Laden der Kommode dort. Oder die freien Ecken hinter den Büchern. „Ruf mich an, wenn du was brauchst, ja? Wir hören uns."

„Ist gut."

Ich lege auf. Im nächsten Moment habe ich die halbe Wohnung auf den Kopf gestellt, durchstöbere jede Ecke, jedes mögliche Versteck, in dem er etwas gebunkert haben könnte. Ich weiß nicht, warum ich das Zeug unbedingt finden will – vielleicht um zu verhindern, dass Christopher es vor mir findet. Er würde Nicki umbringen.

Ich suche bis Mittag ohne Erfolg. Dann werfe ich noch einen Blick ins Medizinkästchen im Badezimmer. Eine weiß-blaue Packung sticht mir ins Auge ... Xanor. Dieses verdammte Gift. Nicki bekam es ursprünglich wegen seiner Angstzustände verordnet, doch schon bald hatte er den Konsum nicht mehr unter Kontrolle und musste mehrere Pillen auf einmal schlucken, um nicht vor Wahnsinn gegen eine Wand zu laufen. Noch in der Aula auf dem Weg aus der Suchtklinik hat er mir geschworen, dieses Zeug nie wieder in seine Nähe zu lassen. Und jetzt, nach ein paar Treffen mit Ellie, stellt er es in den Medikamentenschrank, direkt vor meine Nase?

Schiere Panik übernimmt mein Handeln. Ich reiße das Päckchen an mich und verstecke es in der obersten Schublade meines Nachttisches, tief unter Papierkram und Fotos vergraben, dann werfe ich die Lade zu und entferne mich vorsichtig davon, ohne den Nachttisch aus den Augen zu lassen. Er darf es niemals finden. Wenn Christopher erfährt, was nur wenige Zentimeter von Aspirin, Hustenpastillen und meinen Kopfschmerztabletten entfernt gestanden hat, herrscht Krieg.

Am frühen Nachmittag breche ich mit der Honda ins Theater auf. Die Arbeit wird mir helfen abzuschalten und meine Anspannung in Energie zu verwandeln. Im *Pyre* stehen heute einige Nachmittagsaufführungen auf dem Programm, ein Kinderballet gastiert in der Stadt, und bis zur Premiere von *Epica* wird eine Neuaufführung von *Der König der Löwen* das Publikum auf der ehemaligen Hauptbühne B begeistern. Bereits im Foyer herrscht reges Treiben. Einige Besucher erkennen mich vom riesengroßen *Epica*-Plakat wieder, das über der Festtreppe hängt, und schauen grinsend in meine Richtung.

Im Keller herrscht eine genauso aufgeregte Stimmung wie eine Etage höher. Unterwegs kommt mir Dominik entgegen, der sichtlich über irgendetwas in Rage ist; er telefoniert und gestikuliert dabei aufgebracht mit den Händen. Als sein Blick mich streift und ich ihn fragen will, ob etwas passiert sei, packt mich Andrei, der aus der anderen Richtung gekommen ist, am Arm und zerrt mich aufgelöst hinter sich her.

„Er soll es dir selbst sagen“, erklärt er mir spärlich, als ich frage, was los sei.

Unser Ziel ist Viktors kleines Büro, in dem sich der halbe Cast versammelt hat. Andrei ruft: „Okay, sie ist hier, macht Platz!“, und schiebt mich durch die dicht gedrängte Menge, bis ich unmittelbar vor Viktors Schreibtisch lande. Viktor sitzt dahinter und starrt ein beschriftetes Blatt Papier an.

„Sie ist weg“, eröffnet er mir und erwartet scheinbar, dass ich verstehe, wovon er redet.

Ich sehe mich fragend um. Jeder macht ein Gesicht, als stünde die Welt vor dem Untergang. „Was meinst du damit? Wer ist weg?“

„Unsere Hauptdarstellerin.“

„Was? Aber ich bin doch hier!“ Dann erst begreife ich. In meinem Hals bildet sich ein Kloß, der jedes weitere Wort erstickt.

Viktor steht auf und schiebt das Blatt Papier über den Tisch. Es ist ein knappgehaltenes Kündigungsschreiben – mit Ellies Unterschrift darunter. „Sie sagt, ihr wäre das alles zu viel. Der Druck und so weiter!“ Er muss sich spürbar zügeln, um mir die nächsten Worte vor Wut nicht ins Gesicht zu brüllen. „Hast du irgendeine Vermutung, was sie zu diesem Entschluss gebracht haben könnte, Anna?“

Ich ringe verhalten nach Atem. Alle Blicke sind auf mich gerichtet, denn jeder weiß, was ich von Ellie gehalten habe, seit feststand, dass sie mich ersetzt. Ja, ich habe ihr eine verpasst, und ja, ich habe ihr gedroht, dass ich ihr den Bauch aufschlitze und so weiter. Aber ich wollte doch nicht, dass sie den Job hinschmeißt und uns alle im Stich lässt!

„Aber sie hat doch einen Vertrag", sage ich anstatt einer Antwort.

„Für die Rolle als Marie und Lilith – ja. Aber nicht als Gretchen und Helena. Ich dachte, das hätte Zeit", erklärt er seinen Fehler mit einer wütenden Handbewegung. „Und bis gestern sah auch nichts danach aus, als hätte sie vor, das Ensemble zu verlassen. Also frage ich dich noch einmal: Hast du irgendeine Ahnung, was hier los ist?"

Die Temperatur im Raum steigt gefährlich schnell an. Ich merke, wie ich zu schwitzen beginne und dass mein Schweigen die Stimmung nur noch weiter anheizt. Doch welchen Sinn hätte es, irgendwelche Zugeständnisse zu machen? Was wir brauchen, ist eine Hauptdarstellerin, und die kann ich ihnen liefern.

„Gib mir die Hauptrolle zurück", fordere ich ihn auf. Viktor setzt sich wieder hin, deutet mir lustlos, dass ich verschwinden solle. Ich knalle beide Hände auf den Tisch, damit er mich ansieht. „Lass mich wieder die Hauptrolle spielen! Ich kann es!"

„Du bist schwanger", hält er ruhig dagegen.

„Na und!"

„Wie stellst du dir das vor? Deine Rolle wird selbst schwanger im vierten Akt – wenn du da die ganze Show hindurch mit einem Bauch durch die Gegend läufst, wirkt das ein kleinwenig unglaubwürdig, meinst du nicht? Ganz abgesehen vom gesundheitlichen Risiko." Er streicht sich über den rotblonden Ziegenbart, doch es ist keine Geste der Zufriedenheit. Er versucht nur etwas zu verbergen. Seine vor Wut knacksenden Kiefer vielleicht. „Das war's.

Die Sache ist gelaufen. Ohne Hauptdarstellerin keine Show."

Die Stille im Raum ist wie ein stummer Aufschrei nach Widerstand, der gellend an den Wänden widerhallt. Viele werfen sich entsetzte Blicke zu, andere schauen bloß schweigsam auf den Boden, als hätten sie es die ganze Zeit kommen sehen. Ich kann nicht fassen, dass er so stur ist. Wir können die Show retten! Alles, was dafür nötig ist, sind passende Kostüme und eine Info an die Medien und die Sache wäre geritzt.

„Na schön, raus. Alle raus!", brülle ich, als niemand sich rührt.

Der Reihe nach verlassen sie das Büro, bis Viktor und ich allein sind. Ich weiß nicht, wo ich anfangen soll; meine Gedanken überschlagen sich, als ich versuche vorauszuplanen, mit welchen Gegenargumenten er arbeiten wird, und dabei merke ich nicht, dass er schon längst zu reden begonnen hat.

„... weiß, wie wichtig dir die Show ist, und glaube mir, ich würde dich die Rolle liebend gern spielen lassen, aber es gibt Dinge, die kann man einfach nicht ändern."

„Was redest du da? Ich bin doch bestimmt nicht die erste Schauspielerin, die vor der Premiere schwanger geworden ist. Glaubst du, das Publikum interessiert sich dafür? Die Leute kommen, um eine Show zu erleben, und die kriegen sie, unabhängig davon, ob ich schwanger bin oder nicht!"

„Okay, nehmen wir mal an, es läuft so, wie du es dir vorstellst. Nehmen wir an, die Produzenten, Supervisors und Intendanten, eben all die Leute, die in Wahrheit hier das Sagen haben, geben klein bei und lassen dich trotz des Risikos, dass du jeden Moment ausfallen könntest, die Rolle spielen. Wie soll das auf Dauer funktionieren? Du spielst in der Show für ungefähr zwei Monate, maximal drei. Und dann? Ellie ist weg! Madeleine ist tot! Eine neue Darstellerin für eine Doppelrolle anzulernen dauert Monate! Wer soll dich ersetzen, wenn du nicht mehr auftreten kannst?"

„Ich ... ich weiß nicht ... wenn wir jetzt sofort einen Ersatz casten, dann könnte es noch klappen, dass ich die Premiere spiele, ohne ..."

„Ohne was, Anna? Ohne Komplikationen? Hast du eigentlich eine Vorstellung davon, was die mit mir machen, wenn ich nach zwei Monaten einen Cast-Wechsel vornehme? Die feuern mich. Das ist kein Witz – wenn so kurz nach der Premiere eine Hauptrolle umbesetzt wird, reißen mir die Produzenten den Kopf ab. Ganz abgesehen davon, was der Intendant des *Pyre* zu solch abrupten Veränderungen zu sagen hätte! Castings müssen stattfinden, neue Verträge ausgehandelt werden, Proben, neue Kostüme ... Hast du schon mal etwas von Planungssicherheit gehört? Das ist verdammt viel Geld, das uns hier durch die Finger rinnt, verstehst du das denn nicht?"

Die Wut hat seine Wangen rot gefärbt. Er starrt mich an und wartet, dass ich seiner düsteren Prophezeiung widerspreche. Ich schüttle erschöpft den Kopf. „Was also schlägst du vor?"

„Weißt du, was? Ich habe keine Ahnung. Nichts funktioniert hier, Anna! Es läuft alles aus dem Ruder!" Er springt auf und fegt in nur einer Bewegung den Tisch leer. Szenenblätter wirbeln durch die Luft und landen auf dem Boden wie Schneeflocken, wie etwas, das die Zeit nicht überdauern wird. Ist das die Zukunft der Geschichte, die wir erzählen wollen? Lose Blätter auf dem Boden?

„Sag mir, was ich tun soll", fordere ich ihn auf. „Was muss geschehen, um die Show zu retten?"

Er fährt sich durchs Haar, bis es zu Berge steht, stößt mühsam die Luft aus und zuckt mit den Schultern. „Also entweder finden wir eine Darstellerin, die die Rolle genauso gut spielen kann wie du, und das in weniger als drei Wochen. Oder du hörst ganz einfach auf, schwanger zu sein."

Ein wahnhaftes Grinsen huscht über sein Gesicht. Er lockert seinen Hemdkragen und stöhnt erschöpft, dann lässt er sich zurück in den Sessel fallen und sitzt da wie eine Marionette ohne Fäden, reglos und ohne Kraft.

„Bitte geh jetzt, Anna. Ich muss nachdenken. Bitte geh einfach."

Es fällt mir schwer, ihn in diesem Zustand allein zu lassen. Die Unordnung um ihn herum sieht aus, als sitze er vor den Trümmern seiner Zukunft. Als ich mich beim Schließen der Tür nochmal zu ihm umdrehe, hat er den Kopf in die Hände gestützt und starrt angestrengt auf sein Handy, überlegt wohl, wen er als Erstes anrufen und wie er demjenigen erklären soll, was passiert ist. Seine Verzweiflung ist ansteckend. All die Zeit versank ich in Selbstmitleid, weil die Show ohne mich über die Bühne gehen würde, und jetzt, da die Show selbst vor dem Abgrund steht, fühle ich eine Leere in mir, die viel schlimmer ist als der Hass und die Eifersucht zuvor.

„Was hast du mit ihm beredet?"

Ich wirble herum. Arjen. Er muss schon länger neben mir gestanden haben. Er begibt sich auf gefährliches Terrain, wenn er jetzt meine Gesellschaft sucht – denn wenn er nicht aufpasst, werde ich in seine Arme sinken und ihn nicht mehr loslassen, und er wird sich ein für alle Mal entscheiden müssen, ob ein bisschen heißer Sex das alles wert ist.

„Ich wollte wissen, was ich tun muss, damit er mich die Rolle spielen lässt", antworte ich.

„Und?“

Mir entkommt ein trauriges Lächeln. „Ich müsste aufhören, schwanger zu sein.“

Sein Blick wandert zu meinem Bauch, dann wieder zurück in mein Gesicht. Er lehnt sich an die Wand des Korridors und legt den Kopf schief, sodass ihm sein Haar ins Gesicht fällt.

„Ich hatte mal eine Freundin“, erzählt er. „Sie war schwer depressiv und musste ständig irgendwelche Beruhigungspillen schlucken. Echt hartes Zeug. Irgendwann wurde sie schwanger, wusste es aber nicht. Eines Abends bekam sie furchtbare Angstzustände. Sie hat eine halbe Packung von diesem Zeug geschluckt, der totale Knock-out. Als Nächstes lag sie im Krankenhaus und musste sich von den Ärzten mitteilen lassen, dass sie ihr Baby verloren hatte.“ Dann hört er auf zu reden. Entsetzt starre ich ihn an – worauf will er hinaus?

„Aber das war ein Unfall“, spricht er seelenruhig weiter und stößt sich von der Wand ab. „Sie hat es ja schließlich nicht gewusst. Und sie hat auch obendrein zu viel genommen.“

Seine Worte wiederholen sich in meinem Kopf, wieder und wieder und wieder. Es klingt so logisch ... Ich denke an das weiß-blaue Päckchen in meiner Schublade. Wie passend, dass ich es gefunden habe, gerade heute, so passend. Nein, das wäre Wahnsinn – doch der Gedanke bleibt, brüllt durch mein Inneres wie ein Hilferuf, der letzte Ausweg. Ich beiße mir vor Angst auf die Zunge. „Was waren das für Pillen?“

„Weiß nicht. Irgendwelche Benzos. Aber keine Angst“, fügt er mit einem beruhigenden Lächeln hinzu. „Wie solltest du mit so etwas in Berührung kommen? Ich hätte nicht davon anfangen sollen.“

Er beginnt zu strahlen und nimmt meine Hand. „Du siehst traurig aus. Komm, gehen wir zu mir, hier braucht uns im Moment ohnehin keiner. Na komm schon. Komm mit."

Ich folge ihm, weil mir sonst nichts anderes bleibt, weil mein Kopf leer ist – und weil es die einzige Möglichkeit ist, mich davon abzuhalten, etwas Schlimmes zu tun. Etwas sehr, sehr Schlimmes. Denn wenn ich jetzt nach Hause gehe, werde ich die Schublade öffnen, die Dose mit Nickis Pillen nehmen und so das Problem Baby endgültig lösen. Das ist unvermeidbar. Es ist Bestimmung – meine und die des Babys. Ich darf nicht zulassen, dass es so weit kommt.

Wir stehen schon vor seiner Wohnungstür, er sperrt auf und ich spüre, wie die Dunkelheit darin ihre kalten Finger nach mir ausstreckt, mich abermals in den Abgrund zerren will, dahin, wo das Böse herrscht. Ich habe Angst davor, hineinzugehen. Ich habe solche Angst. Arjen will mir den Vortritt lassen und lässt meine Hand los. Im nächsten Moment habe ich mich umgedreht und renne, so schnell ich nur kann. Die Treppen hinunter und hinaus auf die Straße, in die U-Bahn und auf direktem Weg nach Hause. Die Wohnung ist leer, sodass ich hören kann, wie das Baby in mir um sein Leben brüllt. Ich verschanze mich im Schlafzimmer ein, sinke auf den Boden und umfasse meinen Bauch, versuche zu schützen, was ohnehin verloren ist, für ein paar letzte Sekunden noch.

Die Schublade habe ich bereits geöffnet. Die weiß-blaue Packung liegt in meiner Hand. Xanor ... Es ist nahezu unmöglich, sich allein mit einer Benzodiazepin-Überdosis umzubringen. Ich weiß das, Nickis Ärzte haben es mir gesagt. Es ist ungefährlich für mich ... aber nicht für das ungeborene Leben unter meinem Herzen. Ich werde behaupten, ich hätte die Pillen mit meinen Kopfschmerztabletten verwechselt.

Die Packungen ähneln sich, und Christopher weiß, dass ich oft mehrere Tabletten auf einmal nehmen muss, damit sie wirken. Außerdem kommt er bald nach Hause und wird mich finden. Ja, genauso werde ich es machen. Der Plan ist gut. Der Plan ist gut.

Ich hocke mich mit der Packung auf den Boden. Mit einem leisen Geräusch rieseln die Tabletten in meine Handfläche. Wie viele müssen es sein? Bestimmt mindestens vier oder fünf. Und wenn das nicht reicht? Besser sechs. Mein Gott, was mache ich hier? *Tu es einfach* – das Baby muss verschwinden.

Mit geschlossenen Augen schlucke ich sechs Pillen der Reihe nach hinunter. Nur einen Moment lang habe ich gezögert. Dann krieche ich auf allen vieren auf die andere Seite des Zimmers und kauere mich dort an die Wand, dann warte ich. Ich halte mein Handy umklammert, den Daumen bereits auf dem Notruf-Wahltastenfeld, falls irgendetwas schiefgehen sollte.

Die Wirkung setzt unerwartet schnell ein. Ein sausender Taumel aus Schüttelfrost und Schwindel, dann Übelkeit. Entsetzliche Übelkeit. Meine Kehle ist staubtrocken, in meinen Ohren hallt ein Klingeln wider, das Zimmer beginnt sich zu drehen. Etwas drückt mit enormer Kraft auf meinen Brustkorb, schnürt mir die Luft ab, sodass ich stockend zu atmen beginne. Heißkalte Wellen schwappen gegen meinen Körper, ich fühle mich wie auf einem Schiff auf hoher See, sehe Lichter aus dem Dunkel blitzen wie weit entfernte Leuchttürme ...

Ich kippe zur Seite. Wie auf Knopfdruck ...

Dann beginnen die Krämpfe.

Und alles andere hört auf.

22.

Der Sanitäter ist der gleiche, der mich schon nach meinem Motorradunfall behandelt hat, ein großer Typ mit Dreadlocks und unrasierten Wangen. Er hat mir damals seinen Namen gesagt, es war irgendetwas mit M ... Michael? Matthias? Die Fahrt wird unruhig, und meine Gedanken zerstreuen sich in einem kalten, grauen Dunst.

„Anna, können Sie mich hören? Schauen Sie mich an." Er berührt meinen Arm, während er mit der anderen Hand eine Sauerstoffmaske auf mein Gesicht drückt. „Bleiben Sie ruhig, es wird alles gut. Schauen Sie mich einfach nur weiter an."

Sein Gesicht wird undeutlicher. Eisigkalt drückt sich der Sauerstoff in meine Lungen, zwingt sie gewaltsam, zu arbeiten. Die Maske schränkt mein Blickfeld ein. Ich schiebe sie von meinem Gesicht und konzentriere mich auf meine Stimme, die immer schwerer zu mir durchdringen kann.

„Versehen ...", krächze ich verzweifelt. Der Sanitäter schüttelt den Kopf, will mir die Maske zurück aufs Gesicht legen.

„Nicht sprechen, Anna. Strengen Sie sich nicht so sehr an."

Ich bekomme seinen Arm zu packen, kralle mich daran fest, sodass er erschrocken aufzuckt. „Die falschen Tabletten ... sie waren ... im Schrank ... ich wollte ... nicht ..."

Schmerz explodiert in meinem Bauch und hunderttausend Lichter beginnen zu blinken. Mein Körper wird von einem heftigen Zucken gebeutelt. Ich bekomme keine Luft. Der Schmerz beginnt zu pulsieren, sich durch mich hindurch zu fressen, wild zu pochen wie ein Herz, das außer Kontrolle geraten ist. Sterbe ich jetzt? Lieber wäre es mir.

„Anna? Machen Sie die Augen auf!“

„Sauerstoffsättigung fällt. Und sie hat vaginale Blutungen!“

„Anna, sind Sie schwanger? Sehen Sie mich an, bleiben Sie wach! Anna ...“

Mir ist, als falle ich in ein Loch ohne Boden, werde vom Sturm hin und her gerissen, ehe plötzlich alles ruhig wird und ich in einen merkwürdigen Zustand der Schwerelosigkeit verfalle. Ich bin zu schwach, um mich zu bewegen. Meine Gliedmaßen fühlen sich taub an, irgendetwas zieht mich nach unten. Mir ist kalt. Am ganzen Körper bekomme ich Gänsehaut. Ist dies das Ende? Ich höre auf, nach Atem zu ringen, und lasse mich treiben, hinein in einen dunklen, weiten Raum, in dem es nichts gibt außer Stille. Wenn sich so der Tod anfühlt, dann bin ich erleichtert – denn es tut gar nicht mehr weh, wenn man erst aufgehört hat, dagegen anzukämpfen ...

Es ist still um mich herum. Still und angenehm warm. Als ich die Augen öffne, brennt das Licht einer Lampe auf mich herab und in die Stille hinein mischt sich das leise Piepen des EKG-Monitors, an den ich angeschlossen bin.

Mein Hals schmerzt und fühlt sich geschwollen an. Doch ich habe keine Probleme beim Atmen. Eine verschwommene, blitzschnelle Bewegung flackert im grellen Licht. Im nächsten Moment höre ich Schritte.

„Anna? Sie wacht auf. Anna! Kannst du mich hören? Ich bin’s, schau mich an!“

„Bitte gehen Sie beiseite.“ Eine warme Hand berührt meine Stirn. „Anna, können Sie mich hören? Ich bin Dr. Koller. Sie sind im Krankenhaus.“

„Chris ...“, murmle ich.

„Ja, ich bin hier! Ich bin hier!"

In einem Schleier aus schwarzem Nichts kommt sein Gesicht zum Vorschein, er hält meine Hand und ich versuche zu lächeln, damit er weiß, dass ich ihn sehen kann. Mein Mund ist so trocken, als hätte ich Sand verschluckt. Ich möchte noch mehr sagen, aber ich schaffe nur seinen Namen.

„Sie lagen die letzten vierundzwanzig Stunden auf der Intensivstation", redet Dr. Koller weiter. „Wir haben Ihnen Flumazenil verabreicht und eine Magenspülung durchgeführt. Wir mussten Sie auch künstlich beatmen. Ihr Hals fühlt sich geschwollen an, aber das geht vorbei. Versuchen Sie, nicht allzu viel zu sprechen."

Ich nicke und drehe vorsichtig den Kopf. Die Umgebung wird allmählich klarer: Ich kann nun das Zimmer erkennen, in dem ich liege, und dass es draußen schon wieder regnet. Der Mann mit der Brille und dem weißen Stoppelbart muss der Arzt sein. Er unterhält sich mit Christopher, der auf der anderen Seite meines Bettes steht und schrecklich aussieht. Er ist blass und sein Blick rast unkonzentriert von einem Punkt zum anderen, während er sich immer wieder mit der Hand über den Mund fährt und fassungslos den Kopf schüttelt. Etwas weiter hinten steht Nicki an der Wand und hat denselben entsetzten Ausdruck im Gesicht wie Christopher.

Eine heisere, schwache Stimme krächzt erbittert: „Was ist los?" Erst als alle Augen auf mich gerichtet sind, begreife ich, dass dieses jämmerliche Krächzen von mir stammt. Der Arzt setzt sich zu mir ans Bett und sieht mich sehr lange an, während Christopher sich gequält abwendet.

„Anna", beginnt Dr. Koller sanft. „Sie hatten eine

Benzodiazepin-Vergiftung. Zum Glück hat Ihr Freund rechtzeitig die Rettung alarmiert, ehe es zu einem Atemstillstand kommen konnte. Allerdings ... kam es zu vaginalen Blutungen. Wir haben alles getan, was in unserer Macht stand, doch wir konnten nichts tun. Sie haben das Baby verloren. Es tut mir sehr leid."

Ich fasse an meinen Bauch, der sich hart und empfindlich anfühlt, aber das winzige und doch so schwere Gewicht, das all die Wochen auf mein Herz gedrückt hat, ist verschwunden. Ich fühle mich leicht, schwerelos – *Ich bin frei.*

Diese Worte in mir zu spüren gibt mir Frieden, und ich schaue fasziniert an die Decke, die wie ein leuchtendes Firmament glitzert, jetzt, da ich sicher bin, endlich wieder nach den Sternen greifen zu können.

Christopher schlingt verzweifelt die Arme um mich. Er flüstert meinen Namen, seine Stimme ist erstickt von Schmerz und Tränen. Erst jetzt merke ich, dass ich ebenfalls weine. Doch es sind nicht die gleichen Tränen wie seine – es sind Tränen der Freude.

Vorsichtig berührt der Arzt Christophers Schulter, zieht ihn ein Stück von mir weg. „Es gibt da etwas, das ich Sie fragen muss. Hatte Anna vielleicht Probleme, schwanger zu werden? Gab es früher schon einmal Komplikationen?"

„Nein ... wieso fragen Sie das?"

„Sehen Sie ... wir können uns leider nicht erklären, warum das passiert ist. Benzodiazepin-Vergiftungen führen in der Regel kaum zu Fehlgeburten. Und nachdem Anna weder an Angstzuständen noch an Panikattacken leidet, stellt sich die Frage, woher sie die Tabletten überhaupt hatte. Können wir kurz ungestört reden?"

Der Arzt wechselt die Seite, um mit Christopher unter vier Augen zu sprechen.

Mein Blick fällt auf Nicki, der wie festgefroren an der Wand neben dem Fenster lehnt und mich anstarrt. In seinen Augen steht ein Schmerz, den ich beinahe selber fühlen kann, so unendlich stark ist er. Er weiß es, begreife ich. Dass es seine Pillen waren, die das hier angerichtet haben. Die Schuldgefühle werden ihn zerstören, so wie das Baby mich zerstört hätte, wäre ich nicht eingeschritten.

Das Gespräch zwischen Christopher und dem Arzt nimmt ein abruptes Ende, als Christopher unvermittelt mehrere Schritte zurückweicht. Wo zuvor noch Entsetzen und Erschöpfung waren, tritt nun Wut in sein Gesicht und verzerrt es zu einer schmerzerfüllten Grimasse.

„Du!", speit er aus. Seine Augen fixieren Nicki quer durch den Raum. „Du warst das! Deine verfluchten Drogen! Du gottverdammter Hurensohn!"

Verwirrung und erste Anzeichen von Panik treten in Nickis Gesicht. Er will zurückweichen, doch er steht bereits an der Wand – jetzt wäre der Moment, um all das aufzulösen. Um zu verhindern, dass Christopher Nicki vor versammeltem Publikum den Hals umdreht. Ich muss bloß die Wahrheit sagen, ein einziges verfluchtes Mal!

„Du elender Mistkerl, ich bringe dich um!" Christopher ist außer Kontrolle geraten. Er geht auf Nicki los wie ein Wahnsinniger, muss vom Arzt und zwei weiteren Männern, die alarmiert ins Zimmer stürmen, zurückgehalten werden. „Du hast mein Kind auf dem Gewissen!", brüllt er. „Du hast mein Kind auf dem Gewissen!"

Steif tappe ich über den Nachttisch, um ein Handy zu finden. Schon spüre ich, wie mein Körper erneut droht, in eine Ohnmacht zu verfallen, um dem Chaos, das ich angerichtet habe, zu entfliehen. Doch eine Sache muss ich zuvor noch erledigen.

Ich finde Christophers Handy. Wähle die Nummer. Ich kenne sie auswendig.

„Was ist?“, meldet Viktor sich unfreundlich.

„Es ist weg“, keuche ich. „Das Baby ist weg. Ich kann wieder spielen!“

Stille am anderen Ende der Leitung. Oder vielleicht ist es hier einfach nur zu laut. So viele Stimmen brüllen durcheinander, Christophers, Nickis, die des Arztes und der Pfleger, die verzweifelt versuchen, Christopher und Nicki auseinanderzuhalten. Ich sehe nicht länger hin. Das Handy rutscht mir aus der Hand, und ich versinke in einem eisigen Nebel, begleitet von einem letzten, ruhigen Wort, das aus dem Handy wispert wie eine Stimme aus dem Jenseits.

„Perfekt.“

23.

„Und Sie sind sich wirklich sicher?" Dr. Koller sieht mir unzufrieden beim Packen meiner Tasche zu, die mir Christopher erst vor zwei Tagen ins Krankenhaus mitgebracht hat. „Wollen Sie nicht doch noch einmal mit unserer Psychologin reden? Eine Fehlgeburt ist ein traumatisches Erlebnis."

„Vielen Dank, aber mir geht es gut."

„Dann versprechen Sie mir wenigstens, sofort herzukommen, wenn sich etwas ändern sollte. Sie brauchen Ihre Gefühle nicht zu unterdrücken. Was Sie empfinden, ist vollkommen normal –"

„Ich sagte", unterbreche ich ihn unfreundlich, „mir geht es gut. Danke, Herr Doktor."

Sein misstrauischer Blick folgt mir bis zu den Aufzügen, wo Christopher auf mich wartet und mir die Tasche abnimmt. Bei all den Antworten, die ich in letzten Tagen geben musste, bleibt eine Frage natürlich offen: warum so viele Tabletten? Auch für ein Kopfschmerzmittel wäre die Dosis zu hoch gewesen ... Doch diesbezüglich mache ich mir keine Sorgen. Selbst wenn Dr. Koller mir auf die Schliche gekommen ist, so hat er keine Chance, dies zu beweisen. Darum versteift er sich wohl so auf seine heuchlerische Fürsorge. Es ist ohne Risiko, mich für eine dieser Frauen zu halten, die sich nach außen hin stark geben und in Wahrheit Gefahr laufen, sich vor Kummer vor den nächsten Bus zu werfen. Und Gott weiß, ich habe die Trauernde sehr überzeugend gespielt; selbst Christopher behandelt mich mit solcher Vorsicht, als gäbe es ernsthafte Gründe, an meiner psychischen Gesundheit zu zweifeln. Er bringt mich zum Auto, das er auf dem riesigen Krankenhausparkplatz geparkt hat. Nicki lehnt mit blassem Gesicht an der Motorhaube und hat offenbar auf uns gewartet. Ich habe ihn seit dem Vorfall in meinem Krankenzimmer nicht mehr gesehen, und bei seinem Anblick macht sich ein erleichtertes Lächeln auf meinem Gesicht breit. Ich eile auf ihn zu, um ihn zu umarmen, doch da taucht Christopher plötzlich auf und stößt ihn mit solcher Kraft vom Auto weg, dass Nicki mehrere Schritte weit zurücktaumelt.

„Chris!", stoße ich entsetzt aus.

„Er soll mir aus den Augen gehen, bevor ihm noch etwas passiert." Christophers Stimme ist hart wie Granit. Er verfrachtet zuerst die Tasche, dann mich ins Auto und steigt ein, ohne Nicki, der erbittert an die Scheibe klopft, zu beachten. „Bist du angeschnallt?", will er von mir wissen.

Er dreht das Radio auf, um Nickis Rufen zu übertönen. Als er den Motor startet, beuge ich mich vor und versuche, Nicki mit Handzeichen zu deuten, dass ich ihn anrufen werde, sobald ich zu Hause bin. Nicki nickt eifrig und formt mit dem Mund immer wieder die Worte „Es tut mir leid!" – selbst dann noch, als Christopher losfährt und wir Nicki hinter uns zurücklassen.

„Du bist grausam zu ihm", meine ich leise.

Ich hätte erwartet, dass er aggressiv wird, mich anfährt und sich wütend zu rechtfertigen beginnt. Doch er behält frostig die Straße im Auge, ohne auf meine Worte zu reagieren. Den Rest der Fahrt schweigen wir.

Zu Hause nimmt Christopher mir jeden Handgriff ab, als wäre ich ein kleines Kind, das zu ungeschickt ist, um mit Erwachsenenkram klarzukommen. Gleichzeitig ist er schweigsam und kühl, sieht mich nicht an, und wenn unsere Blicke sich doch einmal treffen, haucht mir aus seinen Augen nichts als Kälte entgegen. Doch es ist bloß die

Stille, die mich verunsichert. Das beklemmende Gefühl, dass wir einander ab sofort nichts mehr zu sagen haben. Ist denn alles, was uns zusammenhielt, mit dem Baby verloren gegangen?

Wäre es bloß nicht seine erdrückende Liebe gewesen, die mich schlussendlich zu meiner Tat gebracht hat. Dann hätte ich vielleicht den Mut, ihm die Wahrheit zu sagen. Doch so wird das Unausgesprochene immer zwischen uns stehen, die Erinnerung an meine Tat nachklingen lassen wie einen dunklen, nicht enden wollenden Ton. Er hing so sehr an diesem ungeborenen Leben, das mir bis zum Schluss eine Last war ... wie könnte er mir da jemals verzeihen? Kann ich mir denn selbst verzeihen?

Nein, was ich getan habe, war nötig. Der entscheidende Schritt aus dem Schatten hinaus, in dem ich irgendwann erblindet wäre, der meine Zukunft, meinen Traum unweigerlich und für immer in sich erstickt hätte.

Ich nehme mein Handy zur Hand und sage Viktor Bescheid, dass ich noch heute Nachmittag wieder bei der Probe erscheinen werde. Christophers perplexes Gesicht spricht Bände, als ich das Gespräch beende.

„Du willst heute noch ins Theater fahren? Du bist doch gerade erst heimgekommen."

„Ellie hat den Job hingeschmissen und ohne Schwangerschaftsbauch gehört die Rolle wieder mir. Ich muss dahin."

„Ach. So ist das also."

Ich lege den Wohnungsschlüssel zurück, den ich eben vom Wohnzimmertisch genommen habe. Scheiße.

„Chris, hör zu ..."

„Dir kommt es in Wahrheit nur gelegen, dass dieser Junkie mit seiner Rücksichtslosigkeit unser Baby umgebracht hat. Ich hätte es mir denken sollen."

„Du irrst dich, so ist es nicht.“

„Ach ja?“ Er wird lauter, in seine Stimme mischt sich Zorn. „Wie ist es dann? Sag’s mir, Anna! Was ist das für dich, wenn nicht eine Erleichterung?“

Ich berühre sein Gesicht, das vor Wut und Frustration gerötet ist. Ich überlege mir gut, was ich antworte. Ich überlege es mir sehr gut.

„Ein Unfall, Chris. Das ist es. Ein schrecklicher, nicht wiedergutzumachender Unfall.“

Er reißt sich aus meiner Berührung los, schüttelt wild den Kopf. „Er hat dieses Zeug in unsere Wohnung gebracht. Und er war es, der so bescheuert war, es im Medikamentenschrank zu lagern! Wie kannst du von einem Unfall sprechen? Unfälle kann man nicht verhindern! Aber das hätte man verhindern können! Man hätte es verhindern können, Anna!“

Er greift sich an den Kopf, als könne er den Schmerz darin nicht länger ertragen. Er wirkt so wütend und verzweifelt, dass ich selbst schon nicht mehr klar denken kann. Rastlos tigert er auf und ab, fährt sich durchs Haar und atmet immer wieder mühsam durch. „Er ist für mich gestorben“, sagt er. Seine Stimme klingt jetzt ruhiger, wenn auch nicht weniger entschlossen. „Nicki ist für mich gestorben.“

„Bitte sag so etwas nicht.“

„Es war seine Schuld. Wenn er mir noch einmal unter die Augen tritt, kann ich für nichts garantieren.“

Ich warte einen Moment, ob er merkt, wie hart sich diese Worte anhören, und sie vielleicht zurücknimmt oder zumindest etwas abschwächt. Er bleibt still. Seufzend ergreife ich wieder das Wort. „Es macht keinen Sinn, hierfür irgendjemandem die Schuld zu geben. Das wird das Baby nicht zurückbringen.“

Er stößt ein tief bitteres Lachen aus. „Was dir ja wirklich in der Seele wehtut, nicht wahr?"

„Was soll ich denn deiner Meinung nach tun? Soll ich mich hier verkriechen und weinen, bis mir die Augen herausfallen? Soll ich in Selbstmitleid versinken und zu einem Psychofall werden, wie man das von einer Frau in meiner Situation offenbar erwartet?" Er wirft die Arme in die Luft, will mir dazwischenreden, aber ich lasse ihn nicht. „Was passiert ist, ist furchtbar, und es wird kein Tag vergehen, an dem ich mich nicht selbst dafür hassen werde, nicht genauer auf die verfluchte Packung geschaut zu haben, als ich das Zeug geschluckt habe. Aber ich werde nicht zulassen, dass ein paar dämliche Pillen über den Rest meines Lebens bestimmen werden. Hast du das verstanden, Chris? Ich will endlich frei sein!"

Ohne es zu wollen, sind mir Tränen in die Augen gestiegen. Christopher kommt zu mir und nimmt mich fest in den Arm, flüstert mir beruhigende Worte zu, doch ich glaube, er will sich nur selbst damit beruhigen. Sein Körper fühlt sich hart und fremd an, als hätten sich der Schmerz und der Zorn zu einem Panzer zusammengeschlossen, der alle negativen Gefühle daran hindert zu entweichen und tief in seinem Inneren festhält.

Als wir uns loslassen, hat auch er Tränen in den Augen. „Ich muss jetzt ins *Pyre*", sage ich. „Bitte lass mich einfach."

„Okay. Aber dann lass mich dich wenigstens hinfahren", beharrt er.

„Nein, ich ... ich möchte alleine hinfahren. Vielleicht gehe ich auch zu Fuß. Ich muss mich bewegen, verstehst du? Den Kopf freikriegen."

„Aber ..." Mehr bringt er nicht heraus. In seinen Augen lese ich, was er wirklich sagen will: *Lass mich nicht allein.*

Ich wünschte, ich könnte sein Leid lindern. Ich wünschte, er würde sich in eine andere verlieben, in eine Frau, die ihr Herz nicht bereits vor langer Zeit an etwas verloren hat, das kein Mann ihr je geben könnte. Ich wünsche mir das wirklich.

Im *Pyre* geht man mit der Nachricht meiner Fehlgeburt sehr behutsam um. Jene, die mir auf den Gängen begegnen, werfen mir mitleidige Blicke zu und ein paar trauen sich sogar, mich vorsichtig darauf anzusprechen, mich zu fragen, wie ich mich fühle. Es schmerzt hier und da, würde ich gerne sagen. Mein Unterbauch fühlt sich verkrampft und hochempfindlich an, und wenn ich mich bücke oder mich zu schnell bewege, ist es, als kullern spitze Steine in meiner Bauchhöhle herum. Doch mir ist klar, dass die Frage nicht so gemeint ist, also antworte ich gar nicht, und sie lassen mich verständnisvoll in Ruhe.

Man sagt mir, Luca erwarte mich in seinem Atelier. Ich treffe ihn vor dem großen Spiegel an, wo er gerade dabei ist, eines meiner Kostüme etwas enger zu stecken. „Ich war ja auf alles vorbereitet", meint er als Begrüßung. „Wenn es nach mir gegangen wäre, hättest du die Rolle auch gespielt, wenn du hundert Kilo gewogen hättest. Jetzt können wir das ja wieder abändern. Komm, sieh dir das an."

Er holt etwas aus der angrenzenden Schneiderei, in der zum ersten Mal seit Wochen wieder geschäftig gearbeitet wird. Als er zurückkommt, glaube ich zunächst, er hätte pures gesponnenes Gold über dem Arm – doch es ist ein Kleid. Das Schönste, das ich je gesehen habe. „Bitteschön, Anna. Dein neues Helena-Kostüm."

Ich wage nicht, es anzufassen. Zu groß ist meine Angst, das alles könnte ein Traum sein; wenn ich es berühre, wache ich vielleicht auf und liege plötzlich wieder in diesem Krankenzimmer, umgeben von Verzweiflung und Gebrüll.

Auf mein Zögern legt Luca mir das Kleid in die Hände, voller Behutsamkeit, als wäre es ein verletztes Tier, das ich beschützen muss. Obwohl es leicht ist, kaum zu spüren, fürchte ich, dass ich es fallenlasse. „Darf ich es anprobieren?“, frage ich atemlos.

„Deswegen bist du hier.“

Er hilft mir dabei, mich umzuziehen, da ich allein mit den vielen Schichten, Schnallen und Bändern des Kleides überfordert wäre und obendrein nicht jede Bewegung schmerzfrei durchführen kann. Dann trete ich auf den Sockel und schaue mich an. Der weiche, hauchzarte Stoff schmiegt sich wie eine seidig glatte Flüssigkeit an meinen Körper. Wenn das Schönheit ist, dann bin ich ein Kunstwerk, eingesponnen in Licht und Glanz und mit der Erhabenheit einer Königin.

„Umwerfend. Einfach umwerfend.“ Luca betrachtet mich von allen Seiten, möchte mich berühren und zieht dann doch die Hand zurück, als hätte auch er Angst, ich würde bei seiner Berührung zerplatzen wie ein Traum. „Würde ich dich so auf der Straße sehen, würde ich glauben, du seiest nicht real. Eine Heiligenerscheinung.“

Im Spiegel entdecke ich Arjen, der im Hintergrund in der Tür lehnt und mich ansieht.

„Na, was sagst du, Bursche?“, fragt Luca ihn begeistert. „Ist sie nicht eine Augenweide? Wenn Viktor sic noch ein einziges Mal gegen jemand anderen eintauscht, und wenn sie Fünflinge erwartet, ich sage euch, dann kündige ich meinen Job!“

Lucas Stimme verstummt im leisen Klang des Lachens,

das ich in diesem Moment in Arjens Augen sehe. Wir sind jetzt einander ebenbürtig, teilen uns ein Herz für ein und dieselbe Leidenschaft. Ich musste nur die Grenze überschreiten, musste erkennen, was sich hinter seinen vielen Masken verbirgt – genau das, dieses Lächeln, dieses Glück, diese unbeschreibliche Freiheit. All das ist nun zum Greifen nahe, und er wartete nur darauf, es endlich mit mir zu teilen.

Weil er es mir geschenkt hat. In dem Moment, als er mir riet, die Tabletten zu schlucken.

September – eine Woche bis zur Premiere

24.

Bereits am Morgen kommt Andrei mit einer CD-Packung in der Hand angelaufen. „Leute, Leute, Leute! Es ist fertig! Das Album ist endlich fertig!“

Also doch? Vor zwei Wochen kam von den Angel Studios die alarmierende Meldung, einige meiner Stimmaufnahmen seien nicht verwertbar, weshalb wir befürchteten, der Soundtrack würde nicht rechtzeitig zur Premiere erhältlich sein. Viktor verlor fast die Nerven. „Das ist das Ende!“, rief er wie ein Prediger der Apokalypse durch die Gegend. „Die werden mich feuern ... es ist aus!“ Umso großartiger ist die Stimmung, als wir uns um Andrei herum im Kreis versammeln und voller Ehrfurcht die CD herumreichen, das Booklet durchblättern und die atemberaubenden Fotos der Darsteller und der Bühnenshow bestaunen.

„Gespenstisch“, murmelt Andrei, während er mit einem irren Grinsen ein Foto von Arjen und mir bei der Kuss-Szene beäugt. „Ich wette, Lavay hat einen Pakt mit dem Teufel. Das ist die einzige Erklärung dafür, warum wir immer im letzten Moment die Kurve kratzen.“

Und wenn schon – dann ist es wenigstens ein guter Pakt. Und ich hoffe, Alex Lavay hat auch für das Finale gute Konditionen mit dem Fürsten der Finsternis ausgehandelt, denn ab sofort dürfen wir uns keine Fehler mehr erlauben. Orchester, Band, Bühnenmaschinerie und Choreos müssen reibungslos miteinander harmonieren, und natürlich hat sich auch das Tempo erhöht: In den nächsten sechs

Tagen müssen wir das Kunstwerk vollbringen, unsere Leistung auf ein derart hohes Niveau zu schrauben, dass niemand auch nur im Entferntesten ahnen könnte, wie viel Arbeit hinter dem komplexen Gebilde aus Musik, Tanz und Licht steckt. Das Publikum soll glauben, es wäre ein Kinderspiel, das alles aufzuführen, und gleichzeitig soll es von den Geschehnissen auf der Bühne so fasziniert sein, dass es unmöglich erscheint, woanders je wieder etwas Vergleichbares zu erleben.

Mein Handy läutet.

„Wann kommst du heute heim?" Christopher.

„Ich weiß noch nicht. Könnte später werden."

„Soll ich mit dem Abendessen auf dich warten?"

„Nein, lieber nicht. Es gibt hier noch einiges zu tun, und hinterher will ich noch auf einen Sprung bei Nicki vorbeischauen."

„Okay." Er klingt nicht einmal enttäuscht, wie er es früher war, als er noch hoffte, ich würde mich zwischen ihm und dem Theater entscheiden. Er macht mir keine Vorwürfe mehr und stellt mich auch nicht länger vor die Wahl, überhaupt scheint ihm meine Leidenschaft für die Show egal geworden zu sein, seitdem wir uns kaum oft genug sehen, um deswegen zu streiten.

Nach zwei kompletten Durchgängen der letzten beiden Akte, was bis in den Abend hinein gedauert hat, schnappe ich mir meine Sachen und breche wie geplant zu Nicki auf, dem ich bereits vor zwei Tagen versprochen habe, ihn in seiner neuen Bleibe bei „Freunden" zu besuchen – auch, um endlich das Gespräch zu führen, das ich seit meiner Entlassung aus dem Krankenhaus vor mir herschiebe. Er hat mir etliche Nachrichten geschickt und mich auch immer wieder während der Arbeit angerufen. Heute will ich mein Versprechen einhalten und endlich gutmachen, was ich ihm mit dem Aufladen meiner Bürde angetan habe. Fragt sich nur, wie. Die Wahrheit kann ich ihm nicht sagen, wohl aber etwas, das ihn tröstet, damit er aufhört, sich Vorwürfe zu machen. Er muss nur wissen, dass ich ihm verzeihe.

Unterwegs durch den langen Hauptkorridor Richtung Tiefgarage treffe ich Arjen. Ich gehe ihm aus dem Weg, seit ich wieder zurück bin, und besäße er auch nur etwas Ähnliches wie Anstand oder soziale Kompetenz, würde er versuchen, mit mir über die Nacht damals zu reden. Doch was zwischen uns passiert ist, scheint ihm völlig gleichgültig zu sein. Zumindest behandelt er mich nicht anders als sonst.

„Und, was hast du heute noch vor?“, fragt er, als er mich zu meiner Honda begleitet. „Wow, so etwas fährst du? Passt gar nicht zu dir.“

Ich steige auf die Maschine, setze mir den Helm auf und klappe das Visier runter. „Wir sehen uns morgen.“

Er grinst und klappt mein Visier wieder hoch. „Wollen wir heute Abend noch was unternehmen?“

„Nein.“

„Ach komm schon. Es lief heute so gut zwischen uns. Viktor hat bei der Kuss-Szene ganz rote Ohren bekommen.“

„Gute Nacht, Arjen.“

Ich steige aufs Gas und düse davon, ohne in den Rückspiegel zu sehen.

Auf dem Weg zu Nickis neuer Unterkunft in der Nähe des Westbahnhofs gehen mir alle möglichen Dinge durch den Kopf. Wie werden wohl die ersten Kritiken ausfallen? Werde ich stimmlich konstante Leistung erbringen können? Was, wenn ich Probleme mit dem Kehlkopf bekomme, kurz bevor die Proben der amerikanischen Show beginnen? Ich sollte einen Termin bei einem HNO-Arzt vereinbaren, um abzuklären, ob diesbezüglich alles im grünen Bereich ist.

Nach einer halben Stunde Fahrt habe ich die Adresse, die Nicki mir per SMS geschickt hat, erreicht. Schon als ich den Helm abnehme und die nach Müll und Katzenpisse stinkende Luft einatme, droht sich mir der Magen umzudrehen. In dieser Gegend meine Zehntausend-Euro-Maschine lange unbeaufsichtigt stehenzulassen ist keine gute Idee.

Es ist das erste Haus an der Straßenecke. Ein renovierungsbedürftiger Altbau mit grässlichem Graffiti an der Fassade. Gleich neben der Eingangstür liegt Hundekacke. Nicki hat mir nie gesagt, bei wem er untergekommen ist, und wenn ich mir die schmuddelige Gegend ansehe, in der sein Kumpel haust, kann es sich dabei um niemanden mit allzu hohen Ansprüchen handeln. *Vielleicht ein alter Freund von früher*, kommt mir der alarmierende Gedanke, als ich das schäbige Wohnhaus mit der kaum leserlichen Nummer 35 betrete und eine enge, dreckige Treppe hinaufsteige, bis ich in den dritten Stock komme, wo es weder einen Ganglichtschalter noch Verputz an den Wänden gibt. Das einzige Licht kommt durch die Treppenhausfenster, und aus der Mauer lugen stellenweise Ansätze von Rohren heraus. Mir steigt ein schimmliger Geruch in die Nase. Perfekte Bedingungen für Freizeit-Drogenkonsumenten – die einzige Bedrohung, die hier auf einen wartet, ist, dass man zum Wichsen kein Licht hat.

Es ist die letzte Tür am Ende des Ganges. Ich klopfe zuerst vorsichtig, dann, als niemand öffnet, etwas lauter. Schritte auf der anderen Seite der Tür. Die Wände sind so dünn, dass ich Stimmen in der Wohnung murmeln höre. Jemand schaut offenbar durch den Türspion, dann wird träge aufgemacht. „Nicki?", frage ich entsetzt.

Er sieht katastrophal aus. Sein Gesicht ist blass und die Wangen sind eingefallen, er trägt schmuddelige Jogginghosen und ein weißes T-Shirt, auf dem irgendwelche Flecken sind. Seine Nase ist dunkel verkrustet, als hätte er eben erst Nasenbluten gehabt, sein linkes Auge ist geschwollen. Er kratzt sich unter den Achseln, sodass ich seine aufgeschürften Fingerknöchel sehe, und mir strömt eine Dosis abgestandener Schweißgeruch entgegen. Seine Augen scheinen durch mich hindurchzusehen, als ich erneut seinen Namen sage, doch er reagiert mit einem schlappen: „Hallo."

Ich gehe ein Stück zur Seite, um einen Blick in die Wohnung zu werfen. Sie besteht nur aus einem großen Raum mit einem laufenden Fernseher, einem Klappbett und einem Schlafsack daneben, im Eck dahinter befindet sich eine kleine Küchenzeile, die bestenfalls zum Methkochen benutzt wird. Den Eigentümer dieses Dreckslochs kann ich im dunstigen Zwielicht aus Zigarettenrauch und dem Schein alter Glühlampen nicht entdecken, wohl aber seinen Vorrat an diversen Suchtmitteln, die für jeden sichtbar in durchsichtigen Plastiktüten auf dem Boden verteilt liegen wie Spielzeug in einem Kinderzimmer. Auch einige Packungen Xanor, Trittico und Seroquel sind dabei. Der gesamte Cocktail. Nicki muss das Zeug eingeworfen haben wie Chips, um seine Panik wegen der Fehlgeburt zu bekämpfen. Ich packe ihn am Handgelenk und zerre ihn zu mir nach draußen, heraus aus diesem verseuchten Drogenloch und zurück ins Licht. Ich schaudere, als ich spüre, wie schnell sein Puls geht.

„Wie viel?", verlange ich zu wissen.

Er lacht belämmert auf. „Was?“

„Verdammt nochmal, Nicki.“

Ich krame mein Handy aus meiner Motorradjacke, um Joey zu kontaktieren.

Das hatte so kommen müssen. Ich habe es heraufbeschworen, indem ich ihm all den Stress und die Belastung wegen meiner Fehlgeburt zugemutet habe, und jetzt liegt es an mir, ihm endlich die Hilfe zu geben, die er braucht. Joey meldet sich nicht. Nicki lehnt sich mit der Schulter in den Türrahmen und nimmt einen großen Schluck aus der Bierflasche, die ich erst jetzt in seiner Hand entdecke. Ach komm schon, Alkohol auch noch?

„Anna, ich bin so froh, dass du da bist“, stößt er aus. Die Worte kommen schleppend, und er hat Mühe, mit mir Blickkontakt zu halten. „Ich war so fertig. Ich wollte dich anrufen, aber du hast nicht ... du hast nicht ...“

„Schon gut, Nicki. Ist schon gut. Jetzt bin ich ja da.“ Wieso meldet Joey sich nicht?

„Ja“, bestätigt er und sagt für ein paar Sekunden nichts. Ich lege auf und wähle Joeys Nummer erneut. „Ich hab auch versucht, nochmal mit Chris zu reden. Ich hab mich entschuldigt, aber er ... er wollte nicht hören.“

„Du hast mit Chris geredet? Wann?“

„Vorgestern.“ Er lässt den Kopf hängen, ganz tief, als wolle er, dass ich ihm die Absolution erteile. „Er hat gesagt, dass ich euer Baby getötet habe. Und dass ... dass er nie wieder etwas mit mir zu tun haben will. Nie wieder!“ Seine Stimme beginnt zu zittern, und ich nehme schnell sein Gesicht in die Hände, damit er mich ansieht. Tränen laufen ihm über die Wangen. Ich hasse es, ihn weinen zu sehen.

„Nicki, hör mir zu. Es ist alles gut. Ich verzeihe dir.“

„Und dann hat er noch gesagt ... dass du womöglich nie

wieder schwanger werden kannst nach dieser Sache. Oder nur schwer. Stimmt das?"

Das behaupten zumindest die Ärzte. Mir ist das egal, ich muss nicht Mutter werden, aber Nicki denkt, er hätte mein Leben zerstört, und ich weiß nicht, wie ich ihm beweisen kann, dass er mich in Wahrheit gerettet hat. Ich drücke ihn verzweifelt an mich, streichle durch sein blondes, kurzes Borstenhaar, das fettig und nass von Schweiß ist.

„Vergiss, was Chris gesagt hat", flüstere ich. Auch meine Stimme zittert. Ich umarme ihn fester, und er lässt sich mit seinem ganzen Gewicht gegen mich sinken, sodass ich Mühe habe, uns beide aufrecht zu halten. Er stinkt wie eine ganze Fußballmannschaft. „Ich verzeihe dir, und nur das ist wichtig. Du hast mein Leben nicht zerstört. Bitte glaub mir doch."

Er gibt keine Antwort, schluchzt nur immer lauter. Ein Vibrieren in meiner Hosentasche sagt mir, dass Joey mich zurückruft. Ich drücke Nicki ein Stück von mir weg und nehme rasch den Anruf an.

„Sie haben mich angerufen, Anna. Ist alles in Ordnung? Geht es Nicki gut?"

Eine Erinnerung saust mir durch den Kopf, uralt und dennoch glasklar: Nicki und ich beim Bobfahren im Winter. Er war so übermütig, dass er immer von der Kuppe des steilsten Hügels aus gestartet ist, und als er unten ankam, war sein blondes Haar voller Schnee, und er grinste von einem Ohr zum anderen. Die übrigen Kinder haben dann immer gefragt: „Wer ist das?" Der Held, der sich vom steilsten Hügel aus rodeln traut.

Und ich habe geantwortet: „Das ist mein Bruder. Wenn ich groß bin, will ich so sein wie er."

Es scheint kaum Zeit seitdem vergangen zu sein. Ich höre sein Lachen noch wie damals. Umso mehr tut es weh, dass ich ihn jetzt nur noch mit leeren Augen weinen sehe.

Ich liebe ihn abgöttisch. Aber einmal muss ich ihm noch wehtun.

„Nein", antworte ich. „Ihm geht es nicht gut. Bitte kommen Sie so schnell wie möglich her."

25.

Hundertsiebenundzwanzig. Das ist die Anzahl der Pinnadeln, die auf den insgesamt vier großen Korkwänden neben der Rezeption befestigt sind. Irgendjemand hat sie exakt so angeordnet, dass sie aus der Entfernung die Form eines Sterns oder einer Schneeflocke bilden. Ich weiß das deshalb so genau, weil ich die letzten zwei Stunden damit verbracht habe, die verdammten Pinnadeln wie eine Irre zu zählen, und schneller verging die Zeit dadurch trotzdem nicht.

Von außen wirkt das Sanatorium der Baumgartner Höhe idyllisch, der hell gestrichene Komplex ist von einem gepflegten Park umgeben, in dem immer Spaziergänger unterwegs sind, und der malerische Blick, den man vom Parkplatz aus über Wien hat, lässt die Stille wie die eines Berges klingen und nicht wie das gespenstische Schweigen narkotisierter Patienten und hoffnungsloser Angehöriger. Doch der Schein trügt. Sobald man den Wartebereich der psychiatrischen Abteilung für Suchtkranke im zweiten Pavillon betritt, wird man von Beklemmung und einem leichten Gefühl der Hysterie befallen, obwohl die Räumlichkeiten sich alle Mühe geben, hell und gemütlich zu wirken. Die Luft ist angenehm kühl, und die Wände sind mit Bildern geschmückt. Doch jeder Mensch, der sich in meiner Nähe befindet, ob nun Personal, Patient oder Besucher, kommt mir verrückt vor – was mich zurück zu den penibel angeordneten Pinnadeln bringt. Wer auch immer das getan hat, war entweder ein Genie oder ein komplett Wahnsinniger.

„Verzeihen Sie, wenn ich Sie noch einmal belästige ... aber was machen Sie beruflich, haben Sie gesagt?“

Ich wende mich der älteren Dame zu, mit der ich mich bereits zuvor kurz unterhalten habe. Sie hat erzählt, ihr Sohn werde hier behandelt. Ich habe kein Interesse daran, mit einer Wildfremden über Persönliches zu reden, doch ich bin froh, dass sie mich davon abhält, ein weiteres Mal die Pinnnadeln zu zählen. „Ich bin Schauspielerin."

„Ach ja, richtig. Theater?"

„Musical."

„Oh, wie schön! In welchem Musical spielen Sie denn?"

„Es heißt *Epica*. Es feiert diesen Herbst in Wien Premiere. Haben Sie davon gehört?"

„Oh, ich ... ich bin mir nicht sicher ..." Sie denkt einen Augenblick nach, dann lächelt sie verlegen. „Helfen Sie mir auf die Sprünge, Liebes. Worum geht es denn?"

„Nun ja ... Eigentlich geht es um den Teufel. Er will seine Geliebte zurückgewinnen und versucht deswegen die Tugend eines jungen Mädchens zu zerstören. Doch dann verliebt er sich in dieses Mädchen und ... alle müssen den Preis dafür zahlen."

Die alte Dame zieht eine Grimasse. „Das klingt aber nicht sehr schön."

„Doch, das ist es. Es ist eine wunderschöne Geschichte. So traurig."

Ich warte darauf, dass sie eine weitere Frage stellt, doch sie nickt bloß und wendet sich nach einem kurzen Moment von mir ab.

Endlich kommt Joey zurück. Er öffnet die breite Glasschiebetür, über der „Betreten nur durch autorisiertes Personal" steht, und setzt sich zu mir auf die Wartebank. Er hat Papierkram und einen Kuli bei sich. Das ist nicht gut.

„Wie geht es ihm?", ist meine erste Frage.

„Den Umständen entsprechend. Er hat zugegeben, in

den letzten Tagen wieder zunehmend Benzodiazepine und Alkohol konsumiert zu haben. Zum Glück zeigt er keine schwerwiegenden Bewusstseins- oder Orientierungsstörungen, aber die toxikologische Analyse hat Serumkonzentrationen von Alprazolam erbracht. Wir müssen ihn auf jeden Fall die nächsten vierundzwanzig Stunden auf der Notfallambulanz behalten. Und danach sollte er auf die allgemeinpsychiatrische Station verlegt werden."

Ich starre auf die Papierblätter in seiner Hand. Als ich Nicki damals für seinen Entzug in Ybbs abgeliefert habe, hatte ich keine Ahnung, was „Serumkonzentration" oder „Verlegung auf die allgemeinpsychiatrische Station" zu bedeuten hat – jetzt weiß ich es, und ich möchte das Thema um jeden Preis umgehen. Schnell frage ich, ob ich Nicki sehen kann.

„Lieber nicht. Ihre Anwesenheit könnte seinen Zustand noch verschlimmern."

„Wieso denn das? Kommen Sie, lassen Sie mich zu ihm. Er soll nur wissen, dass er nicht allein ist."

„Er braucht jetzt vor allem Ruhe und sollte keinen zusätzlichen Stressfaktoren ausgesetzt werden." Er zögert einen Moment. „Er redet ständig davon, dass er Ihr Baby umgebracht hätte – können Sie mir sagen, was er damit meint?"

Ich erkläre ihm die Situation, so gut es meine blanken Nerven möglich machen. Joey hört sich meine Geschichte still und konzentriert an. Er scheint mir anzusehen, dass ich die Tatsachen verdrehe; die Pause, bevor er wieder das Wort ergreift, dauert eine Spur zu lang.

„Ich verstehe. In seinem Zustand muss ein solches Gefühlschaos auf jeden Fall unter Kontrolle gebracht werden." Er hält mir die Papiere und den Kuli hin. „Als nächste Verwandte müssen Sie das hier für ihn unterzeichnen."

Ich nehme den Kuli an mich und sehe sehr lange auf die Unterlagen herab. Fühlt es sich so an, wenn man seine Seele an den Teufel verkauft? Es kommt mir so simpel vor. Mit nur ein paar Unterschriften besiegle ich Nickis Schicksal und erkaufe mir die Freiheit von meinen Sünden ...

Ich setze meine Unterschrift an allen drei Stellen.

„Ich würde ihn trotzdem gerne sehen", sage ich, nachdem er mir noch einmal alles erklärt und mir versichert hat, dass ich mir keine Sorgen machen muss. Als er mir erneut davon abraten will, bestehe ich darauf.

Er bringt mich auf eine andere Station, weit weg vom lichtdurchfluteten Eingang mit all den Postern, Zimmerpflanzen und den übrigen Wartenden. Am Ende eines grauen, von grellen Leuchtstoffröhren erhellten Ganges befinden sich eine Tür und daneben ein schmales Glasfenster, auf dessen anderer Seite ein Zimmer liegt. Auch dieser Raum ist in schlichtem Grau gestrichen, es gibt nur ein Bett, einen kleinen Tisch mit zwei Stühlen und eine Toilette mit Waschbecken unter einem Fenster.

Nicki sitzt in der Ecke neben dem Waschbecken und hält die Hand in den schmalen Lichtstrahl, der durch das Fenster ins Zimmer fällt. Er sieht nicht aus, als wisse er, wo er ist und was passiert ist. Ich klopfe mit der Hand an die Scheibe, und er reißt ruckartig den Kopf in meine Richtung. Sein Gesicht hellt sich auf.

„Anna!" Seine Stimme kommt durch eine Gegensprechanlage. Er springt auf und eilt zu mir an die Scheibe. „Ist alles okay mit dir? Ich wollte dir keine Angst machen."

„Mir geht es gut, keine Sorge. Es ist alles gut, Nicki."

Er wirft einen Blick durch den kargen Raum, der während seiner Behandlung sein Zuhause sein wird. Verwirrt fährt er sich durchs Haar, dann kratzt er sich am Arm, immer fester. „Die haben gesagt, ich muss zur Beobachtung hierbleiben. Aber nur ein paar Tage, oder? Dann darf ich wieder raus."

Ich drehe mich zu Joey um, der hinter mir steht und unserem Gespräch aufmerksam zuhört. Sein Blick mahnt mich, jetzt nichts Falsches zu sagen.

„Es wird sicher alles wieder gut", wiederhole ich die lahmen Worte, weil mir nichts anderes einfällt.

Nicki schüttelt den Kopf. „Ich hab Mist gebaut. Es tut mir so leid."

„Nicht doch. Dir muss nichts leidtun."

Er berührt die Scheibe, als wolle er hindurchfassen. „Bitte geh nicht weg."

Joey räuspert sich verhalten. „Das reicht jetzt, Anna. Er braucht Ruhe."

„Okay." Ich möchte mich abwenden, da ruft Nicki meinen Namen. „Ich komme bald wieder", verspreche ich ihm.

Ich verabschiede mich von Joey und fahre mit dem Bus den Berg hinunter und dann weiter in die ekelige Seitenstraße nahe des Westbahnhofs, wo nach wie vor meine Honda parkt.

Zu Hause muss ich das alles erst verarbeiten. Christopher kommt kurz nach mir vom Laufen zurück und springt nach einem sparsamen Hallo unter die Dusche. Ich habe ihm mehrere Nachrichten geschickt, was Nicki betrifft, doch er straft mich mit Schweigen, als er eine halbe Stunde später mit feuchtem Haar und frischen Klamotten aus dem Badezimmer kommt und sich im Musikzimmer vor den Computer setzt.

Ich probiere es zunächst ganz sachlich. „Hast du meine SMS bekommen?"

„Ja."

Genauso gut hätte er „Fuck you" sagen können. Er mag ein Opfer seiner Trauer sein, doch das erlaubt ihm noch lange nicht, sich zu verhalten, als wäre Nicki ihm egal. „Das alles läuft schrecklich aus dem Ruder", lasse ich es heraus. „Er macht sich solche Vorwürfe wegen des Babys. Wenn du mal mit ihm reden würdest und ihm sagst, dass du ihm verzeihst, vielleicht würde das –"

Er unterbricht mich, indem er mir die Tür vor der Nase zuwirft. Fein. Soll er da drin verrotten.

Es vergehen zwei Tage, bis Nickis Ärzte sich bei mir melden. Man erklärt mir, dass sein psychischer Zustand nach wie vor instabil und es daher von Vorteil sei, ihn noch eine Weile in Behandlung zu lassen. Aber es gebe keinen Grund zur Beunruhigung, versichert man mir. Ich gebe zu, ich bin nicht unglücklich über diese Entwicklung; solange Nicki in der Klinik ist, ist er wenigstens in Sicherheit, und ich kann mich guten Gewissens auf die Show konzentrieren, die nun mehr denn je meine vollste Aufmerksamkeit erfordert.

Nur noch wenige Tage. Die Premiere sowie die darauffolgenden Vorstellungen sind seit Monaten ausverkauft. Auch im Alltag wird die Show immer präsenter: Arjen bekommt pro Tag mehr Fanpost, als ich Atemzüge mache, farbenprächtige Werbeplakate schmücken Häuser und Straßen, und Fernsehteams aus aller Herren Länder bitten um eine Audienz, um uns bei den letzten Vorbereitungen über die Schulter zu schauen. Mir stellen die Reporter vor allem die Frage, ob ich mich mit einer meiner beiden Rollen identifizieren könne, und wenn ja, mit welcher. „Mit Helena", gebe ich zur Antwort. „Sie hat für die Liebe alles geopfert und musste lernen, mit einem gebrochenen Herzen zu leben. Hinter ihrer herzlosen Fassade verbirgt sich ein tief verletzter Mensch, der verzweifelt nach dem Licht sucht – ich denke, so geht es uns allen irgendwann mal."

Es kehrt für wenige Tage der Sommer zurück, und mich packt der Drang, vor dem kräfteraubenden Aufführungsmarathon noch einmal so richtig die Sau rauszulassen. Als ich Christopher drei Tage vor der Premiere frage, ob er Lust habe auszugehen, bekommt er einen Lachanfall.

„Du willst ausgehen? Mit mir? Warte, ich muss mir das Datum im Kalender notieren. Den Tag müssen wir ab sofort feiern."

Er ist immer da – der verbitterte Unterton in seiner Stimme, der jedes Wort zu einer Kriegserklärung macht. Mit ihm auszugehen würde ja doch nur in einem Streit enden, deshalb ziehe ich mein Angebot zurück und fahre noch am selben Abend unter dem Vorwand, noch etwas proben zu wollen, zurück ins *Pyre*, um dort nach der Zerstreuung zu suchen, die ich zu Hause nicht finde. Gerade als ich die Honda sicher in der Tiefgarage geparkt habe, läutet mein Handy. Ein Anruf aus der Klinik, um diese Uhrzeit? Da ich im Aufzug ohnehin gleich keinen Empfang haben werde, stecke ich das Handy weg und nehme mir vor, etwas später zurückzurufen.

Die Luft im Gebäude ist wie elektrifiziert von der Spannung, die so kurz vor der Premiere jeden Raum, jede Ecke erfüllt. Im Aufführungssaal herrscht trotz der abendlichen Stunde nach wie vor Hochbetrieb, vor allem die Techniker schrauben an den letzten Kulissen und kümmern sich um deffekte Sound- und Lichtanlagen, während auch einige Ensemble-Mitglieder den Feierabend dafür nutzen, um ein paar Choreos durchzugehen, ohne Viktors vernichtenden Blicken ausgesetzt zu sein. Natürlich könnte ich mir ebenfalls ein ruhiges Plätzchen suchen und panisch irgendwelche Szenen herunterrattern, doch was ich brauche, ist Ablenkung, sonst darf Viktor Gretchen und Helena am Freitag selbst spielen.

Nach einem glücklosen Streifzug an konzentrierten Textlerngruppen und verzweifelten Bühnenbautechnikern vorbei treffe ich Arjen bei der Bühne. Er steht mit dem Stage Manager, seiner Zweitbesetzung Tom und ein paar Beleuchtungsassistenten im Publikumsbereich und unterhält sich über die Lichtnuancen während des Prologes. Ich sichere mir seine Aufmerksamkeit, indem ich dastehe und ihn anstarre. Blicke in seine Richtung bemerkt er immer sehr schnell.

„Na, Anna? Wie geht's dir so?"

„Gut." Er hat sich die Haare durchgehend schwarz gefärbt. Auch den Sidecut hat er gut versteckt. „Neue Frisur?"

„Ich konnte mich entscheiden: entweder ganz schwarz oder Perücke. Viktor kann schon fies sein."

Ich warte, bis die anderen hinter die Bühne verschwunden und wir unter uns sind. „Was machst du heute noch?"

„Nichts." Er bietet mir einen Schluck aus der Cola-Dose an, die er in der Hand hält. Als ich nicht reagiere, trinkt er selbst. „Dein Handy läutet."

Wieder ist es die Klinik, und diesmal gehe ich ran. „Ja bitte?", murmle ich, nachdem ich mich weggedreht habe.

„Frau Kainrath, hier spricht Dr. Vessely, Baumgartner Höhe. Ich bin Nickis behandelnder Arzt."

„Was kann ich für Sie tun?"

„Ich hoffe, ich störe Sie nicht. Ich wollte Sie nur fragen, ob Sie in nächster Zeit vielleicht mal bei uns vorbeikommen könnten."

„Wieso? Ist mit Nicki alles in Ordnung?"

„Er fragt sehr oft nach Ihnen. Und wenn wir ihm dann erklären, dass Sie im Moment nicht bei ihm sein können, wird er ..." Er bricht ab. *Verrückt*, kommt mir das einzige Wort in den Sinn, das passt. „Es würde ihm bestimmt helfen, wenn Sie ihn besuchen kommen. Er macht sich immer noch Vorwürfe wegen Ihrer Fehlgeburt, und wenn Sie beide die Möglichkeit hätten, darüber zu reden, am besten in Gegenwart eines Fachmannes, würde das –"

„Kann ich Sie morgen zurückrufen, Dr. Vessely, ginge das?"

„Seinen Zustand womöglich verbessern", beendet er demonstrativ seinen Satz. „Hören Sie, Frau Kainrath, die Sache ist wirklich ernst. Er braucht Sie jetzt. Können Sie morgen vorbeikommen?"

„Morgen ... naja ..." Arjen hat damit begonnen, langsame Kreise um mich zu ziehen, wie ein Löwe, der seine Beute anvisiert. „Ich werde schauen, was sich machen lässt. Sie wissen aber, dass ich Schauspielerin bin, oder? Am Freitag ist Premiere."

„Bis dahin werden Sie sicher wieder zurück sein."

Arjen trinkt seine Cola-Dose aus und stellt sie zwischen uns auf den Boden. „Jetzt oder nie, Anna."

„Frau Kainrath? Sind Sie noch dran?"

„Ja, ja. Ich komme morgen vorbei."

„Sehr schön. Bitte melden Sie sich bei der Rezeption an, damit wir Sie gleich –"

Arjen nimmt mir das Handy weg und legt auf. „War das ein wichtiges Gespräch?", fragt er, als ich ihn überrascht anstarre.

Sein Lächeln vertreibt jeden Ärger in mir, jede Furcht, was passieren könnte, wenn ich mein altes Leben vergesse und mit ihm in ein neues eintauche. Hemmungslos drängt die Freude in mir nach draußen, die Aufregung, die ich in seiner Nähe schon immer verspürt habe, und ich möchte nicht länger darauf verzichten, sondern einfach springen, erneut in den Abgrund, in den es mich zieht. Ich nehme das Handy wieder an mich.

„Nein", antworte ich. „Gehen wir."

26.

Das Blut rauscht in meinen Ohren, und ich fühle mich jung – so als würde ich alles zum ersten Mal erleben. Die Lichter der Tanzfläche funkeln in hundert unterschiedlichen Farben, und die Luft streicht samtig weich über meine Haut, wie feuchter Nebel, der mich ganz langsam verschwinden lässt. Fühle ich mich deswegen so federleicht? Habe ich mich in Luft aufgelöst? Ich frage einen wildfremden Typen, ob er mich sehen kann, er antwortet mit einem überglücklichen Lachen, und ich lache ausgelassen zurück. Es fällt mir so leicht zu lachen. Ich muss nur den Mund aufmachen und schon geht es los.

Wir sind in demselben Club wie damals, und ich wette, Arjen hat mir wieder etwas in mein Glas getan. Es ist mir egal. Ich stürze mich ins Gedränge auf der Tanzfläche und lasse mich vom Sog der Musik mitziehen, verschmelze mit ihrem harten, wild peitschenden Rhythmus und überlasse mich willenlos der Kontrolle, die der heiß-kalte Strom aus Emotionen auf mich ausübt.

Als Arjen von der Bar zurückkommt, um mir etwas zu trinken zu bringen, durchströmt mich ein solches Glücksgefühl, dass ich ihn umarmen und küssen muss. Er lacht und lässt mich, nachdem er mir den Drink in die Hand gedrückt hat, wieder allein. Allein zu sein stört mich nicht. So kann ich mich besser auf die Musik konzentrieren, auf die Anziehungskraft des Bodens, die wild zirkulierende heiße Luft. Ich schließe die Augen und lasse mich von all den überwältigenden Eindrücken treiben, vom grellen Blinken der Lichter hinter meinen Lidern, vom dumpfen Rauschen des Basses in meinen Ohren, das nahezu alle Lautstärke aus den Geräuschen filtert und so die Musik bloß noch als sanftes Vibrieren wahrnehmbar ist. Mein rasender Atem erzeugt ein Kribbeln auf meiner Haut. Ich möchte jemanden berühren und berührt werden, also strecke ich die Arme aus und genieße das wunderbare Gefühl der vielen fremden Menschen um mich herum. Nehme durch die Berührung Kontakt zu ihnen auf, und plötzlich teilen wir alle ein einziges großes Bewusstsein. Es ist, als würde man mir die Hand reichen und mich in kaltes, klares Wasser tauchen; eine unendliche Tiefe tut sich auf, in der die Geheimnisse des Universums begraben liegen, die mich in dunkle Klangwelten entführt, wo Gedanken nicht mehr sind als ein Flüstern und wo jeder Ton in buntglitzernden Farben erstrahlt ...

Ein Blitz zuckt durch meinen Kopf, und ich öffne schlagartig die Augen. Die Lichter im Raum verändern ihre Farbe. Die Wände scheinen sich auf mich zuzubewegen. Etwas stimmt nicht. Tanzende, verschwitzte Körper verdrängen mich von meinem Platz, sodass ich mich in die Mitte der Tanzfläche flüchten muss, wo es noch viel enger ist. Es wird erdrückend heiß. Undeutliche, verzerrte Gesichter tauchen vor mir auf wie verrückte Geistesblitze; jeder scheint mich auf einmal anzusehen, mit funkelnden Augen, die die Farbe wechseln.

Ich versuche, mich auf die andere Seite des Clubs durchkämpfen, aber sie lassen mich nicht durch. Ich kann nicht atmen. Die starrenden Blicke schnüren mir die Kehle zu. Sie sind überall, beobachten mich und in meinem Kopf höre ich Stimmen – vielleicht sind es nur meine Gedanken, die panisch losschreien: *Lauf, solange du noch kannst!* Ich sollte nicht hier sein. Jetzt wird es mir klar. Ich möchte weg von diesem Ort, zurück nach Hause, zu Christopher, wo ich hingehöre ...

Arjen taucht aus der Menge auf. Ich stürze auf ihn zu, falle ihm verzweifelt um den Hals. Auch sein Gesicht ist verzerrt – das grelle Licht zwingt mich, die Augen zu schließen.

„Alles okay, Anna?"

„Können wir gehen? Ich fühle mich nicht gut."

„Wir sind doch gerade erst gekommen."

Ich schüttle den Kopf, halte mich immer stärker an ihm fest, bevor der bebende Boden unter uns mich noch verschluckt. „Ich will hier weg! Diese Luft, ich kann nicht ... da ist irgendwo ... die starren mich alle an!"

„Wovon redest du?"

„Da ist ... ich fühle ..." Ich presse meine Stirn gegen ihn, versuche regelmäßig zu atmen. „Ich will gehen. Bring mich hier weg. Bitte!"

„Du verträgst das Zeug ja wirklich nicht. Na dann komm, bringen wir dich ins Bett."

Er legt mir den Arm um die Schultern und manövriert mich sicher durch die tanzende Masse. Wir verlassen den Club und gehen einige Zeit die Straße entlang, dann sind wir plötzlich auf einem Bahnsteig und steigen in die U-Bahn ein. Auch hier ist es viel zu eng. Ich kann das Rattern der Gleise unter mir spüren und wie der Zug sich in den Kurven zu biegen scheint. Die Lampe über uns flackert. Ich drücke das Gesicht fest gegen Arjens Brust, aber das Flackern hört nicht auf; selbst mit geschlossenen Augen kann ich es noch sehen. Es droht meinen Kopf zu sprengen.

„Ganz ruhig", höre ich Arjens Stimme. Er streichelt mir über den Rücken, hält mich fest.

Uns gegenüber steht ein Mann. Er beobachtet mich schon die ganze Zeit. Er schiebt seine Lippen nach oben und entblößt hässliche, spitze Zähne, die aussehen, als würde er jeden Tag Kinder damit zerfleischen. Seine Augen sind dunkel. Schwarz wie die Nacht. Ein schmerzhaftes Ziehen bohrt sich durch meinen Bauch und in meinem Kopf hallt der Schrei eines Babys wider.

Ächzend hält der Zug in der nächsten Station. Ohne zu wissen, wo wir sind, stürme ich nach draußen und renne über den Bahnsteig bis auf die andere Seite. Dann stehe ich reglos da. Keuche und warte. Arjen lotst mich eine Treppe hinauf, bis zum Ausgang des Bahnsteigs und auf die gegenüberliegende Seite der Straße. Wir sind bei ihm zu Hause, merke ich träge, als er den Schlüssel ins Loch steckt und mich in die Wohnung zieht. Spielt keine Rolle, wo ich bin. Unter wackeligen Schritten taumle ich ins Schlafzimmer und falle mit dem Rücken voran aufs Bett.

Ich könnte sofort einschlafen. So erledigt bin ich. Doch aus dem kalten Nebel meines Verstandes entsteigt das Gesicht des spitzzähnigen Mannes wie ein Toter aus dem Grab, und mein eigenes ängstliches Wimmern hält mich gewaltsam bei Bewusstsein.

„Das geht vorbei", meint Arjen, der gerade dabei ist, sich die Schuhe auszuziehen. „Du musst dich entspannen. Heb mal die Beine an."

Er kniet sich zu mir aufs Bett und zieht mir zuerst den linken, dann den rechten Stiefel aus. Dann macht er mit meiner Jeans weiter, öffnet den Knopf und schiebt sie in einer sanften Bewegung meine Beine hinunter. Den Slip auch. Als Nächstes zieht er sich das T-Shirt über den Kopf. Ich drehe unruhig den Kopf von einer Seite zur anderen, sehe überall Bewegungen in den Schatten und weiß dennoch, dass es hier nur ihn und mich gibt. Nur ihn und mich.

„Beine auseinander", bittet Arjen mich.

„Ich hab's getan", flüstere ich benommen, lasse die Worte

einfach heraus wie zuvor noch das Lachen.

Er beugt sich über mich, sodass seine Haare mein Gesicht berühren. „Was getan?"

„Was du gesagt hast. Ich hab die Pillen geschluckt, um das Baby zu verlieren ... ich hab's getan ... es hätte nicht funktionieren sollen, aber es hat ... und jetzt komme ich in die Hölle ... das wolltest du, nicht wahr? Du bist der Teufel ... ich weiß es ... ich weiß endlich, wer du bist ..."

Er legt mir den Finger auf den Mund, damit ich still bin. Sein Gesicht ist ruhig im matten Licht der Lampe. Seine Augen sind blau und daran ändert sich nichts.

„Ich verstehe dich, Anna. Du würdest töten für deinen Traum – mach dir nichts draus. Der Teufel zu sein ist nicht so schlimm."

Ich küsse ihn, in meinem Taumel, in meinem blinden Wahnsinn, und all die Angst und die Schuldgefühle verschwinden hinter einem bunten Schleier aus überschäumenden, allmächtigen Gefühlen. Er und ich, wir gehören einfach zusammen. Wir sind uns so ähnlich, dass selbst die absurdesten Gedanken, die krankhafteste Art von Ehrgeiz normal erscheinen, in seiner Gegenwart ist all das möglich. Er zeigt es mir jedes Mal, wenn ich glaube, er könne meine Gedanken lesen, wenn er das Dunkel meiner Seele erkennt und dennoch nicht davor zurückschreckt. Bisher hielt ich ihn für merkwürdig, angsteinflößend ... und dabei fühle ich mich ihm einfach nur verbunden. Auf eine Weise, die nur wir beide verstehen.

Alles fühlt sich nun unkompliziert an. Fernab aller Konsequenzen. Er reißt mich fort und ich lasse es zu, über den Abgrund auf die andere Seite der Schlucht, wo alles so ist, wie es sein soll.

Dunkel und still.

Mittwoch – Zwei Tage bis zur Premiere

27.

Christopher ist nicht da. Falls er gemerkt hat, dass ich über Nacht woanders war, und davon gehe ich aus, bedeuten die zwei gepackten Sporttaschen neben der Tür, dass er beschlossen hat, aus meinem Verhalten Konsequenzen zu ziehen. Ich bin nicht einmal entsetzt, nur wütend. Wir haben fünf Jahre lang unser Leben miteinander geteilt und das will er einfach so aufgeben? Indem er zwei Taschen packt?

Ich gehe duschen, schütte einen Becher Kaffee hinunter und gebe Viktor mit einem kurzen Anruf Bescheid, dass ich wegen des anstehenden Besuchs in der Klinik ausnahmsweise etwas später zur Probe erscheinen werde. Dann breche ich auf. Während der Busfahrt versuche ich mehrmals Christopher zu erreichen, ohne Erfolg. Entweder ignoriert er meine Anrufe oder das Schicksal möchte mir etwas mitteilen.

Um kurz nach elf Uhr vormittags bin ich schließlich in der Klinik. Nach der Anmeldung bei der Besucherrezeption werde ich von Dr. Vessely, einem feisten Mann mit Glatze und festem Händedruck, in der Aula abgeholt und in einen anderen Flügel des Gebäudes gebracht. Wir passieren wieder die Glasschiebetür mit der Aufschrift „Betreten nur durch autorisiertes Personal". Danach geht es einen langen, schnurgeraden Flur entlang, der in einen lichtdurchfluteten Aufenthaltsraum führt.

Es dürfte eine Art Gemeinschaftsraum sein; es gibt einen Fernseher und zwei Tischtennistische, in den Ecken stehen Zimmerpflanzen und versprühen einen süßlichen Geruch. Auch einige Tische mit Stühlen stehen im Raum verteilt.

An einem davon sitzt Nicki. Eine Frau mit Rollenkragenpullover ist bei ihm und redet leise auf ihn ein, während er nur dahockt und auf die Tischplatte starrt. Trotz seines abwesenden Ausdrucks entdeckt er mich sofort und möchte mit einem erleichterten Lächeln auf mich zukommen. Doch die unbekannte Frau ruft ihn zurück, und er setzt sich artig wieder hin. *Als wäre er ein Kind*, denke ich wütend.

Ich nehme neben ihm Platz und greife nach seinen Händen, die er vor sich auf den Tisch gelegt hat. Erst jetzt merke ich, dass seine Hände mit Gummibandagen gefesselt sind.

„Was ist hier los?“, frage ich Dr. Vessely, der ebenfalls Platz genommen hat.

„Anna, das ist Dr. Eva Lindner. Sie ist Spezialistin für Fälle wie Nickis.“

„Fälle wie Nickis? Was soll das und warum trägt er diese Bandagen? Nehmen Sie ihm die Dinger ab!“

„Anna, bitte“, versucht Dr. Lindner mich zu beschwichtigen. „Lassen Sie uns zunächst miteinander reden.“

„Für Sie immer noch Frau Kainrath! Und jetzt hauen Sie ab, ich will mit meinem Bruder allein reden.“

Vessely und Lindner werfen sich einen Blick zu. „Ich weiß, das ist eine schwierige Situation“, versichert Vessely mir voller Ruhe. „Und glauben Sie mir, Sie haben unser vollstes Verständnis. Aber der Zustand Ihres Bruders erfordert gewisse Sicherheitsmaßnahmen, sowohl zu unserem als auch zu seinem eigenen Schutz –“

„Blödsinn“, fahre ich dazwischen und richte meine Aufmerksamkeit gezielt auf Nicki. Er hat bisher keinen Ton von sich gegeben. Verzweifelt sehe ich in seine Augen und erkenne darin nur Angst, verschleiert vom trüben Nebel der Medikamente. „Nicki, was ist los? Rede mit mir.“

„Mir geht's nicht gut, Anna."

„Wieso denn? Dir kann nichts passieren. Du bist hier in Sicherheit."

Dr. Vessely steht wieder auf. „Könnten wir kurz unter vier Augen mit Ihnen reden?"

„Bin gleich zurück", versichere ich Nicki und folge den Ärzten auf die andere Seite des Raumes.

„Ihr Bruder befindet sich in einem sehr labilen Zustand", erklärt Dr. Lindner mir abgebrüht. „Er ist stark depressiv, und durch seinen langjährigen Medikamentenkonsum schlagen unsere Therapiemöglichkeiten nicht an. Wir haben es mit Alternativbehandlungen versucht, aber diese konnten leider bisher ebenfalls keine Besserung erzielen."

„Sagen Sie mir lieber, warum seine Hände gefesselt sind! Ist er neuerdings ein Verbrecher?"

„Nein, natürlich nicht. Aber es musste sein. Vor zwei Tagen hat er einen Pfleger angegriffen, der ihn dabei erwischt hat, wie er versucht hat, sich die Pulsadern aufzuritzen – mit den Fingernägeln. Überhaupt zeigten sich in den vergangenen Tagen bei Ihrem Bruder vermehrt Anzeichen von aggressivem Verhalten und Suizidgefährdung. Wir mussten ihm die Bandagen anlegen, sonst hätten wir ihm nicht erlauben können, Sie zu sehen."

„Moment mal. Alles der Reihe nach. Er hat versucht, sich umzubringen?"

Dr. Vessely berührt mich am Arm, als wolle er verhindern, dass ich ausflippe. „Ich sagte doch schon am Telefon, dass es ihm nicht gut geht."

„Sie haben vielleicht Nerven! Ich dachte, Sie meinen Schlafstörungen oder Ähnliches. Dass er sich umbringen wollte, haben Sie mit keinem Wort erwähnt!"

„Schlafstörungen hat er auch. Sehen Sie, das Erlebnis mit

Ihrer Fehlgeburt, der Streit mit Ihrem Freund, das alles hat ihm sehr stark zugesetzt. Deswegen denken Dr. Lindner und ich, dass es hilfreich wäre, wenn Sie ab sofort an den Therapiesitzungen teilnehmen würden. Sie müssen ihm begreiflich machen, dass er für Ihre Tragödie nicht verantwortlich ist."

„Denken Sie, das hätte ich nicht schon längst versucht? Ich habe ihm das mindestens hundertmal gesagt, aber dieser verdammte Märtyrer will einfach nicht hören! Gehen Sie weg", herrsche ich die Ärzte an. „Ich will allein mit ihm reden."

„Das geht leider nicht", meint Dr. Lindner. Ich mag diese Frau nicht.

„Dann bleiben Sie wenigstens hier stehen und geben uns ein bisschen Privatsphäre, okay? Fünf Minuten."

„Frau Kainrath, das alles lässt sich sicher nicht in fünf Minuten klären –"

„Erkläre ich Ihnen, wie Sie Ihren Job zu machen haben? Jetzt bleiben Sie hier stehen und halten Sie die Klappe, damit ich das regeln kann!"

Ich setze mich zurück an Nickis Tisch, wohlwissend, dass Vessely und Lindner uns aus geringer Distanz beobachten. Ich konzentriere mich auf Nickis Gesicht und auf den festen Griff seiner Hände. Dass sie gefesselt sind, muss ich jetzt ausblenden.

„Nicki, jetzt hör mir mal zu. Du bist nicht schuld an meiner Fehlgeburt. Es war ein Unfall. Siehst du nicht, was du dir damit antust? Vergiss doch endlich, was passiert ist!"

Er stößt resigniert die Luft aus. „Haben dir die Ärzte gesagt, dass du das sagen sollst? So als Zauberformel für alles?"

„Es ist keine Zauberformel, sondern die Wahrheit. Ich

mache dir keine Vorwürfe, was passiert ist. Hör auf, dich deswegen fertig zu machen, ich bitte dich."

Er schüttelt den Kopf und stößt ein bitteres Lachen aus. „Hat Lindner dir erzählt, dass ich mich umbringen wollte?"

„Ja", antworte ich steif. „Hat sie."

„Hat sie dir auch gesagt, wie?"

Unweigerlich fällt mein Blick auf seine Handgelenke. Während das Rechte unversehrt ist, wurde das Linke mit einem Verband umwickelt. Abrupt lasse ich ihn los, habe plötzlich Angst vor ihm. Nein, das ist keine Angst. Das ist Ekel.

„Was ist nur los mit dir?", flüstere ich voller Entsetzen. „Es ging dir doch wieder gut! Du hast diesen ganzen Scheiß hinter dich gebracht!"

„So stellst du dir das also vor. Dass ich ein paar Monate hier drin bin, und alles ist wieder völlig normal."

„Nein ... aber du hast doch –"

„Hast du eine Vorstellung davon, wie es ist, in dieser Situation zu stecken? Wie es ist, etwas so sehr haben zu wollen, dass du töten würdest, um es zu bekommen?"

„Ja, Nicki, das weiß ich. Glaub mir, ich weiß es sogar sehr gut. Aber das gibt dir noch lange nicht das Recht, einfach aufzugeben. Du kannst das überwinden! Du hast es doch schon einmal geschafft."

„So, so, du weißt also, wie ich mich fühle." Er beugt sich über den Tisch, tippt sich mit den zusammengebundenen Händen an die Schläfe. „Und dieser *Wahnsinn*, der dich verfolgt – bringt er dich dazu, so etwas zu machen? Bekommst du Albträume davon? Zwingt er dich, Dinge zu tun, die diejenigen, die du liebst, in Gefahr bringen?"

Ich schließe für einen Moment die Augen. Die Erinnerung an einen winzigen, fremden Herzschlag pocht in meinem Bauch, eine Sekunde nur, dann ist es vorbei. An die

Leere, die darauf folgt, habe ich mich bereits gewöhnt. Ich mache die Augen wieder auf.

„Ja“, flüstere ich. „Mir geht es genauso wie dir.“

Er lehnt sich in seinen Stuhl zurück. „Du hast keine Ahnung. Von nichts.“

„Nicki, jetzt begreife es doch endlich. Ich wünschte, das alles wäre nicht passiert, aber es ist passiert und wir können nichts daran ...“

„Hör auf!“, explodiert er. „Hör endlich auf damit! Die ganze Zeit machst du nichts anderes, als zu lügen. Hältst du mich für so einen Schwächling, dass ich die Wahrheit nicht vertrage?“

Ich schlucke. „Welche Wahrheit?“

„Du weißt ganz genau, wovon ich spreche. Die Tabletten waren im Medizinschrank. Ich wusste, wie oft du da reinschaust, und trotzdem habe ich sie dort gelassen, weil ich dachte, sie fallen dir nicht auf. Ehrlich gesagt habe ich überhaupt nicht nachgedacht! Ich wollte nur einen Platz finden, an den ich leicht rankomme ... das war alles, Anna! Verstehst du? Etwas anderes war mir nicht wichtig! So weit hat mich dieser Scheiß gebracht! Und jetzt sag mir noch ein einziges Mal, ich sei nicht schuld an dem, was passiert ist!“

„Ich ...“, setze ich an und schüttle hilflos den Kopf.

„Sprich es doch einfach aus. Ich will es hören, ich will, dass es jeder hier hört! Sag mir, dass ich schuld bin. Sag mir, dass ich dein Baby getötet habe. Sag es endlich!“

„Wieso?“, bricht es aus mir heraus. Ich kann die Tränen nicht länger zurückhalten, sie kullern über meine Wangen und tropfen zwischen uns auf den Tisch. „Wieso, Nicki, wieso sollte ich das sagen, was würde es nützen? Was willst du von mir?“

Er greift fordernd nach meiner Hand, zwingt mich, ihn weiter anzusehen.

„Ich will, dass du aufhörst, mich vor allem und jedem beschützen zu wollen. Ich will nicht länger der armselige Sozialfall sein, für den du mich hältst. Ich will das Gefühl haben, stark genug zu sein, für meine Fehler geradezustehen. Und ich will, dass du nicht länger Mitleid mit mir hast, obwohl meine Sucht unser Leben zerstört. Das will ich."

Er wartet, und meine Tränen müssen ihn glauben lassen, ich würde nur deshalb so lange schweigen, weil ich die ersehnten Worte bloß noch nicht über die Lippen bringe.

„Ich ... ich kann nicht", antworte ich. „Bitte, Nicki ..."

„Doch, du kannst es. Sag es einfach. Ich flehe dich an, Anna, sag mir die Wahrheit."

Ich lasse seine Hand los und wende mich ab. In der eisigen Stille hallt der Schock in seinen Augen als lautloser Aufschrei im ganzen Raum wider.

„Nicki, ich ..." Ich breche ab. Sein Blick fixiert mich über den Tisch hinweg, fast ein bisschen wahnsinnig. Dann springt er so heftig auf, dass sein Stuhl nach hinten kippt. Er hechtet halb über den Tisch, seine gefesselten Hände zu steifen Klauen verkrampft, während ich mich vor Entsetzen und Angst nicht rühren kann. Eiskalt spüre ich seine Finger, die er mir um die Kehle legt, im nächsten Moment wird er von einem Haufen Männern aus dem Pflegepersonal geschnappt und gewaltsam von mir weggezerrt.

Vier Pfleger sind nötig, um ihn unter Kontrolle zu bringen. Einer der Männer verpasst ihm eine Spritze, dann hängt er plötzlich in seinen Armen wie eine leblose Puppe. Ich weiß nicht, was passiert wäre, wenn sie nicht eingeschritten wären. Vielleicht hätte er mir die Kehle aufgeschlitzt. Mit seinen Fingernägeln.

„Es tut mir leid, dass Sie das mit ansehen mussten", meint Dr. Vessely, nachdem Nicki von den Pflegern aus dem Raum gebracht worden ist. „Er ist fest davon überzeugt, dass Sie ihm wegen der Fehlgeburt etwas verschweigen. Früher oder später wird ihn das zerstören, wenn wir keine Möglichkeit finden, ihm zu helfen."

„Und können Sie das?" Meine Stimme ist kaum mehr als ein Flüstern, das sich in der stickigen, süßlichen Luft verliert. „Können Sie ihm helfen?", wiederhole ich fest.

„Wir werden unser Bestes tun. Aber vergessen Sie nicht, dass er Sie jetzt mehr denn je braucht. Ohne Ihre Hilfe wird es schwierig werden. Können Sie das?", fragt er mich in demselben fordernden Tonfall wie ich zuvor. „Können Sie ihm helfen, Anna?"

Ich hole meine Geldbörse heraus und gebe ihm das Foto von Nicki und mir. Seit der Fehlgeburt trage ich es bei mir. „Geben Sie ihm das bitte. Er wird verstehen, was es bedeutet."

Dr. Vessely verstaut das Foto in der Brusttasche seines Hemdes, dann schüttelt er mir die Hand. „Ich melde mich, sobald es etwas Neues gibt."

„Ja. Vielen Dank."

Ich verlasse die Klinik.

Die Wohnung ist dunkel, als ich nach der letzten Orchesterhauptprobe nach Hause komme. Die beiden Taschen stehen nach wie vor neben der Tür. Eine effektivere Drohung wäre es gewesen, die Taschen wenigstens wegzuräumen, dann hätte ich befürchtet, er wäre tatsächlich gegangen. Doch so macht mich der Anblick einfach nur wütend.

Ich setze mich auf die Couch und rufe ihn auf seinem Handy an, um dieser Farce ein Ende zu bereiten. Er meldet sich nicht. Während ich kurz vor dem wichtigsten Tag meines Lebens stehe, versteckt er sich in einer Bar oder bei irgendwelchen Freunden, nur um mich dafür zu bestrafen, dass ich höhere Ziele habe als er. Er will also weiter dieses Spielchen spielen? Dann erhöhe ich den Einsatz.

Ich frage Arjen per SMS, ob ich vorbeikommen kann.

Eine halbe Stunde später stehe ich in seinem Badezimmer und schaue ihm fasziniert dabei zu, wie er seine Piercings der Reihe nach rausnimmt. „Bei der Show darf ich sie nicht tragen“, erklärt er mir, „und wie ich mich kenne, vergesse ich es sicher morgen, wenn ich's nicht gleich mache.“

Er gibt die Stecker und Ringe in ein kleines verschraubbares Gefäß, das er im Spiegelschrank über dem Waschbecken verstaut. Mir fällt auf, dass außer diesem Gefäß und einer elektrischen Zahnbürste nichts im Schrank drin ist. Kein Rasierwasser, Shampoo, Seife oder Duschgel. Er macht den Schrank wieder zu, und ich denke nicht länger darüber nach.

„Hast du keine Angst, dass die Löcher über Nacht zuwachsen?“, frage ich.

Er lächelt nachsichtig. „Nein. Hab ich nicht.“

Er drückt mich an die Wand, küsst mich und lässt mich lachend wieder los, als ich vor Überraschung den Atem anhalte. „Willst du ausgehen?“, möchte er wissen, während er ins Schlafzimmer geht und seinen Kleiderschrank öffnet. „Oder bleiben wir hier?“

„Bleiben wir hier.“

„In dem Fall ...“ Er macht den Schrank wieder zu und wirft sein T-Shirt nach mir. Kurz darauf kommt auch die Hose geflogen. „Zu Hause ist es doch am schönsten, was? Komm her.“

Mir ist noch ganz schwindlig von dem Kuss. Bis ich bei

ihm im Schlafzimmer bin, hat er sich auch seiner restlichen Klamotten entledigt, dann knöpft er meine Bluse auf und öffnet meinen BH. Ich schlüpfe aus meiner Hose und dem Slip und beginne, gierig ihn zu küssen. Warum tue ich das hier? Aus Rache, wegen des Kicks oder doch, weil ich ihn mag? Spielt das überhaupt eine Rolle, solange der Betrug derselbe bleibt?

Er drückt mich aufs Bett, und ich öffne meine Beine, und seine Augen scheinen sich wieder grün zu färben, wie ein verwunschener Teich tief im Wald, in dem irgendwann ein Kind ertrunken ist. Ich möchte mich so sehr in diesen Augen verlieren, bis es kein Entrinnen mehr gibt, keinen Weg zurück. Das ist wahre Leidenschaft, das ist Schicksal. Ein Zuhörer für meine Melodie, von der ich dachte, sie liefe schon die ganze Zeit auf der falschen Frequenz.

Und erneut frage ich mich, ob sie echt sind, die Flügel, die aus seinem Rücken sprießen.

Donnerstag – ein Tag bis zur Premiere

28.

„Wo warst du?"

Ich lasse die Wohnungstür zufallen und werfe meine Tasche, die Jacke und meine Schuhe in eine Ecke. „Ich könnte dich dasselbe fragen."

„Ich war arbeiten."

„Ich auch."

„Und letzte Nacht? Da war ich nämlich hier."

Es hat keinen Sinn. Ich hätte letzte Nacht in einem Dritte-Welt-Land unterwegs sein können, um Kranke zu heilen – die misstrauische Kälte wird nicht mehr aus seinen Augen, aus seinen Worten verschwinden. Es ist zu spät. „Ich war bei Arjen."

„Beim Teufel."

Ich weiß nicht, ob das ein Fluch sein soll oder ob er bloß genauer nachfragt. Beides hört sich lächerlich an. „Ich wäre ja hiergeblieben und hätte mit dir geredet, aber du warst nicht erreichbar."

„Ach so. Und deshalb steigst du gleich mal mit einem anderen ins Bett."

Absurderweise gibt er mir Zeit, um ihn zu korrigieren. Er wartet sogar richtig darauf. Doch welchen Unterschied würde es machen? Tatsache ist, dass ich bei einem anderen war, weil bei Christopher zu sein mich nicht mehr glücklich macht, und als würde ihm das mit einer plötzlichen Klarheit bewusst werden, breitet sich Hoffnungslosigkeit in seinem Gesicht aus. Er stößt ein bitteres Lachen aus und fährt sich mit beiden Händen durchs Haar. „Was ist nur mit uns passiert, Anna? Wie konnte es so weit kommen?"

„Du hast aufgehört, mich zu lieben", entgegne ich schroff.

„Wie kommst du denn auf so was?"

Ich schaue weg von ihm, hinaus auf die Straße, in den Himmel, bloß nicht in sein zorniges, mir so vertrautes Gesicht. „Das Baby. Es war der einzige Grund, weshalb du bei mir geblieben bist. Es hat einen kleinen Rest der Liebe von früher aus dir heraus gekitzelt. Und seit es weg ist, ist von dieser Liebe endgültig nichts mehr da."

Er sagt nichts. Noch deutlicher könnte er meine Worte nicht bestätigen.

„Ist schon gut, Chris. Es ist okay."

„Anna ...", setzt er an und bricht schluckend ab.

Es ist nicht so, dass ich will, dass es so endet. Auch ich möchte ihn lieben, ihm meine Seele opfern, doch dann wäre ich leer. Niemals könnte ich überleben, wenn mein Herz jemand anderem gehörte als mir selbst.

„Ich muss jetzt ins *Pyre*. Heute ist Generalprobe." Als er bloß nickt, verschwinde ich ins Schlafzimmer, um mich schnell umzuziehen. Geduscht und Zähne geputzt habe ich bereits bei Arjen. Mit ihm könnte es herrlich unkompliziert laufen. Er wird nie mehr verlangen, als ich geben kann, wird nie ein Kind mit mir wollen, mich nie abends anherrschen, warum ich so spät nach Hause komme oder keine Zeit für ihn habe. Für ihn ist Liebe nur ein Wort und wie ich versteht er Musik so viel besser als Worte.

Ich komme zurück ins Wohnzimmer, wo Christopher mit düsterem Blick am Tisch sitzt und nachdenkt. Als er merkt, dass ich hinter ihm stehe, dreht er sich, um und in diesem Moment wird mir endgültig klar, dass es vorbei ist.

Zu meinem Erstaunen fühlt es sich nicht wie das verzehrende schwarze Loch an, vor dem ich die ganze Zeit Angst hatte. Es ist mehr wie ein leerer Raum: kalt und einsam im ersten Moment, aber auch eine Möglichkeit – die Möglichkeit, mein Leben mit etwas Neuem zu füllen, es völlig neu zu gestalten.

Ich hole meine Tasche und die Jacke aus der Ecke und sage: „Ich werde jetzt gehen."

Er reagiert nicht. Vielleicht ist es ihm doch noch nicht so klar geworden wie mir. Er sieht mir zu, wie ich mir die Jacke anziehe und die Wohnungstür öffne, und als würde ihn erst das aus seiner Erstarrung holen, springt er auf und ruft: „Wir können doch nochmal darüber reden!"

„Wozu? Was würde das nützen?"

Er sucht nach Worten, scheint die Antwort selbst nicht zu kennen. „Ich weiß nicht", meint er hilflos. „Aber wenn du jetzt gehst, werde ich nicht mehr da sein, wenn du zurückkommst."

Es ist eigenartig. Ich hatte immer erwartet, dass es mir das Herz brechen würde, wenn er je so etwas zu mir sagt. Aber ich fühle mich befreit, lebendig geradezu. Als hätte ich endlich meine letzten Ketten gesprengt.

„Mach's gut, Chris. Ich muss zu meiner Show."

Ich mache die Tür hinter mir zu und schaue nicht mehr zurück, denn nur, was vor mir liegt, hat Bedeutung.

Freitag – Zwölf Stunden bis zur Premiere

29.

Es ist halb acht Uhr morgens. Arjen zieht die Vorhänge zurück und reißt ungnädig an meiner Bettdecke. „Komm raus, komm raus, wo immer du bist."

Stöhnend drehe ich mich vom Licht weg, das grell und stechend ins Zimmer scheint. „Was machst du da?", murmle ich und stecke den Kopf unter das Kissen. Wenn er nicht bald mit diesem Krach aufhört, wird mein Schädel explodieren.

„Zähneputzen. Und du?"

Als ich schwerfällig den Kopf hebe, steht er mit einer elektrischen Zahnbürste im Mund am Fenster und lässt die Sonne sein Gesicht bescheinen. Das feine Surren kratzt in meinen Ohren wie das Rattern einer Motorsäge. Ich will mich erneut unter dem Kissen verkriechen, da reißt er es einfach unter meinem Kopf weg und zerrt mich über die Bettkante.

„Jetzt mach schon. Heute ist Premiere."

Verdammt, er hat recht. Heute ist Premiere, und ich liege hier herum wie ein Haufen Erbrochenes. Das war das letzte Mal, dass ich mich von ihm zum Feiern habe überreden lassen. Ich fühle mich elend, mein Schädel brummt und ich weiß nicht, ob ich überhaupt dazu im Stande bin, es heil ins Badezimmer und wieder zurückzuschaffen. Einen Versuch ist es wert.

Arjen hat bereits die Dusche für mich angestellt. „Fünf Minuten, dann bist du fertig."

Er steckt den Alkohol natürlich prima weg. Er ist ja auch nichts anderes gewohnt. Die Dusche weckt neue

Lebensgeister in mir, ich wasche mir schnell die Haare, trockne mich ab und komme angezogen zurück nach draußen, um den Inhalt meiner Tasche zu überprüfen.

„Können wir los?" Arjen hat sich bereits die Schuhe angezogen.

„Warte, ich muss noch –"

„Jetzt mach schon, ich will nicht zu spät kommen!"

Forsch bugsiert er mich aus der Wohnung, und ich habe Glück, dass er so gütig ist und im Aufzug auf mich wartet.

Es ist ein Tag wie aus dem Bilderbuch. Sonnenschein, strahlend blauer Himmel und angenehme achtzehn Grad. Heute ist der Tag, der alles verändern, an dem sich all die Mühe endlich auszahlen wird. Die Vorfreude ist wie ein Lied, das mir nicht mehr aus dem Kopf geht, das bis zu meinem Herzen durchdringt und dort einen Rhythmus in Gang setzt, zu dem ich bis an mein Lebensende tanzen will. Spürt Arjen es auch? Er muss es spüren.

Im *Pyre* laufen die Vorbereitungen bereits auf Hochtouren. Das Gebäude ist voller Leute, und im Gemeinschaftsraum wurde ein riesiges Frühstück aufgebaut, das uns vor dem großen Augenblick noch einmal Kraft geben soll. Ich stürze mich auf die Kaffeekanne und schütte hinunter, was möglich ist. Doch allein die angespannte Atmosphäre, die Ungeduld vermischt mit Panik, die in der Luft liegt, reicht aus, um meinen Kreislauf wieder in Schwung zu bringen und meinen Körper mit derart viel Adrenalin vollzupumpen, dass ich es nicht länger aushalte, mit den anderen beim Frühstück zu sitzen und die Ruhe vor dem Sturm zu genießen. Unweigerlich zieht es mich an den Ort des Geschehens, auf die Bühne, die im Scheinwerferlicht funkelt wie ein magischer Hain, und als ich in die noch zuschauerleere Halle blicke, umgeben von hunderttausend Technikern, die den Sound und das Licht checken, Theaterpersonal, das die Sitzreihen säubert, und Bühnenarbeitern, die die Kulissen hinter dem Vorhang ein allerletztes Mal zum Glänzen bringen, da weiß ich, dass ich hierfür geschaffen bin und dass man mich schon umbringen müsste, damit ich den heutigen Abend vergeige.

„Und, schon aufgeregt?“

Als ich mich umdrehe, steht Alex Lavay am Bühnenrand und nippt gelassen an einem Becher Kaffee. Ich dachte, er würde erst nachmittags erscheinen, um vor der Premiere eine motivierende Rede zu halten.

„Ja, schon ein bisschen“, gebe ich zu, und er schenkt mir ein verständnisvolles Lächeln.

„Sie haben mich sehr beeindruckt, Anna. Bei dem schweren Schicksalsschlag, den Sie wegzustecken hatten. Dass Sie dennoch mitgezogen sind, verdient Respekt. Das hätte nicht jeder geschafft.“

Falls er auf meine Fehlgeburt anspielt, so will ich das Gespräch nicht allzu sehr vertiefen. Was geschehen ist, ist geschehen. Ich ringe mir ein unverbindliches Lächeln ab. „Was soll ich sagen. Das hier ist mein Leben. Etwas anderes wäre gar nicht in Frage gekommen.“

„Überhaupt finde ich Ihren Werdegang sehr inspirierend. Sie sangen für die Rolle eines Ensemble-Mitglieds vor, nicht wahr? Dann wurden Sie zur Zweitbesetzung gemacht. Und jetzt spielen Sie die Hauptrolle im wohl größten Musical unserer Zeit. Wie fühlt man sich da?“

„Unsterblich.“

Er stellt den Kaffeebecher ab und kommt zu mir in die Bühnenmitte. Der riesige Zuschauerbereich sieht ein wenig aus wie der Weltraum, so ganz ohne Licht und Menschen.

Ich müsste wohl nur die Hand ausstrecken und die dunkle Unendlichkeit würde mich hinwegreißen.

„Haben Sie sich schon einmal die Frage gestellt, ob Sie Ihren Beruf mit derselben Leidenschaft ausüben würden, wenn es keine Zuschauer gäbe?“ Auch Lavay wirkt vom Sog des Saales fasziniert, lässt andächtig den Blick durch die Dunkelheit schweifen. „Wenn Sie jeden Abend vor einem leeren Saal stehen würden, in dem alles, was Sie sagen, verschwindet – würden Sie trotzdem lieben, was Sie tun?“

Vermutlich nicht. Der Drang, bewundert zu werden, steckt doch in jedem von uns. Auch wenn einige ihr Talent erst finden müssen, so gibt es dennoch nichts Größeres als den Wunsch nach Anerkennung, und nur diejenigen, die ihre Suche bereits aufgegeben haben, machen sich selbst und der Welt vor, ihnen würde Ruhm nichts bedeuten.

„Sie sind so still, Anna. Habe ich da einen Nerv getroffen?“

„Nein, ich ... ich denke nicht, dass es mir reichen würde“, beantworte ich seine Frage mit einem bedauernden Kopfschütteln. „Der Beifall am Ende der Show ist ein Teil des Lebens, das ich mir ausgesucht habe. Niemand lebt gern ein halbes Leben.“

„Was ist mit Geld – wäre das nicht Belohnung genug?“

„Sagen Sie's nicht weiter, aber: Ich würde das hier auch gratis machen. Ach was, ich würde sogar dafür bezahlen, um auftreten zu dürfen!“

Er schweigt für einen Moment. Die Lichttechniker testen die Scheinwerfer schräg über uns, sodass wir auf einmal in blutrotem Licht stehen. „Und würde es Ihnen reichen, wenn Sie es nur einmal hätten?“, möchte er wissen. „Den Beifall, den Ruhm und alles? Entschuldigen Sie“, meint er, als ich nicht antworte, „ich denke in letzter Zeit nur sehr viel nach. Über meinen Erfolg und wie er mich verändert hat. Wie er meine Erwartungen und Ziele verändert hat. Denn ich denke, ich wäre sogar mit einem einzigen Mal zufrieden. Zu wissen, dass ich es geschafft habe, dass ich erreicht habe, was ich mir vorgenommen habe, das würde mir schon genügen. Wenn heute Abend alles glatt geht, kann ich friedlich sterben. Wissen Sie, was ich meine?"

Das blutrote Licht wechselt zu einem weichen Blau und es ist, als hätte sich auch die Farbe seiner Augen verändert, von einem kühlen Grau zu einem tiefen, schimmernden Grün.

„Ich glaube aber nicht, dass Sie heute Abend sterben werden", meine ich lächelnd.

Er lächelt zurück. „Aber selbst wenn – das wäre es wert. Ich hoffe, Ihnen geht es genauso."

Er hebt noch schnell den Kaffeebecher auf, ehe er sich verabschiedet und hinter der Bühne verschwindet.

Doch seine Worte sind geblieben; sind in mir eingeschlagen und haben ein Loch gerissen, durch das nun selbst meine letzten Zweifel entweichen.

Ja, mir geht es genauso.

Dieser Gedanke ist das Einzige, das mir jetzt noch Angst macht.

17:30 – Zwei Stunden bis zur Premiere

30.

„Anna, könntest du endlich dieses verdammte Handyklingeln ausmachen? Da wird man ja noch wahnsinnig!"

Ich stehe zusammen mit Connie, die nach Ellies Abgang unsere neue Marie gibt, in der Maske und lasse mir von Luca und einigen Ankleiderinnen mein Kostüm für den ersten Akt anlegen, damit hinterher genügend Zeit für Make-up und Haare bleibt. Eigentlich kann der Anrufer nur Christopher sein, der mir entweder viel Glück wünschen oder mich auf den letzten Drücker noch einmal zu einem Gespräch überreden will. Beides wäre Zeitverschwendung. Die Naht an meiner Hüfte hat ein Loch.

„Luca! Lochalarm!"

„Verdammt nochmal! Das muss natürlich alles jetzt passieren. Arme hoch und stillhalten!" Er zückt Nadel und Faden und flickt das Loch per Hand. Mein Handy läutet immer noch. „So, erledigt. Und schalte endlich dein Handy aus, oder ich trample so lange darauf herum, bis du die Einzelteile aufsammeln kannst!"

„Ja, ja, schon gut. Hey, Marc, kannst du mir mal mein Handy geben?", bitte ich einen unserer Visagisten, der gerade vorbeimarschiert kommt. „Es ist gleich dort in meiner Tasche. Nicht die, die andere! Die Schwarze! Ach gib mir gleich das ganze Ding. Danke." Ich mache mir nicht die Mühe, aufs Display zu sehen. Als ich das Handy am Boden meiner Tasche ertastet habe, drücke ich den Anrufer weg und verstaue das Handy in einem Seitenfach, dann werfe ich die Tasche neben mir auf den Boden und denke nicht mehr daran.

„Besten Dank“, sagt Luca, ehe er mich am Arm packt und grob zu sich dreht. „Und jetzt zieh den Bauch ein. Wir müssen das Korsett noch ein bisschen enger schnüren.“

18:30 – Eine Stunde bis zur Premiere

31.

Es ist wie zu Weihnachten kurz vor Ladenschluss, alle sind hektisch, keiner kann mehr stillstehen. Der Großteil der Premierengäste ist bereits da. In der Lounge-Bar gibt es einen Empfang, wo Interviews geführt und Sektgläser gereicht werden. Viktor ist eben erst vom dortigen Händeschütteln und Beglückwünschenlassen zurückgekommen und sagt uns in altbekannter Manier, was wir zu tun haben.

„Ruhe bewahren, Leute. Wir sind alle großartig vorbereitet, das wird fulminant heute Abend. Wer noch nicht in der Maske war, ab die Post. Und Anna!" Er winkt mich zu sich, sodass ich meinen Platz am Bühnenrand, von wo aus ich heimlich den sich langsam füllenden Saal beobachte, Andrei überlassen muss. „Passt alles mit deinem Kostüm? Luca meinte, da gäbe es ein Problem."

„Nein, nein, alles in Ordnung. Er hat es repariert."

„Super." Er hetzt weiter zu Connie, von der er ebenfalls ein Update verlangt. Und so klappert er der Reihe nach die Darsteller ab, versucht Ruhe in die Runde zu bringen, obwohl er der Angespannteste von uns ist.

Andrei und einige andere rempeln sich gegenseitig aus dem Weg, um die beste Sicht auf den Zuschauerbereich zu haben.

„Sind schon viele draußen?"

„Ich weiß nicht, die hinteren Reihen sind noch leer."

„Die sind alle noch oben beim Empfang. Das wird sicher noch dauern, bis die kommen."

„Kinder, Kinder", donnert Dominiks brummende Stimme

im Hintergrund. „Ihr führt euch ja auf, als wäret ihr noch nie vor Publikum aufgetreten. Entspannt euch, esst ein bisschen was! Es gibt noch reichlich Buffet unten."

Ich kann jetzt nichts essen. Die Aufregung droht in Panik umzuschlagen. Immer mehr Zuschauer kommen über die verschiedenen Eingänge in den Saal, werden von den Platzanweisern über die Halle verteilt, und der Lärmpegel steigt genauso schnell an wie die Temperatur. Ich brauche einen kurzen Moment für mich allein. Ich hole meine Tasche und flüchte mich in den hintersten Teil der Maske, setze mich vor den Spiegel und atme ein paar Mal tief durch. Der Geruch nach Puder und Haarspray bereitet mir Kopfschmerzen. Ich überlege, ob ich Christopher anrufen soll – vielleicht stammt der Anruf zuvor tatsächlich von ihm, und ich kann ihn bitten, noch schnell vorbeizukommen. Ganz plötzlich scheint alles unmöglich ohne ihn. Meine ganze Welt, aus der ich ihn mit aller Gewalt vertrieben habe, droht sich in Leere aufzulösen bei dem Gedanken, dass er nicht da ist, um mein Glück mit mir zu teilen.

„Anna!" Arjen kommt in die Maske gestürmt und fällt neben mir in den Stuhl. „Bald geht's los. Nervös?"

„Nein." Ich gebe das Handy zurück in meine Tasche. „Du?"

„Machst du Witze? Ich sterbe, wenn ich nicht gleich da raus darf. Das ist, als hätte man einen riesengroßen Ständer und könnte einfach nicht zum Schuss kommen!"

„Ich kann's mir vorstellen", schmunzle ich und schaue zurück in den Spiegel. Ich habe mich schon oft in voller Kostümierung und gestylt gesehen, doch diesmal ist es anders. Anna ist verschwunden und eine andere hat ihren Platz eingenommen. Diese andere braucht Christopher nicht. Sie lebt von Licht und Beifall, und sie fühlt sich wohl, wie sie ist.

„Woran denkst du gerade?“, möchte Arjen wissen. „Etwa daran, wie heiß du in diesem Korsett bist? Oh ja, das bist du wirklich, heiß, heiß, heiß.“ Er küsst mich auf die Wange, für jedes „heiß“ einmal.

„Ich würde dich gern etwas fragen. Angenommen, du hättest nur diese eine Nacht. Nur diese eine Vorstellung. Würde es dir reichen?“

Er denkt über Lavays Frage genauso lange nach wie ich. Doch ist es seine Antwort, die mir im Gedächtnis bleibt, sein unerschöpflicher Glaube an sich selbst.

„Mach dir über so etwas keine Gedanken, Anna. Das hier wird uns unsterblich machen. Denn diese Nacht wird niemals enden.“

19:20 – Zehn Minuten bis zur Premiere

32.

„Okay, alle mal aufgepasst. Hallo, ihr da hinten! Ich würde gern etwas sagen."

„Ruhe, er will was sagen", verkündet Dominik in seiner Brummstimme, und alle sind still. Viktor räuspert sich.

„Es war ein langer und steiniger Weg ..."

„Langweilig!"

„He, Andrei! Pass auf, sonst landest du auf der Ersatzbank!" Er wartet, bis wir aufgehört haben zu lachen, dann wird er ernst. „Es war ein langer und steiniger Weg. Ihr hattet es nicht immer leicht mit mir, und ich habe euch zum Teil mehr abverlangt, als einige von euch geben konnten. Aber jetzt seid ihr hier, und wenn ihr da raus geht, könnt ihr sicher sein, dass ihr nie wieder vergessen werdet. Diese Show wird Geschichte schreiben – und ihr alle seid ein Teil davon. Wir *sind* diese Show, und gemeinsam werden wir diese Bühne rocken, auf dass kein Auge trocken bleibt, alles klar?"

Wir antworten ihm mit jubelndem Applaus.

„Okay, dann alles auf Position, damit wir – wessen gottverdammtes Handy läutet da!"

Geduckt husche ich durch die versammelte Menge, bis ich meine Tasche, die ich am Bühnenrand verstaut habe, erreicht habe. Ich hebe ab, ohne aufs Display zu sehen. „Was!", zische ich.

„Frau Kainrath?" Eine Frauenstimme.

„Ja, verdammt! Was wollen Sie?"

„Hier spricht das Drogentherapie-Zentrum Baumgartner Höhe. Ich versuche bereits den ganzen Nachmittag, Sie zu erreichen. Es geht um –"

„Ist Ihnen klar, was ich gleich im Begriff bin zu tun? Ich werde Geschichte schreiben! Also entweder sagen Sie mir jetzt, dass mein Bruder in Lebensgefahr schwebt, oder Sie rufen mich heute Abend nicht mehr an!"

Eine erschrockene Pause. „Frau Kainrath, Sie müssen –"

„Ich", unterbreche ich sie, „muss auf diese Bühne. Sonst gar nichts."

Ich lege auf.

19:30 – Beginn der Show

Sehr geehrte Damen und Herren. Lavay Entertainment begrüßt Sie herzlich im neu eröffneten Saal D des *Pyre* zur Weltpremiere von *Epica*! Sollten Sie ein Handy dabei haben, bitten wir Sie freundlich darum, es auszuschalten. Gleichzeitig möchten wir Sie höflich daran erinnern, dass Fotografieren sowie jegliche Art von Bild- oder Tonaufnahmen nicht gestattet sind. Die Band und das Orchester spielen unter der Leitung von Herbert Kubery. Wir wünschen Ihnen eine *höllisch* gute Unterhaltung.

33.

Der Vorhang geht auf. Beginn der Ouvertüre und Einsetzen des Chors. Im Prolog wird Helena ihr Herz verlieren, und um ihr Leben zu retten, steigt Mephisto hinab auf die Erde und wird versuchen, für seine Liebste ein neues Herz zu finden.

Während der letzten Sekunden, ehe ich die Bühne betrete, halte ich den Druck kaum noch aus. Ich könnte Mauern durchbrechen und Schluchten überspringen, nur um endlich ins Licht zu gehen, das schon so lange nach mir ruft. Doch was tatsächlich dort draußen auf mich wartet, übersteigt all meine Hoffnungen.

Das Licht fegt mich davon. Durch die Weite des Saales jagt der Jubel wie eine kochend heiße Schockwelle und trifft mich wieder und wieder, brandet über mich hinweg und reißt mit sich, was ich für einen festen Teil von mir hielt, meine Sinne, meine Angst und alles, was mich blockiert. Von jetzt an bin ich allein – das Publikum existiert nicht mehr und auch kein Jubel, keine Scheinwerfer oder andere Darsteller. Die Bühne wird zu einem grenzenlosen Raum, den ich füllen kann, womit ich will. Mit einem Tag in der Sonne und mit der Wärme einer Umarmung, mit einem Song, der einem nicht mehr aus dem Kopf geht, mit der Flüchtigkeit eines Kusses und mit der Ewigkeit eines Abschiedes. Durch meinen Willen wird dieser Raum zu allem werden, was das Publikum sich wünscht, und mich werden sie lieben, weil ich es ihnen gebe.

Das ist mein Leben. Das ist mein Traum.

1. Akt

Vor langer Zeit verliebte sich ein Mädchen in den Teufel.

2.Akt

Er erwiderte ihre Liebe.

3. Akt

Und alle mussten sterben.

21:00 – Fünfzehn Minuten Pause

34.

Donnernder Applaus begleitet mich hinter die Bühne. Viktor fällt mir mit Tränen in den Augen um den Hals. „Du hast es geschafft, Mädchen! Du hast es geschafft! Ich fasse es nicht!" Er wechselt zu Arjen, der gleich hinter mir ist. „Und du! Du wirst mich reich machen, du verrückter Kerl! Oh Gott, ich liebe euch so!"

Er küsst mich auf die Wange, umarmt und drückt mich. Alles wirkt surreal ohne Scheinwerferlicht und Musik, als wäre dort draußen die Realität und hier wäre ich bloß eine Rolle. Ich fühle mich schwerelos, so wie damals mit Arjen im Club. Ich frage mich, ob manches Glück einfach zu groß, zu überwältigend ist und ob man deshalb sagt: „Ich könnte sterben vor Glück". Ich weiß nicht, ob den anderen es genauso geht. Doch ich weiß, dass aus meinen immerzu kraftlosen Augen nun ein Licht strahlt, das mich kurz glauben lässt, ich stehe in Flammen. Was sonst wäre es wert, vor Glück zu sterben? Was, wenn nicht das?

21:10 – Fünf Minuten bis zum 4. Akt

35.

Dominik wird den vierten Akt eröffnen – ein letztes Mal wird mein Make-up aufgefrischt und das lange, blonde Haar meiner Perücke gestylt. Dann spüre ich bereits, wie der Klang der einsetzenden Musik mich fortzutragen beginnt. Ich folge dem Klang blind, hinaus aus der Maske und zurück an den Ort, an den ich gehöre.

„Anna!"

Diese Stimme ... sie durchtrennt das Band zwischen der Musik und mir und ich stolpere über den Saum meines Kleides. Fassungslos drehe ich mich um. Im Licht einer offenen Tür steht eine Frau. Sie hat blondes Haar wie ich und kommt langsam und mit schneeweißem Gesicht auf mich zu.

„Mama?", stoße ich aus.

Ewigkeiten habe ich sie nicht mehr gesehen. Sie scheint sich über die Jahre kaum verändert zu haben; eine zeitlose Schönheit ohne sichtbare Zeichen des Alters – nur ihre Augen wirken alt, zerfressen von Enttäuschung und Hass.

„Was willst du hier?", frage ich mit einem ungeduldigen Blick zur Bühne. „Ich hab gleich Vorstellung."

Sie wirft etwas zwischen uns auf den Boden. Es ist das Foto von Nicki und mir. Es ist zerknittert und mit etwas Rotem bekleckert – Blut, begreife ich erschrocken und weiche davor zurück.

„Anna ... das werde ich dir niemals verzeihen."

Dieselben Worte, Jahre später. Woher hat sie das Foto?

„Anna, kommst du? Du bist gleich dran!"

Viktors Worte rotieren in meinem Kopf: *Du bist gleich dran, du bist gleich dran ...*

„Er hat sich umgebracht." Tränen verzerren Mamas Stimme zu einem schwächlichen Raunen. „Er hat sich die Pulsadern aufgeschnitten ... Ist es das wert? Ist es das hier wirklich wert?"

Ihre blauen Augen verbrennen mich. Das Blut klebt an ihren Fingerspitzen. All meine Gedanken sind zu Eis erstarrt im frostigen Hauch, der mich umweht. Nein. Er hat sich nicht die Pulsadern aufgeschnitten. Er hat es nur versucht und ein Pfleger konnte ihn davon abhalten. Ich habe die Bandagen um sein Handgelenk mit eigenen Augen gesehen. Sie muss lügen. Selbst jetzt, als ich endlich am Gipfel meiner Träume angekommen bin, benutzt sie die letzten dünnen Fäden, die uns verbinden, um mich zurück in den Abgrund zu zerren, wo sie in erbärmlicher Mittelmäßigkeit dahinvegetiert.

Viktors Stimme dringt aufgebracht zu mir durch. „Anna, in sechzig Sekunden bist du dran. Komm her!"

„Du hast ihn umgebracht." Sie spuckt mir die Worte entgegen, als solle ich daran ersticken. Sie bringt nichts anderes heraus, nur diesen einen Satz. „Du hast ihn umgebracht ... du hast ihn umgebracht! Hörst du, was ich sage, Anna? Du hast ihn umgebracht!"

Viktor brüllt um die Ecke: „Anna! Komm endlich!"

Ich weiche zurück, zunächst sind meine Schritte noch unsicher, dann beginne ich zu marschieren. Ich folge der einzigen Stimme, die mir den richtigen Weg weist. Von der Wirklichkeit zurück in die Fantasie.

„Anna!", schreit Mama. „Wo willst du hin? Komm zurück!"

„Ich muss jetzt auf die Bühne ...", murmle ich. „Ich muss jetzt auf die Bühne."

Ich folge meinem Weg, an Viktor vorbei ins gleißende Licht.

„Anna! Hast du überhaupt begriffen, was passiert ist? Nicki hat sich umgebracht! Komm zurück, verdammt nochmal, komm zurück! Anna! Anna!"

Ihr Schreien wird vom Lärm des Applauses hinweg gespült. Der Schein lässt alles verschwinden, auch das Blut in meiner Erinnerung. Wie Feuer strömt die Musik durch mich hindurch und vernichtet alles, was von Anna noch übrig ist.

Nickis Gesicht wird zu einem grauen Schimmer aus der Vergangenheit. Der Schimmer wird schwächer, je heller das Scheinwerferlicht mich umtost.

4. Akt

Doch der Tod war nicht das Ende.

5. Akt

Er trennte sie nur voneinander.
Für alle Ewigkeit.

22:24 – Standing Ovations

36.

Ich ertrinke. Das Licht ist ein Ozean, und der Jubel zieht mich nach unten, bis auf den dunklen, weit entfernten Meeresgrund, wo alles, was ich einmal war, zerschellt. Aus dem Sturm aus Stimmen und Emotionen erhebt sich ein neues Ich. Ein Ich, das die Dunkelheit nicht fürchtet und das aus den Tiefen emporsteigt und in einem Glanz erstrahlt, den niemand zuvor je gesehen hat.

Ich schließe die Augen. Ich werde in diesem Licht verglühen. Wenn der Jubel mir erst den Boden unter den Füßen weggerissen und mich mitten in die Sonne geschleudert hat, wird von meinem Leuchten bloß ein Funke übrigbleiben. Doch noch ist es nicht so weit. Schon spüre ich, wie meine Angst von der Endlosigkeit der Halle aufgesogen und in die gedankenlose Ruhe einer Trance verwandelt wird, die jenem benebelten Zustand ähnelt, in den ich verfiel, als ich Arjen das erste Mal spielen sah.

Wenn ich es nicht alleine schaffe, dann wird er mich zum Erfolg tragen – das waren meine Gedanken und das sind sie auch jetzt. An seiner Seite werde ich ewig leben. Denn er ist genau dieses Licht, der Abgrund, und er ist das Blut, mit dem ich mir diesen Moment erkauft habe. Gretchen und Mephisto.

Ich öffne die Augen, und das Licht wird unerträglich.

23:01 - Finale

37.

Es ist vorbei.

Meine Brust reißt auf, und in einem Schwall aus Erleichterung und Wehmut ergießt sich mein Herzblut auf den Boden. Wo ist das Licht, wo ist der Beifall? Ich brauche es doch. Ich brauche beides, um zu überleben.

Doch es ist vorbei. Mit dem Fallen des Vorhangs legt sich eine taube Stille über die Bühne, in einem letzten lauten Knall explodiert Leblosigkeit in mir, und mit der Leblosigkeit kommt auch die Erinnerung zurück, die Erinnerung an das, was hinter der Bühne auf mich wartet. Blut und Entsetzen. Ein Traum, der zum Albtraum wurde. Wann ist das geschehen?

Aber vielleicht wartet ja gar nichts auf mich. Wäre das nicht möglich?

Chaos, überall Chaos. Menschen laufen aufgeregt von einem Ort zum anderen, telefonieren mit ihren Handys, quasseln wild durcheinander. Der Lärm fließt an mir vorbei wie Wasser, hilflos und ohne eine Spur zu hinterlassen, er zerfällt in winzige Teile und verschwindet hinter mir in der Ferne, bis es ganz still ist und ich zuhören kann, wie mein Herz ganz langsam aufhört zu schlagen. Aber das ist nicht das Ende. Selbst ohne Herz bin ich noch am Verbluten, selbst ohne Herz sehe ich das Foto. Es liegt dort vorne auf dem Boden. Meine Mutter ist weg, aber das Foto ist noch da.

Ich hebe es nicht auf. Ich trete vor den Spiegel und sehe in meinen Augen die Schatten meiner eigenen Seele. Sie sind überall in mir.

Ich glaube, das waren sie schon immer.

38.

Epilog

Manchmal, wenn man ganz genau aufpasst, sieht man Sterne vom Himmel fallen.

Du kannst nun nach diesen Sternen suchen. Ihr Licht wird es dir leicht machen, sie zu finden, und wenn du klug bist, erzählst du niemandem davon, denn Sterne teilt man nicht. Doch irgendwann wirst du ohnehin begreifen, dass sie bei ihrem Aufprall in etliche Scherben zersplittert sind. Es würde eine Ewigkeit dauern, sie wieder zusammenzusetzen. Du kannst es versuchen, aber du solltest es nicht. An Scherben schneidet man sich bloß.

Ich stehe vor dem Theater und beobachte den Regen, der die kühle Nacht marmoriert. Es sind so viele Tropfen. Die erleuchteten Fenster des *Pyre* werfen Lichtflecken in die schwarze Ferne, und ich strecke die Hand danach aus, weil ich hoffe, dass die Helligkeit mich wärmt. Doch es ist nicht stark genug, das Licht. Manche Momente wurden in Dunkelheit geboren, und in Dunkelheit müssen sie auch enden.

Fröhliches Stimmengewirr dringt aus dem Gebäude. Die große Eingangstür wird aufgestoßen, und Andrei, Connie, Laura und Arjen kommen die Treppe herunter. Andrei fragt, ob ich Lust habe, mit ihnen feiern zu gehen. Ich habe ein seltsames Déjà-vu: Stand ich nicht schon einmal in der Kälte und sah um mich herum nur freudige Gesichter, während mein Inneres vor Traurigkeit auseinanderzubrechen drohte? Oder ist das bloß eine Erinnerung an etwas, das niemals passiert ist? Ein Verwirrspiel meines Verstandes? Ich habe meinen Verstand bereits vor Monaten verloren.

Andrei und die Mädchen spannen ihre Regenschirme auf und verschwinden die Straße runter. Nur Arjen ist geblieben. „Alles okay?“, fragt er.

Warum sollte ich ihm erzählen, was passiert ist? Ich bedeute ihm nichts. Auf einmal bin ich mir sicher, ganz allein auf dieser Welt zu sein, denn es gibt keine Nummer, die ich wählen, keinen Menschen, den ich erreichen kann. Da sind nur Stille und Regen. Arjen droht im kalten Dunst zu verschwinden.

„Ich werde nach Hause gehen“, antworte ich. „Ich bin so müde.“

„Soll ich dich mit dem Auto heimbringen? Ziemlich mieses Wetter.“

„Nein. Ich gehe zu Fuß.“

Er zögert und ich bete, dieses Zögern bedeutet mehr; dass ich ihm doch nicht völlig egal bin. Dass er bemerkt hat, dass etwas nicht stimmt, und bei mir bleiben wird, weil es außer ihm niemanden mehr gibt.

Aber dann sagt er: „Bis morgen.“

Er lässt mich im Regen allein.

„Anna, was machen Sie denn noch hier? Werden Sie abgeholt?“

Alex Lavay kommt die Stufen hinunter, mit Schal, Mantel und Handschuhen, als hätte er gewusst, dass das Wetter heute Nacht umschlagen würde. Im Gebäude werden die Lichter abgedreht. Wir stehen in der Nacht.

„Nein, ich ... ich mag Regen, wissen Sie. Er beruhigt mich.“

Er steckt das Kinn in seinen Schal, als eine Windböe aus der Dunkelheit kommt und harte Tropfen in unsere Gesichter weht. „Sie sollten nach Hause gehen“, rät er mir.

„Der heutige Abend war erst der Anfang. Morgen gibt es eine neue Show, die begeistern muss."

Richtig. Die Show. Die Show ist alles, was zählt.

Meine Hände zittern jetzt nicht länger. Die Stille erzeugt ein Vakuum, in dem es keinen Jubel, aber auch keinen Schmerz mehr geben kann, nur Frieden. Ich sauge ihn auf, diesen Augenblick des Friedens. Denn er wird nicht von Dauer sein.

„Ich danke Ihnen, Herr Lavay. Dass Sie an mich geglaubt haben. Ich werde Sie nicht enttäuschen."

„Gute Nacht, Anna. Erholen Sie sich gut."

Ich gehe auf die Straße. Der Weg nach Hause ist lang. Wenn ich Glück habe, hört er niemals auf.

„Anna", ruft Lavay mir nach. Er deutet nach rechts. „Vorsicht. Da kommt ein Motorrad."

Doch die Straße ist leer. Weit und breit kein Mensch. „Wovon reden Sie –"

Ich liege auf dem Rücken. Regen fällt vom Himmel auf mich herab, als wolle er mich begraben. Ein Licht kommt die Straße entlang, und ich drehe den Kopf und entdecke ein Motorrad quer über den Asphalt verteilt. Eine Frau kämpft sich mühsam auf die Beine. Als sie mich sieht, reißt sie sich den Helm vom Kopf und taumelt orientierungslos auf mich zu.

Schwach strecke ich die Hand nach ihr aus. Sie kommt mir bekannt vor, wie eine Begegnung aus einer anderen Zeit, einem anderen Leben. Doch sie kann sich nicht aufrecht halten, sinkt immer wieder auf die Knie. In mir beginnt es, kalt zu werden. Nein, möchte ich schreien. Steh auf. Steh auf und hilf mir!

Da spüre ich plötzlich Arme, die mich mühelos

hochheben. Jemand trägt mich davon. Der Regen wird schwächer, je finsterer es um mich wird.

Die Show, jagt es mir durch den Kopf. Wer wird morgen meine Rolle spielen, wenn ich nicht mehr da sein werde?

Doch darum geht es gar nicht, nicht wahr? Darum ging es nie.

Es musste nur still werden in meinem Kopf. Und das ist es jetzt.

Dunkel und still.

Danksagung

Mein erster und allergrößter Dank gilt meiner Mutter, die nicht nur die weltbeste Testleserin ist, sondern auch nie aufgehört hat, an mich zu glauben – egal, wie aussichtslos es manchmal schien. Danke, Mama.

Ich danke meiner Agentin Anna Mechler für ihren Einsatz und dass sie immer ein offenes Ohr für mich hat, wenn die Ziele mal wieder unerreichbar scheinen. Und auch dafür, dass sie nie müde wurde, für dieses Projekt zu kämpfen. Das ist keine Selbstverständlichkeit in der Branche. Danke auch an meine Lektorin Patricia Arnold und an das gesamte Team des Pro-Talk Verlags. Ihr habt meiner Geschichte ein Zuhause gegeben.

Sabrina Reiter möchte ich fürs fleißige Testlesen danken. Ich kenne niemanden, der ein komplettes Manuskript auf dem Smartphone - dem Smartphone! – während einer Zugfahrt liest. Irre!

Was die Abläufe bei einer Musicalproduktion betrifft, habe ich mir erlaubt, die Realität ab und zu meiner Fantasie anzupassen, um die Geschichte so zu erzählen, wie sie erzählt werden muss. Abseits davon standen mir vor allem Florian Stanek und Claudia Toman mit ihrem Fachwissen um die Theaterwelt mit Rat und Tat zur Seite. Auch euch möchte ich danken, denn ich weiß nicht, was ich ohne euch machen würde. Auf jeden Fall nicht veröffentlichen.

Lesen Sie weiter!
Mehr für das Herz aus dem
Pro-Talk Verlag...

Ricarda Konrad
In den Schatten der Vergangenheit
Jetzt auch als Taschenbuch
Der eBook Bestseller
Pro-Talk
Heart

161 Seiten, 14,90 EUR

ISBN: 978-3-939990-22-2

Pro-Talk Verlags
GmbH

Bahnhofstr. 29
53639 Königswinter
www.pro-talk-verlag.de
Umschlag: Katrin Kawinkel, katika-media.de
Titelfoto: www.fotolia.com/Photographee.eu
Satz: Katrin Kawinkel, katika-media.de
Schrift: Gentinum Basic
Druck und Bindung: MCP, Polen

ISBN: 978-3-939990-32-1